W0464507

Eine Alte Dame Ging Hering

Eine Alte Dame Ging Hering

Der zweite Büb-Klütsch-Roman

von Rich Schwab

KIWI Köln

Danken möchte ich diesmal – aus verschiedenen Gründen – Herrn Hoffmann, Frau Wendel, Herrn Hundt, Frau Schubert, Frau Schwab, Frau Kreutter, Frau Graeff, Herrn Isaac, Herrn Becker, Herrn Schroeder, Frau Heidenreich, Herrn Hoppe, Frau Ward, Herrn Cherry, Herrn Lehmann, Herrn Schmickler, Herrn Boztepe, – hab' ich Herrn Hundt schon erwähnt? –, Frau Platte, Herrn Osnowski und natürlich all den Käufern, Ausleihern, Dieben, Lesern, Fans und Kritikern von NIE WIEDER APFELKORN. Und nicht zuletzt denen, die ich mal wieder vergessen habe. Wie Herrn Alkheimer z. B.

1. Auflage 2001

© 2001 Verlag Kiepenheuer & Witsch, Köln –
Lizenzgeber: Längengrad OHG, Köln
Alle Rechte vorbehalten. Kein Teil des Werkes darf in irgendeiner Form (durch Fotografie, Mikrofilm oder ein anderes Verfahren) ohne schriftliche Genehmigung des Verlages reproduziert oder unter Verwendung elektronischer Systeme verarbeitet, vervielfältigt oder verbreitet werden.
Lektorat: Viola Platte, Köln
Umschlaggestaltung: Marc Thoben, Köln
Umschlagmotiv: Collage mit Fotos von David Emmite/ Tony Stone; F. Damm/ Zefa; Svenja-Foto/ Zefa; F. Krahmer/ Zefa
Satz und Layout: Greiner & Reichel, Köln
Druck und Bindearbeiten: GGP Media, Pößneck
ISBN 3-462-03511-8

Das Schwierigste ist doch,
geboren zu werden –
ab da geht's bequem bergab.
Jeff Turrington

Kapott jommer all –
woröm esu hastig?
Opa Klütsch

Gewidmet U. W. H. –
Ein Farbenblitz aus Sonne
im Schatten meines Weges, Alter …
(Gib mir mal 'n K!)

Prolog

Ach du Scheiße – jetzt lassen sie schon Gorillas diese Dinger fahren! Kein Wunder, daß so viel passiert! fuhr es mir durch den Kopf, als die Beifahrertür endlich aufschwang. Aber der Gorilla grinste das Grinsen eines kleinen Jungen, der gerade auf dem Schlafzimmerschrank die Schüssel mit den Marzipankartoffeln entdeckt hat. Und geräubert.

»Na los! Rein mit dir, Pilger!« Dabei ließ er den Tankwagen schon anrollen. Seine Augen machten mir ein bißchen Sorgen – die sahen unter den dichten, fast zusammenwachsenden Brauen eher so aus, als hätte er zwischen dem restlichen Marzipan ein paar Spinnen und Regenwürmer verbuddelt. Aber wer weiß, wann ich hier wieder weggekommen wäre – *Pforzheim!* –, also schwang ich mich hoch auf den Beifahrersitz und zog mit Mühe die schwere Tür hinter mir zu.

»So'n bißchen Gesellschaft kann nix schaden, wa'?« schrie er und knallte mir seine behaarte Pranke auf die Schulter, daß ich eine Delle in den Sitz drückte. Laut *Jingle Bells* brummend hängte er den Sechsunddreißigtonner hinter einen Reisebus.

Es war Heiligabend, wir schrieben das Jahr '79, ich hatte kein Gepäck, vielleicht noch zweihundert Ocken in der Tasche und ein gebrochenes Herz. Ein Jahr München hatte mich ziemlich geschafft, und ich wollte nur noch eins: heim noh Kölle.

»Die denken, man wär' ganz alleine, wa'? Meinen, deswegen könnten sie einen fertigmachen, wa'?« Ich zuckte mit den Schultern. Er beugte sich zu mir rüber und brannte seinen Blick in meinen, als wollte er sich bis in die Tiefe meiner Seele durchfräsen. »Hostien! Hostien und Schläge! Und dann: Tabletten und Schläge! Und dann: Spritzen und Schläge!!« Der Tankwagen schlitterte zwischen Standspur und Mittelstreifen hin und her. Er achtete nicht darauf. »Und kalte Duschen! Haha! Die werden heut nacht noch um kalte Duschen beten! Um eine Sintflut von kalten Duschen! Haha!«

Ich machte ihn darauf aufmerksam, daß uns nur noch knapp drei Meter von dem Reisebus trennten. Ohne auch nur einen Blick in den Rückspiegel scherte er aus und fing auf der Überholspur an zu singen. Was heißt singen – ein zorniges Summen, immer lauter und zorniger werdend wie ein aufgescheuchter Wespenschwarm. Aber er intonierte gut – ich konnte ohne Mühe die Melodie von *Macht hoch die Tür* erkennen.

»Wieso trägst du als Tankwagenfahrer eigentlich 'ne Stuttgarter Straßenbahneruniform?« fragte ich ihn beiläufig. Er fuhr mit finsterer Miene zu mir herum, überrascht, daß plötzlich jemand neben ihm saß. Dann ein listiges Zwinkern.

»Ich bin denen abgehauen«, kicherte er triumphierend, »und dann mit der Straßenbahn bis zur Endstation.« Sein Gesicht verdunkelte sich wieder. »Der Fahrer war einer von *denen*. Und ich brauchte was zum Anziehen.« Er ließ das Lenkrad los und breitete die Arme aus. »Und so einer frieret, denn teilet euer Gewand mit ihm! Auf daß das Himmelreich –«, er brach ab und in ein schallendes Gelächter aus. »Tankwagenfahrer! Hoho!« Wieder knallte die Pranke auf meine halbtaube Schulter. »Ein Tankwagen –«, wieder das verschmitzte Kleinjungengrinsen, »kam mir gerade recht. Genau richtig für mein Zeichen!« Und wieder breitete er seine Gorillaarme aus und reckte stolz den Kopf. »Ja! Ich werde ein Zeichen setzen! Ein flammendes Zeichen wird die Heilige Nacht erhellen wie der brennende Dornbusch! Und die werden zu Asche vergehen – hinweg mit ihnen! Und Gott wird das Zeichen sehen und sagen: Seht! Dies ist mein Sohn! Und an ihm habe ich mein Wohlgefallen!« Er sah mich mit erwartungsvoll leuchtenden Meßdieneraugen an.

»Was hast du vor?« fragte ich und bemühte mich, Ehrfurcht in meine Stimme zu legen.

»In ihren Dom werde ich fahren! Mit diesem Flammenroß

werde ich in ihren hochmütigen, gotteslästerlichen Kölner Dom einfallen! Und sie werden alle da sein und ihre verlogene Christmette halten! Verlogen und vollgefressen und betrunken und lüstern auf ihres Nachbarn Weib starrend! Und ich werde die reinigenden Fluten loslassen! Und dann werde ich eins ihrer ärmlichen Ewigen Lichter nehmen und sie alle, ALLE! in die Hölle jagen! BAMM! BAMM! werden ihre mit Blut – mit unserem Blut! – gegossenen Glocken noch ein letztes Mal klingen …!« Erschöpft sank er in sich zusammen, aber das verzückte, entrückte Lächeln blieb.

Der Mann hatte eine Vision! Ich drehte uns zwei Kippen. Klar freute ich mich darauf, den Dom zu sehen – aber von innen? Zehntausend Liter Sprit unterm Arsch?

»Du kannst den Dom nicht in die Luft jagen«, sagte ich fast hundert Kilometer weiter mit meiner ruhigsten und sanftesten Stimme in sein Summen hinein. Er schnaubte nur verächtlich.

»Ha! Ungläubiger Thomas! Und ob ich das kann! Ich –«

»Mit 'nem Tankwagen voll Milch?« Er fuhr herum, als hätte ich ihm ein Streichholz ans Ohr gehalten, den Mund weit offen, die Augen groß und glänzend wie Fahrradklingeln. Ein heiserer Schrei entfuhr ihm, er latschte auf die Bremse, und wir schleuderten und schlitterten auf die Standspur, wobei ein paar hundert Meter Leitplanke dran glauben mußten. Aber ehe die Karre noch richtig stand, war er schon rausgesprungen und rannte drum herum. Zornig trompeteten ein paar Lkw-Hörner an ihm vorbei.

»Haha!« hörte ich ihn brüllen, »du Verrückter! Hier steht doch *Aral* –«, aber da hing ich schon auf dem Fahrersitz, trampelte auf die Kupplung, schmiß irgendeinen Gang rein und ließ die Kiste einen Satz vorwärts machen, daß die Tür zuschlug. Aus dem Satz waren dreißig Meter geworden, ehe er begriff. Fluchend rannte er ein Stück neben mir her, aber ich gewann schnell an Fahrt, und er fiel zurück, kreischend und stolpernd. Im Rückspiegel sah ich ihn auf die Knie in den Schneematsch fallen und sich mit beiden Fäusten auf die Schläfen trommeln. Zwei-, dreimal tauchte seine Silhouette noch als riesiger Scherenschnitt im Licht einiger Scheinwerfer auf, dann verschluckte ihn die Schwärze der winterlichen Dämmerung. *Good-bye, baby, don't call me – I'll call you ...*[1]

Das erste, was mir Mühe bereitete, war, die Karre in der Spur zu halten, aber bei neunzig ging's dann nach einer Weile einigermaßen. Das zweite war, die Augen offenzuhalten – das Frankfurter Kreuz hätte ich beinahe im Schlaf zu Klump gefahren. Ich kurbelte das Fenster runter und ließ mich von dem scharfen Schneeregen ein Weilchen ohrfeigen. Irgendwann kriegte ich auch das Radio in Gang und hörte mir auf SWF 3 die Weihnachtswunschsendung an. Zum Glück kannte ich damals noch das meiste von dem, was sich die Leutchen so zu Weihnachten wünschen – ich sang fleißig und lautstark mit und trommelte das Lenkrad ein bißchen krumm. Höhepunkt war dann eine Nummer, die ich so noch nie gehört hatte – die Musik war ziemlich eindeutig *Hang On Sloopy*, wenn auch auf 66er Jugendheim-Niveau, aber dazu rezitierte jemand in einer Art Kölsch einen Text über ein Pärchen, das sich in einer Diskothek kennenlernt und miteinander versackt. Zum Refrain war der Band allerdings nichts eingefallen *(Wie heißen die – MING TANT?)* – den sangen sie dann einfach normal englisch. Im Bett stellt sich dann heraus, daß Sie ein Er ist. Das war so witzig, daß es in Studentenkreisen garantiert ein

1 Es soll Leser geben, die sich zwar klaglos seit Generationen bayerische Volksschauspieler, norwegische und griechische Schlagersängerinnen, holländische Showmaster und österreichische Moderatoren reinziehen, aber immer noch kein Kölsch oder sonstige Fremdsprachen verstehen. Für die gibt es ab S. 259 ein Glossar, nach Seitenzahlen geordnet. Die Chancen, daß sie dort übersetzt oder erklärt bekommen, was sie nicht verstehen, stehen recht gut. Außerdem finden sie dort Angaben über die Urheber der diversen Liedertitel und -zeilen, die in diesem Buch zitiert werden. Weitere Fußnoten im Text hätten wir als störend empfunden.

Hit werden würde. Ich machte das Radio aus und gönnte es ihnen. Den Studenten auch.

Und wie soll's mit deiner Karriere weitergehn, Büb? Ich dachte lange und heftig darüber nach, aber irgendwie blieben meine Überlegungen immer wieder an der nächstbesten Kölschtheke hängen. *Und außerdem is' Heiligabend – da kannste dir auch nächstes Jahr noch den Kopp drüber zerbrechen! – Is' auch wahr,* stimmte ich mir zu und kurbelte mir beruhigt noch eine, wobei das Flammenroß ein wenig ins Schlingern geriet. Aber auch das kriegte ich wieder in den Griff. *You can make it, if you try …*

Auf die Art schaffte ich es bis über die Rodenkirchener Brükke im Süden Kölns, wo der Anblick des Altstadt-Panoramas und des festlich erleuchteten Domes mein sentimentales kölsches Herz erwärmte, und ich kriegte sogar halbwegs elegant, wenn auch in Zeitlupe, die Kurve um den Bonner Verteiler. Aber ein paar hundert Meter die Bonner hoch sah ich schon von weitem einen Pulk Autos die rechte Spur blockieren, eins davon mit einem leuchtend blauen Mützchen, und daneben ging gelegentlich eine rote Kelle rauf und runter. Nette Begrüßung. Ich fuhr rechts ran und stieg aus. Der Diesel lief noch und verpestete die klirrende Nachtluft, aber ich wußte ums Verrecken nicht, wie man so'n Ding auskriegt. Ich latschte zu Fuß weiter und fragte mich, was die Polizeikontrolle auf dieser Straßenseite sollte – normalerweise kontrollierten sie hier nur stadtauswärts. Aber vielleicht suchten sie ja einen verlorengegangenen Tankwagen.

Kurz vorm Gürtel gab's dann endlich eine beleuchtete Kneipe. Ohne lange zu überlegen, ging ich rein. War zwar nicht unbedingt mein Stil – sie hatten sich alle ziemlich feingemacht, aus dem Radio säuselte dasselbe *Leise rieselt der Schnee,* mit dem mich München verabschiedet hatte, und im hinteren Teil des Raumes saßen sie an weißgedeckten Tischen und tranken Sekt mit abgespreiztem kleinen Finger – aber ich ließ die Woge von kölschem Thekengelaber über mich rieseln wie eine sanfte warme Dusche.

Also ging ich zur Theke und bestellte drei Bier. Der Wirt – er mußte es sein: mächtiger Bauch, rotgeäderte Knollennase, grau-gelbe Tränensäcke, übellauniger Blick – beäugte mich skeptisch, aber er stellte mir drei amtlich gezapfte Kölsch – Schaum bis einen Zentimeter unter dem Eichstrich – auf die Theke. Regungslos beobachtete er, wie ich die ersten beiden in einem Zug runterkippte.

»Die Rund' jeiht op misch«, meinte er dann gemütlich, »ävver dann nemmste dir besser ding zwei Fründe un' jeihs' met dänne woanders hin. Mir hann jetz' he jeschlossene Jesellschaff. Kla'?«

»Es dat nit en herrlije Sprooch?« strahlte ich ihn an. »Künnt Ihr uns dann en Tax' bestelle?« nutzte ich die wunderbare Erfindung des Kölners, sowohl das plump-vertrauliche Du als auch das zu respektvoll-höfliche Sie zu vermeiden. Ein mißmutig-gelangweilter Blick ließ mich noch »Ich waade drusse« hinzufügen.

»Joode Idee«, brummte er und griff zum Telefon.

»Un' fruhe Weihnachte'!« wünschte ich beim Hinausgehen. Er sah mich an, als hätte ich ein großes Alt bestellt, und nickte ergeben. Am liebsten wäre ich über die Theke gesprungen, um ihn zu küssen und mich dann unter den Zapfhahn zu hängen. *You can't always get what you want* ... Auf dem Zigarettenautomaten neben der Tür lag ein EXPRESS. Ich riß ihn mir unter den Nagel – wer weiß, wie lange man Heiligabend auf ein Taxi warten muß?

Ziemlich lange. Als es kam, wußte ich schon alles: Ein Herr Khomeini hielt fünfzig Amis als Geiseln, der deutsche Einzelhandel war mit den fünfzehn Milliarden Weihnachtsumsatz zufrieden, Jupp Derwall fuhr trotz eines Scheißspiels gegen die Türkei optimistisch zur EM nach Italien, in Hannover hatte nach dem letzten verkaufsoffenen Samstag ein Herr Krause einen Zettel an den Nachttresor einer Bank geklebt: *Automat defekt – Bitte wenden Sie sich an unseren Mitarbeiter, Herrn Krause, er ist berechtigt, Ihre Geldbomben entgegenzunehmen* – woran sich etliche Geldboten denn auch hielten. Von Herrn Krause fehlte jede Spur. Einen Herrn Diederich jedoch hatte nach zwei Wochen Flucht durch Südamerika das Heimweh nach Köln zurückgetrieben. Von seiner Zwei-Millionen-Beute hatte er gerade mal zehntausend ausgegeben; den Rest buddelte er gemeinsam mit den Bullen aus dem Porzer Wäldchen. Weihnachten nicht im Knast verbringen mußte Drei-Promille-Jenny, obwohl sie sich mit vier Polizisten geprügelt und beinahe gewonnen hätte – Richter Egeling war in Festtagslaune. Und der Chef der Gerig-Musikverlage verschickte als besonders originelles Weihnachtspräsentchen eine Miniorgel mit dreizehn Melodien, die man an seine Hausglocke anschließen konnte. *Und bei wem soll ich heute nacht klingeln?*

Als wir auf dem Weg zum *Schrebergarten* in die Zülpicher einbogen und ich die Reklame vom *Savoy* sah, wußte ich's – sie gaben *Lucky Luke*.

»Kathrinchen!« Die Nickelbrille des blondgelockten, dezent nach selbstangebauten Tütchen Frühling duftenden Taxifahrers blitzten mich verständnislos an. »Nö, ich mein' nich' dich«, beruhigte ich ihn, »die suchen wir jetzt.«

»Un' wo?«

»Gute Frage – wer hat denn dies' Jahr alles auf, heut abend?«

»Bin ich vom Fremdenverkehrsamt?« Ich lehnte mich gemütlich an die Beifahrertür und schlug ein Bein über das andere, wobei mir der Aschenbecher aus der Halterung fiel.

»Hoppla! Keine Ahnung. Aber vielleicht bin ich vom RD?« Die Abkürzung fürs Rauschgiftdezernat kannte er zumindest. Die Nickelbrille zuckte einen winzigen Augenblick lang Richtung Sonnenblende. Lange genug. Ich klappte sie runter und schnappte mir das Tütchen Gras, das dort klemmte. Sah ihn freundlich an. Erwartungsvoll.

»Das *Come Up*. Hat aber heute Nichtraucherabend.«

»Hat was?!«

»Nichtrauchertag. Jeden Montag. Bombenerfolg.« *Mein Jott – ein Jahr weg aus der Stadt, un' schon stellen sie se auf'n Kopp! Nichtrauchertag in einer Kellerdisko!* Hang On Sloopy *auf Vorgebirgsplatt! Und was war das – vor 'nem Jahr war hier noch der* Schrebergarten *– und jetzt 'ne Pizzabude?! Und das* Shalömchen *– »Christmas-Party – Eintritt für Heteros 150 Mark«?! Das* ABC *– »wegen Personalfeier geschlossen«?!*

»Ruf mal über Funk den Kollegen Zak – das is' mir alles zu blöd hier«, wies ich die Nickelbrille an.

»Der Zak? Der fährt nich' mehr – is' jetz' Sannyassin un' arbeitet in der Bhagwan-Disko«, erklärte er mir mitleidig. *Bhagwan-Disko? Der Zak Sany-ja wo simmer dann he? Demnächst vielleicht noch ein Kinopalast so groß wie die Sporthalle? Ein Museum mit goldenen Dächern? Die Südstadt ein Touristenzentrum? Eigentumswohnungen im Stollwerck? Parkausweise für Anwohner? Ein privater Radiosender, von Werbung für Autohäuser, Sonnenstudios und Mundart-Pop finanziert? Ein Fernsehsender womöglich – mit Anna Mingdroppe als Moderatorin? Marius Müller-Westernheld im Müngersdorfer Stadion und Heinz der Fiedler im EMI-Studio? Nikotinfreie Zigaretten? Alkoholfreies Bier? Und die* Stadt-Revue *bringt für all die Blindgänger ein Sonderheft raus* – Poppe, Suffe, Kaate en Kölle – Rund um die Uhr *...???*

»Fahr mich zum *Exodus,* aber schnell!« Ich hatte einen Brand, als hätte ich das Sechs-Tage-Rennen schon hinter mir. Meine nächste Bestellung würde wahrscheinlich lauten: Fuffzehn Jespritzte un' ene Meter Bier ...

Ich kam gar nicht zum Bestellen.

»Dä Büb!« schrie Veedelnoh und fiel mir von seinem Hokker runter in die Arme. »Leckensamarsch! Wat mähs du dann he? HELLJAA! STOFF! Dä Büb es widder do! Dä Kanaldeckel's Büb!« Dafür, daß wir uns letztes Jahr mit einem ziemlichen Krach getrennt hatten, fiel die Begrüßung wirklich freudig aus.

»Wat es, 'noh – wor nix met Hitparade?«

»Halt bloß die Fress', do Sackjeseech! He – suff!«

Bevor wir überhaupt weiterreden konnten, hatte ich schon anderthalb Promille im Kopp. Dann erzählte er mir voller Abscheu und Zorn, was sein Ausflug ins Big Business der Popmusik ihm eingebracht hatte. Sie hatten ihm das Blaue vom Himmel herunter gelogen, ihm das Fell über die Ohren und ihn über alle Tische gezogen und dann mangels Erfolg fallen lassen wie eine bepißte Unterhose. Aber er hatte schon wieder neue große Pläne – jetzt würde er alles ganz anders machen:

»Isch nemme ming Schrumm, fahre an die Côte d'Azur un' spille op dr Strooß. Büb, dat is et! Zwei Stund' – ach wat: *ein* Stund Arbeit am Daach, kilowies Schotter, immer jet ze suffe un' Wiever, Wiever ...! Un du fährs' mit! Büb, mir zwei! Cannes! Nizza! Sang Tropez! Monte Claro! Un et janze Johr Sommer!«

»Du Jeck, ich kann doch jaanit Jitta' spille!«

»Bring' isch dir bei, Büb! Bring' isch –«

»Klasse! Und ich komm' euch dann im Urlaub besuchen –« Von links schob sich Lucky Luke in mein Blickfeld. Er kam gut raus bei dem Ausschnitt in dem hautengen schwarz-silbernen Oberteil. So 'ne Tätowierung konnte sich auch nicht jede Frau leisten – drei Zentimeter über der linken Brustwarze. »Im *Hotel de Paris* vielleicht?«

»Jute Idee«, brachte ich heraus, nachdem ich mich zweimal geräuspert hatte. »Tach, Kathrinchen. Schön, dich zu sehn.« Ich beugte mich runter und gab Lucky Luke einen langen, warmen Kuß, was dem Resonanzkörper hinter ihm ein tiefes Gurren entlockte. Wir konnten alle drei noch nicht wissen, daß dies ihr letzter Sommer sein würde.

Anton

Der dicke, über und über mit lockigem grauem Pelz bewachsene Mann stöhnte noch einmal, dann half er der Frau galant, von ihm herunterzuklettern. Automatisch griff er nach der halbgerauchten Zigarre, die in dem schweren Bronzeaschenbecher auf dem antiken Nachtschränkchen lag. Ein dünnes Rauchfädchen stieg von ihr auf. Früher waren die kalt, bis ich fertig war, dachte er einen Augenblick bedauernd, aber dann siegte die postkoitale Wohligkeit: Er hatte doch gehabt, was er brauchte. Er kriegte doch immer, was er brauchte. Genüßlich zog er an dem dicken Stumpen einer *Cohiba Robusto* und betrachtete eine Minute seine Frau, die sich mit einem schwarzglänzenden Vibrator ihren Teil holte. Liebevoll legte er seine freie Hand auf ihren sonnenbankverbrannten Busen und knetete ihn ein wenig. Nun stöhnte auch sie. Eine Welle von Zuckungen ging durch ihren ganzen Körper. Sie schaltete den Dildo aus, behielt ihn aber in sich, drehte sich zu ihrem Mann um und drückte seine Hand.

»Jetzt erzähl«, sagte sie heiser, schwer atmend.

»Eine Million«, stieß er hervor, zusammen mit einer schweren Rauchwolke. Seine Frau stützte sich auf einen Ellbogen und sah stirnrunzelnd auf ihn herab.

»Is' ja schön, daß du diesmal auf mich gewartet hast, aber jetzt brauchst du mich nicht mehr auf die Folter zu spannen. Eine Million was? Zuschauer? Eintrittskarten? Totogewinn?«

»Ablöse«, hustete er, »der jottverdammte Kaaskopp soll eine Million kosten!« Sie schnalzte beeindruckt mit der Zunge. »Und dabei hat der selber noch nisch' mal Interesse! Aber der Barcelona« – BARZELONA sagte er – »is' bereit, den zu verticken – für eine jottverdammte Million!«

»Nich' aufregen, Anton«, besänftigte sie ihn, »denk an deine Pumpe, gerade jetzt!« Anzüglich zupfte sie an seinem verschrumpelten Glied.

»Nisch' aufrejen!« polterte er, »dat is' mein Traum! Den Mann in meinen Verein holen! Mein Vermäschtnis! Den Weltfußballer des Jahres! Un' isch hol' den zum FC! Mach misch unsterblisch!«

»Noch nie hat ein deutscher Fußballverein eine Million für einen Spieler bezahlt, Anton.«

»Na un'?! Um so fetter werden die Schlagzeilen! Mit meinem Namen! Un' wir werden Meister!! UN' DER WILL NIT!!«

»Ist es da nicht praktisch, daß wir seinen Schwiegervater ganz gut kennen?« Abrupt richtete er sich auf, wodurch sein Kopf noch violetter wurde.

»Martha! Du – Menschenskind, du Joldstück von einer Frau! Der Eimermacher! Dä Jütt! Datt isch da nisch' drauf jekommen bin!« Er drückte sie an sich. Sie stöhnte, weil er dabei den Vibrator wieder ein Stück weiter in sie hineinschob. »Dat is et! Wenn der Alte sagt: Du jehs' zum FC, dann jeht der! Un' schon hammer'n! Mensch, Liebschen! Dä Pokal!« Er küßte sie heftig, und als sie seinen Kuß erwiderte, griff er nach unten und drehte ihrem schwarzen Freund die Batterie wieder an. Sie schloß die Augen und wand sich. Das hatte sie sich jetzt verdient. Hoffentlich brauchte sie nicht wieder so lange, er mußte dringend telefonieren. Und eine Portion Sand aus dem Getriebe schippen.

1

Anscheinend lag ich irgendwo im Sand, die Sonne brannte mir wie blöde auf den summenden Schädel, meine Zunge fühlte sich an wie ein in alten Senf getunkter und ausgetrockneter Schwamm, und meine Lider streikten. Ich versuchte blind, mich aufzusetzen und griff erst ins Leere, dann auf kochend heißes Autoblech. Das öffnete mir die Augen. Ich kniff sie sofort wieder zu. Diese Welt war zu hell für mich.

Und zu laut – ein paar Meter weiter balgte sich ein Haufen französischer Blagen um einen Wasserball, hinter mir plärrte ein Kofferradio was von *J'aime l'été* oder was immer diese hiesigen Piepsmiezen so lieben, auf der Uferstraße über mir knatterte der nie endende Verkehrsstrom, das Mittelmeer rauschte, die Möwen krächzten, und in meinem Schädel brummte es wie in einem 64er Dynacord-Verstärker. Ich beschloß, ganz schnell hier weg zu müssen.

Nach höchstens einer Viertelstunde hatte ich es geschafft – ich saß ziemlich aufrecht und hatte den Durchblick. Es war das Stück Strand, wo wir unseren alten Taunus Kombi geparkt hatten, mit viel Glück unter einem Platanenpärchen, das der Karre am späten Nachmittag soviel Schatten spendete wie ein Knirps. Ein Knirps ohne Bespannung allerdings. Morgens dagegen knallte die Sonne unbarmherzig auf das weiße Dach, so daß wir es vorzogen, draußen zu pennen, halb im Schatten des Wagens.

Was heißt *wir?* – Veedelnoh war seit ein paar Tagen Dauergast im VW-Bus einer pummeligen Krankenschwester namens Françoise, ein paar Meter weiter, die einen noch größeren Bedarf an *sex à la boche* hatte als wir beide zusammen. Außerdem versuchte sie verzweifelt, das Angenehme mit dem Nützlichen – ihre Deutschkenntnisse verbessern – zu verbinden, und kommentierte ohne Punkt und Komma, was sie gerade mit welchen Gefühlen tat oder was man ihrer Meinung nach gerade wie tun sollte. Wie eine gesprungene Langenscheidt-Platte, und immer wieder: »Sag' isch das rischtisch *comme ça?*« – egal, was sie gerade im Mund hatte. Weshalb ich mich nach den ersten beiden gemeinsamen Nächten genervt und gerädert ausgeklinkt hatte. Veedelnoh hatte da offensichtlich ein dickeres Fell. Jetzt teilte er sie sich mit einem mageren Siebzehnjährigen aus Frankfurt, der es, wie 'noh neidisch berichtete, auf acht Orgasmen in vier Stunden brachte. Oder umgekehrt – jedenfalls beachtlich.

Das erinnerte mich wieder daran, daß meine Eier schmerzten, als steckten sie in einem Nußknacker. Mühsam kratzte ich die Erinnerung an den gestrigen Abend zusammen – ach ja, der Streit im *Chez Boubou!* Anscheinend hatte Blondie mir noch mindestens einen Tritt versetzt, als ich weggetreten auf dem Boden lag. *Diese Hippies sind auch nicht mehr das, was sie mal waren.*

2

Ich hätte ihm seine Zähne gleich in den korallengeschmückten Hals schlagen sollen. Makellos weiße Beißerchen, wie die auf Hilde Knefs Nachttisch. Sie blitzten sonnig zwischen seinen braungebrannten Grübchen, wenn er sein goldblondes Lächeln anknipste, auf einer mit Muscheln und Perlen beklebten Gitarre klimperte und *Blowin' In The Wind* oder *Guantanamera* sang. Vor allem die reiferen Damen hier mochten das, und er sahnte gut ab mit seiner Blumenkuh von Schwester, die ähnlich blendend aussah und dämlich grinsend ein Tamburin streichelte, mit dem sie dann bei *You Are The Sunshine Of My Life* vor den Hafencafés das Geld einsammelte. Saint-Tropez, 1980. *Und es war Sommer …*

Aber gutmütig, wie ich nach zwei Flaschen Rotwein nun mal bin, hatte ich ihm sein albernes Stilett bloß aus der Hand getreten, ihm zwei Ohrfeigen gegeben und mich wieder zur Theke rumgedreht. Er war allerdings wieder aufgestanden, und nur Wirtin Mampernods erschrockenes Gesicht hatte verhindert, daß er mich voll erwischte. Ich drehte mich mit einem halben Schritt zur Seite, und der schwere Aschenbecher aus Kristallglas ratschte meine Schläfe lang und landete auf meiner Schulter. Leider hatte ich dabei auch ein halbes Glas von dem guten Roten verschüttet, und als ich auf Blondie los wollte, um meinen Fehler wiedergutzumachen, rutschte ich in der Pfütze aus und knallte mit dem Hinterkopf auf die Theke. Abgang Büb.

Wie ich dann wieder hierher zu unserem Wagen gekommen war, kam in meinem Film nicht mehr vor. Ich riß mich zusammen, stand stöhnend auf und öffnete die Wagentür. Die heiße

Luft im Innern traf mich ins Gesicht wie eine frisch gebügelte Bettdecke, und ich mußte mich am Holm festhalten, um nicht gleich wieder auf dem Hintern zu landen, wobei ich mir ein zweites Mal die Finger verbrannte. Ich betrachtete mich im Rückspiegel. *Schöner fremder Mann* ... Die rechte Hälfte meines Gesichts war blutverkrustet bis zum Hals, und mein Hemd war mit Blut getränkt und steif wie ein Zementsack. Ich zog es aus und mußte erneut laut aufstöhnen – die Beule an meinem Hinterkopf hatte ich im Spiegel natürlich nicht gesehen. Jetzt hatte ich die Schnauze aber voll – ich suchte in dem Gewühl im Wagen die Flasche, die da irgendwo noch sein mußte. Schlafsäcke, Klamotten, Taschenbücher, Leergut, Handtücher, Kassetten, Gitarren – *Bingo!* Noch mindestens drei Fingerbreit von dem teuren französischen Cognac, den Françoise so gerne trank – und wohltemperiert. Wie ein guter Grog ungefähr. Egal – ich trank das Zeug in einem Zug. Mein Magen spielte Epileptiker, aber ich hielt ihn gut fest und schluckte den Schaum vor seinem Mund wieder runter. Mit tränenden Augen drehte ich mir eine und steckte sie an. Als ich mit Husten fertig war, war der Rest schon verglüht und ich mußte mir eine neue kurbeln.

»Wenn jetz' einer kütt un' ›Morjenstund hätt Jold em Mund‹ säät', schlar' isch 'm die Fläsch en die Fress'!« sagte ich zu der Möwe auf dem Mäuerchen zur Straße. Achselzukkend drehte sie sich um und flog weg. Anscheinend verstand sie kein Kölsch.

Bei dem Gedanken an ein kühles, schäumendes Kölsch fing ich fast an zu heulen. Ich hatte wirklich die Schnauze voll – von diesem Sommer, diesem penetranten Traumwetter jeden Tag, von all den gutgelaunten, gutaussehenden Menschen um mich herum, von den Preisen hier, die zu zahlen die sich offensichtlich leisten konnten, von all den arroganten Franzmännern genauso wie den nervigen Touristen, von dem ewigen billigen Rotwein, der schon viel zu lange neben labberigem Weißbrot und Knoblauchtomaten meine Nahrung war.

Gut – ich hatte in der Zeit mindestens sieben Kilo abgenommen, dafür ein paar Muskeln zugelegt vom täglichen Paar-Kilometer-Schwimmen und den stundenlangen Federballschlachten mit Veedelnoh. Ich war kupferbraun gebrannt und fand, daß ich ganz gut aussah mit meinen ausgebleichten langen Haaren über den verwaschenen karierten Flanellhemden mit den abgeschnittenen Kragen und Ärmeln, die ich damals gerne trug.

Das hatten, ganz abgesehen von einem halben Dutzend schwuler Yachtbesitzer, auch schon mindestens dreißig Mädels aller Nationalitäten gefunden, aber sobald sie merkten, daß ich mir dreimal überlegen mußte, ob ich mir leisten könnte, ihnen eine Cola auszugeben, geschweige denn einen Longdrink oder gar ein Abendessen, hatten sie plötzlich einen Friseurtermin. Oder Tennisstunden. Oder Surfen. Sechs Wochen im Paradies, umgeben von den schönsten Weibern Europas, und was war …? *If it wasn't for bad luck, I wouldn't have no luck at all …*

»Wenn isch endlisch widder in Kölle bin, muß isch mir wa'scheinlich dreimol eine rungerholle, eh' isch misch bei dä Schöss röckmelde. Sönz platze isch jo schon, wenn mir ein' nur en Hand jitt!« beschwerte ich mich bei der Möwe, die wieder auf ihren Platz zurückgekehrt war. Sie lachte kreischend auf, wie ein Haufen Nippeser Marktfrauen, die sich am Damenkegelabend einen Herrenwitz erzählen. Sie verstand mich also doch – mußte nur laut und deutlich reden. Zum Dank schmiß ich ihr ein Stück trockenes Brot hin. *Und von Brigitte Bardot, die hier angeblich immer vorbeikommt, wenn sie zum Einkaufen geht, hab' ich auch noch kein Gramm gesehen!*

3

»Büb! Mir zwei! Un' et janze Johr Sommer!« An einem vergraupelt-vermatschten Heiligabend in Köln, gerade mit gebrochenem Herzen in einer Horrorfahrt aus Horrorstadt zurück, klingt so ein Song vom Sommer an der Côte d'Azur ziemlich verlockend – aber was sollte ein Schlagzeugberserker wie ich zwischen Bambusflöten wringenden, Gitarre zupfenden Hippies? »Kei' Problem, Büb! Jeder kann Jitta' spille!« hatte 'noh trompetet.

Er hatte mich begrüßt wie den lange verlorenen Sohn, nach meinem ziemlich mißlungenen Versuch, in München Fuß zu fassen, obwohl wir uns im Frühjahr davor mit einem ziemlichen Krach getrennt hatten. Wir alle von PENNER'S RADIO hatten's reichlich satt gehabt – den ewigen Tourneeschlauch, die ständigen Benefizkonzerte, all die Nächte auf zu kalten Matratzen nach Abenden mit zu warmem Bier. Die zähen Tage, an denen man mit matschiger Birne auf ein paar hundert Kilometer Mittelstreifen stiert. Die Abzockereien von Veranstaltern, Agenturen und der kleinen »alternativen« Plattenfirma, die von unserem Hitalbum *Wat dä Driss soll?!?* – PENNER'S RADIO *live in Habbelrath* wahrscheinlich an die achtzehntausend Stück verkauft, aber bis heute nur neuntausend an uns abgerechnet hatte. Die Anlagenschlepperei, den Kampf gegen unseren Schuldenberg, gegen das Finanzamt, gegen das Getriebe und den ewig lockeren Auspuff unseres alten Opel Blitz.

Und dann all die fruchtlosen Diskussionen – die Frauenbewegerinnen hielten uns für heuchlerische Chauvis (»Was singt ihr da – *Eva, wenn du so mit deinem Fischbrötchen lachst?* – Schwanz ab!«), die Autonomen für Kommerzsäue (»Ihr spielt doch bloß ohne Gage für unser Jugendzentrum, weil ihr Werbung für eure Platten machen wollt!«), die Konservativen für Anarchisten (»Ihr liefert doch die Hymnen für die RAF-Sympathisanten!«), die Politfreaks für unpolitische Klamaukrocker, und für ein Heer von Polizei- und Zollbeamten waren wir anscheinend alle Rauschgift schmuggelnde Terroristen (»Fahren Sie bitte mal rechts ran! Aussteigen, den Laderaum öffnen und ausladen!«) …

Und nicht zuletzt gingen wir uns selber gegenseitig ziemlich auf die Nerven: Weiter kölsch oder lieber hochdeutsch oder nicht doch besser gleich englisch? Mehr Geblödel oder mehr Politik? Mehr Jazz (Emerson, unser Organist)? Mehr Punk (Veedelvüür, der linke Gitarrist, von meinem Schlagzeughocker aus gesehen)? Zielstrebig auf die Hit-Single los (Veedelnoh, der rechte)? Mehr Showeffekte für Eiermann, unseren Bassisten? Schnellerhärterlauter für mich, Büb Klütsch, den sie auch Kanaldeckel's Büb nennen, weil ich mein Schlagzeug-Set eher auf Autofriedhöfen zusammenklaube als bei *metro-music?*

Monatelange zermürbende Gruppenhydraulik hatte dann zu der Entscheidung geführt, PENNER'S RADIO für ein Jahr zu beurlauben. Oder so. Also den Blitz, unsere Anlage und unseren Proberaum an die Kollegen von COPPERCABANA SILVER vermietet, im guten alten Maschinensaal der ehemaligen Stollwerck-Schokoladenfabrik noch ein denkwürdiges Abschiedskonzert hingelegt, nach dem nicht nur mein Schlagzeug in Trümmern lag, noch mal gemeinsam die Kante gegeben, zwei Tage Komaland – und dann die vorläufige Endabrechnung für fünf Jahre PENNER'S RADIO abgesegnet (nach Begleichung aller offenen Rechnungen für jeden sechshundert Mark sowie vierhundert Platten und zweihundert Poster, die jeder selbst zu Geld machen durfte), bevor wir uns in alle Windrichtungen zerstreuten, um auf den Serpentinen der Selbstfindung und Selbstverwirklichung ein paar Raststätten weiterzukommen. *Hardnose the highway …*

4

»Dat war 'n Abschiedsgig, wa', 'noh?« Er hockte vor mir und drehte sich meinen Schädel zurecht, um mir die Blutkruste abzuwaschen. Leider benutzte er Meerwasser dazu, und ich war nahe dran, ihm eine zu kleben, aber ich hatte keine Hand frei – in der einen hielt ich eine halbvolle Pulle Rotwein und in der andern eine von diesen dicken krummen Zigaretten, die Françoise *spliff* nannte. Eigentlich mochte ich sie nicht sonderlich (die Zigaretten), aber sie (Françoise) hatte mich überzeugt, daß sie gut gegen all meine Wehwehchen seien. Ich fand, daß sie mich nur besoffen machten, und nahm noch einen ordentlichen Schluck Roten, um gegenzusteuern.

»Dich kann man auch nich' mal einen Abend alleine lassen, wie?« knurrte er.

»Ich war nich' allein.«

»Ach?«

»Na ja – am Anfang je'nfalls nich'. Un' dann war ich noch kurz so was hier trinken«, erklärte ich und schwenkte die Flasche Richtung Kehle. »Un' dann kam Blondie dazu.« Ich begann darüber nachzugrübeln, wie das Treffen überhaupt abgelaufen war.

»Mach's nich' so spannend, Büb!« Ich zuckte mit den Schultern. *Autsch!*

»Ich glaub', er mag unsre Musik nich'. Er meint, wir würden ihm und seinem Rauschgoldengel das Geschäft versauen. Ich sag' ihm, daß mich sein Geschäft nich' interessiert, ein Wort gibt das andere ... –«

»Un' dafür schlägt er dir den Schädel ein?«

»Na ja – er schreit reichlich rum un' geht mir auf'n Sack, deswegen setz' ich ihn draußen in den Blumenkasten vorm *Boubou.* Dann kommt er ziemlich sauer wieder rein und meint, wir sollen uns 'nen andern Platz suchen, und schlägt so was wie Auschwitz vor. Daraufhin schlägt – eh, ich weiß nich' mehr, wie sie hieß – ihm vor, sich zu verpissen. Er gibt ihr 'n paar unfeine amerikanische Namen, un' sie haut ihm ihre *Crêpe Niçoise* in die Fresse. Mit Teller. Er scheuert ihr eine, ich sag' ihm, das reicht, und er –«

»Meinste, damit kriegste deine Erbsenprinzeßjen endlich rum? Mit Blumenkinder verhauen?«

»Das waren keine Blumen – das war 'n Stilett. Un' außerdem woll'n wir beide uns doch wohl nich' unsere – eh – Urlaubsbekanntschaften vorhalten ...« Ich warf einen Seitenblick auf Françoise, die auf einer Bastmatte zwei Meter weiter im Lotussitz neben dem schnarchenden kleinen Frankfurter hockte und sich die meterlangen Haare frottierte. Sie strömte einen Moschusduft aus, daß ich mich wunderte, noch keine Büffel antraben zu hören. 'noh schnüffelte und grinste.

»Immerhin hat mir meine heute mittag nach meinem kleinen Solokonzert in St. Raphaël genug Zlotys für'n Abendessen eingesammelt. Ohne Tamburin.« Ich schielte fragend an ihm hoch. »Und ohne Oberteil«, fügte er achselzuckend hinzu.

»Und was hast du gesungen?«

»So – fertig«, verkündete er und erhob sich, »sichs' wieder halbwegs menschlich aus. Wenn du bis heut abend wieder nüchtern bist, laden wir dich ein.« Ich stöhnte. *Schon wieder saufen?*

»Zum *Essen!*« Ach so.

»Und was hast du gesungen?« Er nahm seine Klampfe und schüttelte eine Art DOOBIE BROTHERS-Riff aus dem Ärmel. Dann räusperte er sich und gab mit Falsettstimme *When You're In Love With A Beautiful Woman* zum besten, die Nummer, mit der DR. HOOK letztes Jahr in die Hitparade geraten waren. »Ach du Scheiße – kann man sich in St. Raph' auch nich' mehr blicken lassen! Langer Weg vom *Freaker's Ball* bis dahin ...« Aber er ließ sich nicht stören. Gitarre spielen konnte er ja, das mußte ich ihm lassen.

5

Deswegen hatte er ja auch so wohlgemut die Pause von PENNER'S RADIO angetreten – es hatte ja tatsächlich schon ein paar von den EMI-, OMI-, IMI- und ATA-Talentscouts gegeben, die was von ihrem Job zu verstehen schienen und ihn für ihre jeweilige Firma abzuwerben versucht hatten. Aber jedesmal hatte er abgewinkt, wenn sie nicht bereit waren, unsere gesamte Kapelle unter Vertrag zu nehmen – obwohl es ihn schon schwer gereizt hatte:

»Da oben am Front-Mikro stehen, Büb, 'ne Platin-Platte im Rücken, weltweit, versteht sich, 'ne Riesenhalle voll kreischender Fans ...! Du singst, und die Mädels machen sich naß, un' dann spielste 'n Solo, un' die Jungs machen sich auch naß ... un' dann machste noch mal *einen* einzigen Benefiz-Gig – im Wembley-Stadion zum Beispiel –«

»Wembley? Benefiz? Für wen – die Queen?«

»Wat weiß ich, für wen – die Pest in Indien, Demokratie in Rußland, Hunger in Afrika, datt die Berliner Mauer fällt, ejal! Un' dann da oben, im Duett mit Tina Turner ...!«

»'noh – die is' doch schon lang in der Versenkung –«

»Die kütt widder, Büb! Die kütt widder! Un' *ich* sing' mit der! Un' Millione' luuren zo! Dä Fernseher! Weltweit! Wie beim Ali jejen Frazier! New York! Rio! Tokio!«

»Un' Esch, Pesch, Wiggepesch! Wie alt willste weede, 'noh, öm dat ze erlääve – nüngßisch? Hundertveezisch?«

»Wart's ab, Büb! Du wirs' noch von mir hören!«

Ich hörte von ihm – ein paar Monate später, ich war schon in München. Ich guckte mir einen dieser Fernsehkrimis an, die ablaufen, als seien sie von der Berufsberatungsstelle des BKA gesponsert. Der kleine dicke Inspektor hatte den Mörder eingeliefert und machte die letzten stimmungsauflockernden Witzchen mit seiner frischgefönten Frischverlobten, und ich wollte gerade abschalten, als nach ein paar bei Rachmaninow geklauten Klavierakkorden eine Stimme erklang, die mir schwer bekannt vorkam. Eine Ballade, nach der sich meine Schwägerin, Schaltertante bei der Raiffeisenbank Opladen, garantiert am nächsten Morgen bei Radio Nord erkundigt hatte: »Dat lief doch jestern in dem Film! Janz am Schluß! Un' im Refräng singk der so unjefähr *Änt venn se wummen trietz him reit, se mähn känn ßieh se scheining leit ...«* Und darüber lief der Abspann, und nach dem zweiten Refrain blendeten sie aus – und wenn die paar Töne E-Gitarre, die man irgendwo zirpen und im Hall absaufen hörte, von unserm Veedelnoh gespielt waren, würde ich Heiligabend in einem Bett im Kornfeld verbringen.

Mit derselben Ballade, die inzwischen im *Musikmarkt* auf Platz vierundvierzig rangierte, Pfeil nach unten, und einer fröhlicheren Nummer zum Mitklatschen *(Show me where the sun is and I show you where the fun is ...)* sah ich ihn dann drei Wochen später in der *Tele-Rundschau* – sie hatten ihn zum Friseur und in Karstadts *Young Fashion*-Abteilung geschickt, ihm seine Gitarre weggenommen, seine eigenen Songs in die Tiefkühltruhe geschmissen und ihm zwei Stunden bei Rex Gildos Schauspiellehrer spendiert, inklusive Sonnenbank, und als er das Brötchen in der Frisur der Moderatorin küßte, die ihm *gaans, gaans doll der Daumen* drückte, ging ich runter in einen dieser Schwabinger Wir-haben-Chrom,-Spiegel,-Leder-und-einen-Filmregisseur-als-Stammgast,-da-kannst-du-für-nen-Heiermann nicht-auch-noch-Schaum-aufm-Bier-verlangen!-Schuppen und bestellte mir acht Korn, zwei Rum, einen Calvados, einen Cointreau, zwei Apfelsaft und ein leeres Weizenglas. Selbst ist der Mann. Apfelkorn war ja mittlerweile auch von gestern. *Feelin' good was easy, Lord ...*

6

... an' feelin' good is good enough for me, hatte sich unser Veedelvüür gedacht, war in Hamburg gelandet, bei SMEGMA PUDDING, einer Punkband, die allerdings in der Hauptsache mit Molotowcocktails und Eisensägen an Hochspannungsmasten rumspielte; mittlerweile saß er in Celle im Knast und studierte Akupunktur, Schreinerei und Bootstechnik, weil er plante, sich ein Hausboot zu bauen und an der Alster eine alternative Gemeinschaftspraxis aufzumachen, die keine Krankenscheine akzeptieren würde. Eiermann, unser Fels-in-der-Brandung-Bassist, hatte einen festen Job am Stadttheater Bad Godesberg, wo er den zweiten Verfolgerspot bei *Warten auf Godot* bediente. Und wo unser Organist Emerson gelandet war, wußte keiner so recht.

Und ich, Kanaldeckel's Büb, der mehr Schlagzeugknüppel geschafft hat als Gilbert Bécaud *Gitanes?* Nachdem mich Dubravka zum zweiten und wahrscheinlich letzten Mal verlassen hatte, weil sie es nicht ertragen konnte, daß Rock'n'Roll-Touren ohne Besäufnisse und Weibergeschichten für mich so spannend waren wie Fußballspielen mit 'nem Nylonball, war ich irgendwie – jaja, Weibergeschichten und Besäufnisse! – in München gelandet, hatte Filmmusiken gemacht und Bier gezapft und *Fleischpflanzerln* gebraten und auf Flohmärkten rumgestanden und RESI'S GO-GO-GIRLS über die bayrischen Dörfer gekarrt und – aber das ist 'ne andere Geschichte ...

7

Und dann war ich eben wieder in Köln. Da es den *Schrebergarten* nicht mehr gab, guckte ich mich ein bißchen um und kriegte einen Job im *Come Up,* wo ich dreimal die Woche, außer an diesem blöden Nichtrauchermontag natürlich, nachmittags putzte und abends von zehn bis eins Platten auflegte. Die Hälfte der Platten war so langweilig wie die Leute, die dort verkehrten *(SUPERTRAMP! BARCLAY JAMES HÄNÄNÄ!!)*, aber solange Akim, der Geschäftsführer, nicht da war, konnte ich die mit der anderen Hälfte quälen; das Bier war okay, und wenn ich meine sieben Personalbons versoffen hatte und mir bei Benjamin, dem Zahnmedizin studierenden Barkeeper, Nachschub holen ging, zahlte ich meistens mit 'nem schmutzigen Zehner und kriegte von ihm Wechselgeld auf'nen sauberen Zwanziger raus – schließlich war der Laden doch 'ne Geldwaschanlage. Dafür nahm ich ihm dann während meiner Putzschichten Mix-Kassetten auf, die er wiederum kopierte und in seiner Heimatstadt Münster teuer als das Neueste und Größte aus Der Großen Stadt vertickte. Damals gab's noch so was wie Solidarität – zumindest unter Schwarzarbeitern.

In Veedelnohs Rumpelkammer von Zweitzimmer, die er »Dat Schtudio« nannte, hatte ich mich ein bißchen häuslich eingerichtet, was heißt, daß ich eine der an den Wänden lehnenden schalldämmenden Matratzen bezog und auf den Boden legte, eine ausgeschlachtete Lautsprecherbox daneben, in die meine komplette Garderobe paßte, obendrauf ein kleiner Spot, ein paar Bücher und ein großer Aschenbecher. An Büchernachschub herrschte kein Mangel – mein Freund Stevie arbeitete mittlerweile bei Föhler & Kalckmann, Kölns größtem Buchgroßhandel. Jeden Mittag trafen wir uns in der Kantine der Hauptpost, wo auch die F & K-Mitarbeiter ihr Stammessen kriegten, und nachdem er sein Mittagessen verputzt hatte, stellte ich mich mit seinem Ausweis an, um mein Frühstück abzuholen. Dann tranken wir noch 'ne Flasche Bier und rauchten eine, er ging wieder zurück zu seinem Job, und ich verließ ein paar Minuten später die Kantine mit der gutgefüllten Plastiktüte, mit der er hergekommen war. Chandler, Dostojewski und Loriot, Hammett, Kerouac und Sempé, Langenscheidt, Nietzsche und Gernhardt, Sartre, Anaïs Nin und Max Ernst, Tolkien, Spillane und Janosch, Hemingway, Dali und Luke Rhinehart, Böll, Highsmith und Dylan, Lennon, Beckett und -ky, Krishnamurti, Zane Grey und Henscheid, Wittgenstein, O'Donnell und Vian und wie sie alle heißen, die einem was über das Leben erzählen können (und wie es sein könnte) und über die Menschen (und wie sie sein könnten), und irgendwann hatten wir sogar die wunderschöne gebundene Sammlung *Märchen aus aller Welt* beisammen, alle vierundfünfzig Bände.

Als kleine Gegenleistung kümmerte ich mich jeden Nachmittag ein, zwei Stunden um die Erziehung des jungen Rottweilers seiner neuen Freundin. Unter anderem brachte ich dem bei, sich in jeder Kneipe sofort unter den Flipper zu legen und von dort aus ein Auge auf alles zu haben, bis wir wieder gingen.

Leider wollte er das eines Tages, bei einem Sonntagsausflug ohne mich, auch in einer Kneipe im Bergischen Land, wofür er aber dem alten Dackel des Wirts seinen Stammplatz streitig machen mußte. Er war gerade dabei, den Dackel in Stücke zu reißen, als ihm der Wirt mit einem Barhocker den Schädel einschlug. Stevies Freundin also ohne Hund, Stevie mal wieder ohne Freundin, ich zwei Stunden mehr Zeit, Gitarrespielen zu lernen.

Und langsam Zeit, 'ne eigene Gitarre zu haben. »Wä die Kääne nit probiert, weiß nit, wie die Prumme schmecke, Jung«, hatte Opa Klütsch, der kölsche Konfuzius, mir schon frühzeitig mit auf den Weg gegeben. Also besorgten wir mir bei Fischer's Jupp am Eigelstein eine robuste Westernklampfe.

»Dat beste, wat du em Moment kriejen kanns', Büb – auf dem Ding hat schon der Elvis jespielt. Der King!«

»Der King, Jupp?«

»Ja, der Ki-, eh, der Kuhn! Der Paul Kuhn!«

»Der spielt Klavier, Jupp ...!«

»Jeck! Der kann alles! Dat is ene feine Kääl! Wat isch mit dem schon jesoffen hab'! Fünnefunachzisch?«

»Tu mir 'ne Tasche dazu, un' isch geb' dir fuffzisch.«

»Tasche?! Bis' du beklopp', Büb? Dat Schmuckstück muß doch jeder sehn können, wenn du damit zum Sartory jehs'! Fünnefunsecksisch?«

»Ich spiele nich' im Sartory, Jupp – ich spiele an der Côte d'Azur!«

»Ja, leckens am Dill! Do bruchste natürlisch en Täsch', Büb – sönz hät dä Franzmann dir die Schrumm doch t'reck jeklemmp'! Hier hab' isch jenau dat rischtije für disch – siebzisch?«

»Fuffzisch.«

»Komm – weil du et bis', Büb: jib mir secksisch, isch hab' noch ene Termin.«

»Fuffzisch un' 'ne Flasche Asbach.« Lippenlecken.

»Na ja, wat willste beim Franzmann met däm Schabau? Is jebongk!« Also kurz rüber zum Stüssgen-Markt, eine Pulle Asbach gefringst, und schon war ich stolzer Besitzer einer dunkelroten Framus in einer babyschißgelben Skai-Hülle mit einem Wienerwald-, einem Sendung-mit-der-Maus- und einem Bad-Dabringhausen-Aufkleber, und Veedelnoh führte mich in die hohe Kunst der Rhythmusgitarre ein: E-Dur, G-Dur, A-Dur, a-moll – zack! hatte ich *For Your Love* drauf, und dann *Dust My Broom* und *Got My Mojo Working* und, natürlich, *House Of The Rising Sun* und *If I Were A Carpenter* und *One Scotch, One Bourbon, One Beer* und und und ...

8

... und gelegentlich verbrachte ich ein Wochenende in Veras Gästezimmer, was zwar nicht immer so ganz meiner Vorstellung von Eheleben entsprach – aber unser Eheleben hatte noch nie irgendwelchen Vorstellungen entsprochen, was schon damit anfing, daß wir damals bloß geheiratet hatten, damit sie in ihre wunderschöne, riesige Altbauwohnung in der Engelbertstraße ziehen konnte. Die Trauung fand während ihrer Mittagspause statt, Trauzeugen waren zwei Kollegen aus ihrem Verlag, und nach zwei feierlichen Bieren in der Bar vom *Hotel Herzogenruh* sollte planmäßig auch schon alles gelaufen sein, aber dann quatschten wir uns wohl ein bißchen fest, und ihre Mittagspause zog sich bis weit über irgendwelche unbezahlten Überstunden hinaus; und weil wir dann auch noch meinten, eine Hochzeit ohne Vollzug gewisser ehelicher Pflichten sei nur halber Kram, machte sie den Tag danach auch noch zum Flittertag, den wir im übrigen in all den Jahren seitdem auf ähnliche Art feierten, egal wer gerade ihre Lebensgefährtin war. Oder meine.

»Ich steh' zwar gelegentlich auch auf männliche Körper, wie du ja wohl schon länger gemerkt hast, mein Göttergatte – aber für'n Kopp un' fürs Herz hab' ich dann doch lieber was Menschliches um mich rum, das Sagen von Sprechen, Tun von Machen und Spüren von Fühlen unterscheiden kann.« Daß sie trotzdem schon so lange so eng mit mir befreundet war, nahm ich als Kompliment – und als Balsam für den gekränkten, eitlen männlichen Schweinehund in mir; ansonsten nahm ich auch das, wie so vieles in meinem Leben, wie's halt kam. Und die meiste Zeit mit großem Vergnügen. Nicht zuletzt, weil Antula, ihre üppige griechische Freundin seit ein paar Monaten, ähnlich undogmatisch drauf war und Vera deswegen keinen Streß machte. Und außerdem gab's da schließlich noch Anna, Veras mittlerweile achtjährige Tochter, die mich, wenn schon nicht als Ersatzvater, dann doch wenigstens als Spielkameraden, Frotzelgegner und Kölner Stadtführer ins Herz geschlossen hatte. Und ich war immerhin ihr Schlagzeuglehrer.

Und dann gab's natürlich noch Kathrinchen, die mich in ihre luxuriöse Bude am Decksteiner Weiher entführte, wenn ihr mal danach war, sprich: wenn ihr sonstiger Umgang ihr auf die Nerven ging.

»Is' doch wunderbar, Büb – jeder von uns hat sein eigenes Leben, und zusammen ha'm wir unseren Spaß; wenn du nich' meinst, dich wieder in mich verlieben zu müssen, werden wir noch uralt zusammen. Ein richtig schnuckeliges Bratkartoffelpärchen.«

Also lebten wir jeder unser eigenes Leben, hatten ab und zu unseren Spaß zusammen, und ich meinte nicht, mich in sie verlieben zu müssen. Und wer weiß schon, wie alt er wird? Oder was überhaupt der nächste Tag, das nächste Jahr, die nächste Minute bringt? Erst recht, wenn Heroin im Spiel ist. Es tat mir weh zu sehen, daß sie ihr Quantum nicht mehr ein-, zweimal die Woche, sondern fast täglich brauchte. Und ihr Umgang, ein paar gelackte Loddels aus Wien und Salzburg, die sich im Friesenviertel durch ausgesuchte Gemeinheiten schnell einen fiesen Ruf erworben hatten, gefiel mir auch überhaupt nicht.

»Alles im Griff, Büb. Halt dich da raus, und wir werden nie ein Problem haben, mein Schatz.«

Also hatten wir nie ein Problem.

9

Na ja, *ein* Problem gab's dann doch: Ich war Kanaldeckel's Büb. Ich griff mit links einen Akkord, langte mit rechts zwei-, dreimal in die sechs Saiten – da waren's nur noch fünf oder sogar nur vier. Die hohen, dünnen wollten einfach nicht halten. Mit der Zeit schaffte ich es, mich so weit zurückzuhalten, daß die H-Saite überlebte, aber die hohen E-Saiten machten immer nur *zinngg! zschäck!*, und weg waren sie. Nach der fünfundzwanzigsten Ersatzsaite kapitulierte mein Lehrer.

»Komm, Büb, ehe du eines Tages einem von uns ein Auge ausschießt – wir lassen das E weg. Klingt außerdem geiler, so wie du spielst.«

»Was heißt das: So wie ich spiele?«

»Na ja, du spielst, als wär' dat Ding Schlagzeug, Baß und Rhythmusgitarre in einem. Aber mach ruhig weiter so – wir spielen die Franzmänner an die Erde! Machen die Côte klar! Wie wär et mit *Rock Steady Woman?«* Und ab ging die Post ...

Isaak

»Es geht doch nichts über ein Glas Champagner und eine gute Monte Cristo, wenn man etwas zu feiern hat«, schnurrte Isaak Eimermacher und blickte hinter dem schwarzen Dienstmädchen her, das ihm den Eiskübel gebracht und ein Glas *Krug*-Sekt eingeschenkt hatte. Fettsteiß schön und gut, dachte er, aber die wird auch immer fetter. Vielleicht bezahle ich die zu gut?

Aber das war jetzt nicht so wichtig. Genüßlich und in aller Ruhe beschäftigte er sich mit der Zeremonie, die das korrekte Anzünden seiner langen, hellbraunen Zigarre erforderte. Auf der Prinsengracht glitt ein Aussichtsboot voller knipsender Touristen durch die stinkende Brühe. Nicht daß sie ihn fotografieren könnten, hier hinter den gold-getönten Scheiben des Wintergartens im dritten Stock seines denkmalgeschützten Hauses, erbaut 1722. Kurz überschlug er ihre Zahl und registrierte, was drei Prozent ihres Ticketpreises in seine Taschen bringen würden. Dann lachte er – ein kurzes, quietschendes Wiehern, wie ein verwirrter, übermütiger Esel. Das war doch nun wirklich kleine Maus, das Kleingeld für seine Zigarren vielleicht, oder zumindest die Bestechungsgelder, die nötig waren, diese handgedrehten Kostbarkeiten aus Havanna in seinen Humidor zu schaffen.

»Aber die Steinchen«, murmelte er liebevoll die Glut seiner *Especiales No.1* an, »die heiligen Ringe, sechzehn für jeden Finger, ach was, jeder von euch Schätzchen könnte ich einen davon an Stelle eurer papiernen Bauchbinden anziehen ...! Sie kommen nach Hause, wohin sie gehören! Womit wir endlich – endlich! – die weltweit größte Sammlung antiker Ringe beisammen hätten!

Das muß doch gefeiert werden!« Wieder das Wiehern. Dann lehnte er sich in dem mit orientalischen Kissen gepolsterten Korbstuhl zurück, trank sein Glas leer und warf es hinter sich, wo es an dem goldfarbenen Panzerglas zerschellte. »Prosit! Auch wenn die Sammlung Eimermacher dann – spätestens dann«, grinste er, »eine geheime bleiben muß – dreimal Prosit!« Er nahm sich ein neues Glas vom Tablett.

Eine Million Deutsche Mark – für einen Fußballer! Und nicht mal irgendein Fußballer, sondern sein tumber Schwiegersohn, den ihm seine dumme, mißratene Tochter in den Pelz gesetzt hatte wie eine Laus. Aber vielleicht war sie doch gar nicht so blöde? Vielleicht hatte sie doch ein bißchen was von der Familienschläue geerbt, die er mitsamt seinem Imperium so gerne dem Sohn vermacht hätte, der ihm verwehrt geblieben war? Immerhin zeichnete sich ab, daß die Laus dabei war, eine goldene Laus zu werden. Eine Million! Und dieser alte Trottel von Bauunternehmer, dieser Emporkömmling aus Köln-Worringen, war bereit, das für diesen krummbeinigen Holzkopf hinzublättern! Was für ein Holzkopf das war, sah man ja schon daran, daß er sich wand und was faselte von »Bei dem Verein sehe ich keine Zukunft für mich«! *Gottverdomme*! Er würde dem Blödmann Beine machen – wieder wieherte er sein Kichern, als er an die krummen, dicken Beine seines Schwiegersohnes dachte, dann wurde er wieder ernst – immerhin waren diese Stampfer mit vier Millionen Pfund versichert. Er würde das geschickt einfädeln müssen. Erst seine Tochter überzeugen, aber das würde nicht so schwer sein – kriegte sie eben noch einen von diesen blöden schwarzen Gäulen aus dem Stall eines seiner Partner in den arabischen Ländern. Eine Investition, die sich lohnen würde. Denn daß sie, wenn sie überzeugt war, keine Mühe hätte, ihren O-Beiner zu überzeugen, das war so sicher wie sein nächstes Glas Champagner. Vier Jahre verheiratet, und der sabberte immer noch, wenn er in die Nähe seiner Frau kam, und überschlug sich bis zur Lächerlichkeit, ihr alles recht zu machen. Wieder kam ihm der Gedanke, daß Edna doch mehr auf dem Kasten hatte, als er ihr zugetraut hatte – zuzutrauen bereit gewesen war, wo sie doch bloß eine Tochter war. Er seufzte – die Zeiten änderten sich – jetzt hing schon das Geschick seines Erbes von einem Mädchen ab ...!

10

... und irgendwann – Mädchen hin, *Rock Steady* her – war das Frühjahr rum. Und dann, Anfang Mai, wir hatten gerade angefangen, richtig zu planen, uns von Stevie mit Karten, Reiseführern und dem schönen Buch *1000 Dinge sagen in sieben Sprachen, die du nicht kennst* ausstatten lassen, von Fischers Jupp zwei Luftmatratzen, ein Federballspiel, ein Reiseschach und zwei kleine Armeesets mit Campinggeschirr und -besteck organisiert bekommen, passierte uns dieser Frühschoppen.

Wir sitzen fröhlich bei *Tante Thekla* und machen zwischen Kölsch und Gespritztem Listen mit Sachen, die wir noch versilbern (»Die Märchensammlung!« »Nix da, die nehm' ich mit – die werd' ich diesen Sommer alle lesen!«), Stücken, die wir noch einüben (*»Everybody Needs Somebody?« »Everybody Loves Somebody Sometimes?«* »Haha – Thekla, noch zwei Jedecke!«), Leuten, die wir noch anpumpen (»Den Klautze, den kenn' ich jut!« »Besser nit – nachher fällt dem ein, datt ich noch die alte Gibson von ihm hab'!«), und Dingen, die wir noch brauchen könnten (»Dat Wichtigste überhaupt: 'n Auto!« »Ja, Scheiße! En Auto – wo sommer dat bloß herkriejen?«), da kommt Ronnie rein und bestellt drei doppelte Kabänes und 'n paar Bier. Die kommen prompt, und als wir ihm gerade mit den Kurzen zuprosten wollen, schiebt er uns jedem ein Bier rüber und säuft den Schnaps selber hintereinander weg. Und spätestens da wird klar, daß das heute nicht seine ersten sind.

»'s passiert, Ron?«

»Scheiße.«

»Warste auf der Rennbahn?«

»Rennbahn! Scheiße! Thekla!«

»'n Überfall?« Ronnie ist Taxifahrer. Nachts.

»Überfall? Mich? Scheiße!« Ronnie ist auch Trainer der MÜLHEIM MANIACS – American Football ist schwer im Kommen in Köln.

»Krach mit deiner Ollen?«

»Thekla!!«

»Biste pleite? Sach do'ma' wat!«

»Pleite? Ich? Scheiße!« Aber irgendwann kann er's ja doch nicht mehr für sich behalten, und es stellt sich raus, daß er vor drei Tagen kurz nach Mitternacht drei Typen aus dem *Madame George* abgeholt hat, die unbedingt noch irgendwo richtig einen draufmachen wollten.

»Ich fahr' die zum *Copa* – gefällt ihnen nich'. Ich fahr' die zum *Olympia* – ich soll warten, sie wollen sich dat angucken. Die Uhr läuft 'ne Viertelstunde – ich geh' rein, die spendieren mir 'nen Kaffee un' wollen woandershin. Ich fahr' die nach *Vögelsang*, wir gehn zusammen rein, die Uhr läuft, die saufen Johnny-Cola, ich krieg' Kaffee un' Rémy – gefällt ihnen nich'. Ich fahr' die zum *Maharadscha* – ich soll wieder mit rein, ich erinnere die, dat die Uhr mittlerweile auf hundertzwanzig Märker steht. Steckt der eine mir zwei Blaue in'n Kragen un' sagt: Na un'? Lasse doch weiterlaufen!« Zeit, 'ne neue Runde zu bestellen, was diesmal 'noh und ich übernehmen. Wir wissen den Wert einer guten Anekdote wohl zu schätzen.

»Also rein in's *Maharadscha,* die Johnny-Cola, ich Kaffee un' Rémy, der eine von denen geht mit Esther in'n Whirlpool, un' die andern beiden nölen so rum. Stellt sich raus, die sin' hohe Tiere bei irgend'nem Ölkonzern, die halbe Zeit zwischen Hamburg un' Venezuela unterwegs, der andere 'n Kollege aus Caracas. Eigentlich hatten se nur 'n kurzen Termin bei der Erdöl in Wesseling, aber der Ami will ehm noch wat erleben, un' sie auch. Aber dauernd knaatschen se rum, wat Köln für'n Kaff is' un' so. Jaa: Hamburg! Dat wär ma' 'ne

Stadt! Un' als der dritte von seiner Nummer zurückkommt, heißt's auf einmal: Wat sommer uns hier lange rumquälen – wir zischen jetz' ab nach Hamburg!«

»Un' du fährst se hin!«

»Un' ich fahr se hin! Scheiße! Thekla!! Klar fahr' ich die hin! Schon halb besoffen fahr' ich die nach Scheiß-Hamburg!! Un' sauf' un' koks' un' zock' un' fick' mit denen zwei Tage un' Nächte die Reeperbahn rauf un' das *Vier Jahreszeiten* runter. Schampus un' Rémy un' Hummer un' Austern un' Steaks un' Captagon un' Weiber in allen Farben un' Pokerrunden un' Würfelrunden un' Runden übern Dom –«

»Über'n Dom?«

»Ja, den Hamburjer Dom – so nennen die ihre Deutzer Kirmes. Die steht da dat janze Jahr.« Ronnie schmeißt sich zwei Cappies ins Bier und spült sie runter. Er hat die ganze Tasche voll davon. Wir lehnen dankend ab. »Un' ein'n Schotter haben die – die hätten die janze Friesenstraße aufkaufen können! Un' bei jeder Gelegenheit kriegt der tolle Kölner Taxifahrer 'nen Blauen in den Arsch gesteckt! Ich könnt' mir jlatt 'n eijenes Taxi kaufen von der Scheiß-Erdöl-Asche!«

»Is' doch super, Ron! Wat schreiste denn dauernd Scheiße?«

»Weil ich irgendwann von der Reeperbahn die Schnauze voll hab'! Der Dödel hängt mir in Fransen zwischen den Knien, un' mein Kopp is' kurz vorm Explodieren! Ich sach bye-bye un' adios un' tschö mit ö un' krieg' noch 'n Bündel Scheine ins Hemd gesteckt un' brauche knapp drei Stunden von Sankt Pauli bis zur Zentrale. Ich liefer' die Karre ab un' steig' in meine eigene un' will nur noch nach Hause un' eine Woche abratzen, abratzen, abratzen ...«

»Ja, un' dann?«

»Un' dann hält mich hundert Meter vor meiner Haustür die Schmier' an! Die Schmier'!! Ich bin quasi schon im Bett!! THEKLA!!!«

»Ah ja – un' du wills' natürlich nich' blasen un' machs' Theater un' die nehmen dich mit un' der Dokter kommt: Blutprobe. Wieviel?« Er klopft das Ergebnis mit seinem Schädel dreimal kurz auf die Tischplatte.

»Drei-« tock, »komma-« tock, »neun.« Tock. Nicht schlecht. Wir applaudieren und bestellen noch 'n paar Kurze. »Dreikommaneun! Umjerechnet: Zwei Jahre den Lappen weg un' fünf Jahre keinen Taxischein! Scheißescheißescheiße! Wollt ihr 'nen Taunus kaufen?«

'noh und ich gucken uns an. Suchen wir nich'n Auto?

»Ja, glotzt nich' so blöd! Wat soll ich mit der Karre? Hat sowieso nur noch 'n halbes Jahr TÜV. Fährt aber astrein! Is'n Kombi!« Ein Kombi! Ein Ford Taunus Kombi! Mit genug TÜV, um an die Côte d'Azur und wieder zurück zu kommen!

»He, Ron, wir ha'm keine Gönner bei Erdöls! Wat soll die Karre denn kosten?«

»Ach, Scheiße«, er wühlt in seinen Taschen und schmeißt Fahrzeugpapiere und 'nen Autoschlüssel auf den Tisch, »tu mir 'nen Heiermann!«

»'n Heiermann?! Haste se noch alle?«

»Gib den Heiermann un' nimm den Hobel oder leck mich am Arsch, Büb! Eh ich übermorgen wieder nüchtern werd' un' mir dat anders überleje!«

Na ja – wir zahlten den Heiermann und seinen Deckel und nahmen den Hobel. Daraufhin mußte er zur Feier des Handels noch einen ausgeben. Wurde dann noch ein schöner Nachmittag.

Und ein schöner Mai. Mit all dem Listenabhaken, Veedelnohs Bude Zwischenvermieten, all den Abschiedsrunden und Abschiedsküssen. Und dann war's auf einmal Zeit, den Kombi aufzutanken, Schlafsäcke und Gitarren hinten rein, ein paar Kassetten und 'ne Frankreichkarte ins Handschuhfach, und an einem strahlend wolkenlosen Junimorgen dröhnten wir noch dreimal um den Bonner Verteiler, machten eine letzte Flasche Kölsch auf und legten, platt, aber effektiv, CANNED HEAT ein. *On the road again …*

»Vielleicht ein wenig platt, aber sehr effektiv. Er macht es, Anton. Ich wußte doch, daß ich mich auf meine Prinzessin verlassen kann. Mein Araberhengst und deine Idee mit dem Grundstück im Bergischen haben natürlich auch geholfen.« Eimermachers Stimme klang, als seien alle Probleme schon gelöst. Merck wischte sich eine Schweißperle vom Nasenflügel. »Jetzt bist du dran, Anton.« Ja, jetzt war er dran, daran gab es nichts zu rütteln.

»Isch muß dat noch orjanisieren, Isaak, so schnell schießen die Preußen nit.« Eimermacher wieherte sein Lachen.

»Du kommst aus Worringen, Anton, du bist so preußisch wie unser Rabbi. Und daß geschossen wird, ist doch wohl in unserem Fall auch nicht nötig – hoffe ich.«

»Nänä«, beschwichtigte Merck, »is' doch nur so 'ne Redensart. Isch will damit nur sagen, dat jeht alles nit so Hals über Kopf, dat muß vernünftisch vorbereitet sein.«

»Sollst du, Anton, sollst du. Ich kann ja auf mein Päckchen noch ein Weilchen warten, aber wenn ich das richtig verstehe, mußt du doch deinen Einkauf in diesem Sommer noch unter Dach und Fach gebracht haben?«

»Isch bin am Ball, Isaak, isch bin am Ball.«

»Schön. Brauchst du Geld? Vorher schon?«

»Ach wat, Jeld! Nein, et jeht nur noch drum, dat jeschickt einzufädeln. So jeschickt, datt kein Schwanz uns jemals damit in – eh – Verbindung – eh ...« Wieder das Wiehern.

»Aber du bist doch der Einfädler vor dem Herrn! Bist du das nicht? Du wirst das schon schön *mooj maaken*, Anton!«

Sie führten noch ein wenig plätschernde Konversation – die Geschäftstüchtigkeit des Spaniers, die Lage im Nahen Osten, der Ölpreis, eine neuentdeckte Zigarrenmarke – dann verabschiedeten sie sich voneinander, Eimermacher herzlich, fast gönnerhaft, Merck nervös. Er wanderte eine Viertelstunde um seinen Schreibtisch herum und schaute mehrmals auf seine Armbanduhr, ein sehr teuer aussehendes stahlgraues Monstrum, so groß wie eine

Untertasse; das einzige, was sie nicht anzeigte, waren die Lottozahlen. Dann griff er wieder zum Telefon.

»Isch bin et«, bellte er, als sich jemand meldete, »hol misch um halb sieben im Büro ab – wir jehn 'ne Runde um den See. Isch muß wat mit dir bespreschen. Wat ...? Jaja, dann sagste dat eben ab. Ja, halb sieben!«

11

Leider hatten wir uns das falsche Repertoire ausgesucht – zumindest für diesen Auftrittsort, Saint-Tropez, abends um halb sieben. Der Franzmann hat's ja wohl anscheinend nicht so mit dem Blues. Wir stellen uns zum Beispiel vor die gut gefüllte Terrasse des *Le Clemenceau.* Kurzes Gitarrenvorspiel, 'noh bellt einmal *I Got Ramblin'* – hier klirrt eine Espressotasse, dort ein Champagnerkelch. Unter den Tischen kläffen ein paar Pudel hervor, ein Kind plärrt los, ein Afghane, mit einem hellblauen Seidenschal an einem der Tischchen festgebunden, rennt heiser hustend auf uns los, Tisch hinterdrein, und ein Wienerwald-Hähnchen in rosa Satin stößt spitze Schreie aus, weniger wegen *I Got Ramblin'* als wegen der heißen Crêpe in seinem Ausschnitt. Zwei schnöselige Kellner stürmen mit nasalen *Röö-röö-röös* auf uns ein, und als ich das als Aufforderung nehme, die zweite Stimme zu singen, kommt auch noch Silberschläfe im schwarzen Anzug, dick »Geschäftsführer« auf die schwitzende Stirn geschrieben. Unser Französisch ist nicht so doll, aber ihrem Tonfall und den bedrohlichen Gesten ist unschwer zu entnehmen, daß wir an der falschen Adresse sind. Also eine Bar weiter. Oder zwei.

Oder sechs. Aber nicht mal vor einem Schuppen, der sich *Le Gorille Electrique* nennt, weiß man unsere Blues-Interpretationen zu würdigen.

»Is' vielleicht nich' unser Tag, Büb?«

»Is' ja auch erst der erste. Vielleicht sollten wir uns erst mal

’n bißchen akklimatisieren.« Also setzten wir uns auf die nächste Terrasse, bestellten ein Bier und drehten uns eine. Eine entzückende kleine Mulattin in einem roten Kleidchen brachte uns zwei entzückende kleine Tulpen, halb voll Schaum, mit denen man in Köln gerade mal ein Stößjen vollgekriegt hätte, und legte uns ein Zettelchen unter den Aschenbecher. ’noh warf einen Blick darauf und starrte die Kellnerin mit offenem Mund an. Sie zeigte ihm ein entzückendes kleines Krausnasenlächeln. Er gab ihr ein paar Franc-Scheine. »Schon die nächsten zwölf mitbezahlt?« Er schüttelte langsam den Kopf und leckte vorsichtig ein Flöckchen von seinem Schaum ab. »Was kost’ denn eins?« fragte ich und kippte mir meins in den Hals.

»Zwölf-fuffzisch.« Ich verschluckte mich fast an meinem letzten Tropfen.

»Wieviel?« Er verzog bloß resignierend die Mundwinkel und nickte. »Hammer denn noch jenuch Sprit für die Rückfahrt?« Er war unser Kassenwart. Mit Geld konnte ich noch nie umgehen.

»Nix Rückfahrt. Erstens ha’m wir noch mindestens sechshundert Mark in der Tasche –«

»Die schon weg sin’, wenn wir uns hier nur ein einziges Mal halbwegs ordentlich besaufen …«

»Un’ zweitens ändern wir morjen unsere Stratejie. Wär’ doch jelacht, wenn wir hier nich’ wat Schotter machen. Luur dich doch ens öm!« Ich luurte mich öm. Überall waren mittlerweile Neonreklamen und Gaslichtkopien angegangen. Vom Wasser her blinkten die bunten Lampen von fast hundert Yachten zu uns herüber. Über die Berge hinter uns schwallte die Nacht wie verschüttete Tinte über die rot-weißgoldene Torte des Sonnenuntergangs und drückte sie in ein violett glitzerndes Mittelmeer. Mit einem kleinen Taschengeld von vielleicht drei, vier Mille würde man glatt den einen oder anderen Abend wieder herkommen wollen. Wie die alten Kreolen schon sangen: Geld ist schon gut, aber zu teuer.

Alle Terrassen um uns herum waren voll besetzt mit Menschen. Keiner von ihnen schien sich groß Gedanken um Bierpreise zu machen – auf den meisten Tischen standen sowieso Sektkübel und Weinkühler. Zwischen den Cafés und der Hafenmole schob sich ein summender Strom von Designerjeans, Hundertdreißig-Marks-T-Shirts und 'n-Fuffi-den-Nadelstich-Fummeln unablässig hin und her. Entlang der Mole saßen Straßenverkäufer mit Schmuck, Leder, Batiktüchern und Gemälden, auf denen der Hafen von St.-Tropez zu sehen war. In Pastellfarben, ohne all das Volk hier. Und alle verkauften ihr Zeugs, als sei's der letzte Tag vor Weihnachten.

Dazwischen hockte Arlo Guthrie's Double auf einem Seesack und spielte Querflöte – immer abwechselnd den *Sommer* aus Vivaldis *Vier Jahreszeiten* und *Bourrée*. Er unterbrach sich nur – etwa alle fünfzehn Minuten –, um die Scheine und Münzen aus dem Flötenkoffer auf dem Boden vor ihm in den Seesack zu stopfen. Ein paar Schritte weiter hinten spielte ein kupferfarbenes Mädel in einem schneeweißen Wollschlauch Tante Ediths *Milord* auf einem schneeweißen Akkordeon. Dazu passend tanzten zwei, natürlich schneeweiße, Foxterrier auf den Hinterbeinen um sie herum. Die rosa Erektion des einen schien ihren Umsatz nicht zu schmälern – sie würde nach Feierabend 'ne Schubkarre brauchen. Aber wahrscheinlicher war wohl, daß ein sechs Meter langer Cadillac sie abholen würde.

Vor unserer Terrasse baute sich gerade ein engelsblondes Hippiepärchen auf; er mit einer muschel- und korallenverzierten Klampfe, sie mit einem großen, fellbespannten Tamburin, an dem lange bunte Bänder flatterten. Gegen ihre Version von *Blowin' in the Wind* war die von Joan Baez der reine Punk. Eine Weile fragte ich mich, warum er 'noh und mich mit so finsteren Blicken bedachte, ohne sein Grübchenlächeln für den Rest des Publikums einzustellen, bis mir einfiel, daß die beiden uns im Laufe des Nachmittags schon zwei- oder dreimal über den Weg gelaufen waren. Sie waren nach unseren diversen Rausschmissen vor den gleichen Läden aufgetaucht und genau wie wir verscheucht worden, weil der Ärger über uns sich noch nicht gelegt hatte. Mit anderen Worten, wir waren heute schlecht für ihr Geschäft gewesen.

Aber sie holten schwer auf. Während er *You Are The Sunshine Of My Life* säuselte, schwebte sie zwischen den Tischreihen hindurch und sammelte mit ihrem Tamburin, die zweite Stimme summend, einen Haufen Asche ein, der uns für die nächsten zehn Bier gereicht hätte. Sie kam auch an unseren Tisch.

»Isch bin der 'noh. Jibste einen aus?« strahlte mein Partner sie mit einem Blick auf ihre Kasse an.

»Pardon? I don't understand you«, kam es in breitem Südstaatensingsang zurück.

»Na jut – dann jeben *wir* einen aus. *'ellja, viere Biere!«* schrie er in Richtung Krausnase. Sonnenscheinchen wartete, weil er in seiner Hosentasche nach Geld wühlte, und stand dicht vor mir in einer zarten Wolke aus Grasöl und Kaugummi. Ihr Lächeln mit den Partner-Look-Grübchen wirkte ein wenig angestrengt, als stände hinter ihr jemand, der ihr fortwährend *Cheese! Cheese!* ins Ohr brüllte. Sie hatte eine Mannequinfigur, mit kleinen Brüstchen und spitz vorstehenden Beckenknochen unter einem knöchellangen Hippiekleid aus dünnem, geblümtem Leinenstoff. Als 'noh das Bier bezahlte und das Wechselgeld wieder einsteckte, schien ihr Lächeln das *Cheese!* nicht mehr zu verstehen.

»Komm, Hellja, trinken wir auf den jeilen, jeilen Sommer!« charmierte 'noh und wollte ihr ein Glas in die Hand drücken. Sie zuckte pikiert einen Schritt zurück.

»Oh no! We *never* drink alcohol!« säuselte sie und zeigte mir noch mal ihre Grübchen. »We are children of nature! And love!«

»Womit wir gleich beim Thema wären: I like the way you smell«, sagte ich, »all over«, und bewunderte ihren Venushügel, bis sie rot wurde. Hilfesuchend blickte sie sich zu ihrem

Partner um, der jedoch am Nebentisch gerade Mühe hatte, seine Hand aus den Klauen seiner Verehrerin zu lösen, eines krebsroten Glücksschweinchens in einem silbernen Overall, mit Klunkern behängt wie die Madonna von Lourdes. Aber seine Grübchen hielten sich. Ein Profi eben. Dafür steckte sie ihm noch einen Schein extra in den bestickten Ausschnitt seines indischen Hemdchens.

»Ja *marvellous*, mein Lieber! Please, bitte, spiel *Summertime* für unsere kleine *Entourage*, ja?« Und schon förderte sie ein paar weitere Scheinchen aus ihrem Overall, in den wir gut unseren Taunus hätten einwickeln können. Und nach ein paar hingetupften Gitarrenakkorden gab's *Summertime* – zweistimmig und reif für die Aufnahmeprüfung der Habbelrather Domspatzen. Glücksschweinchen kriegte feuchte Augen und legte einem ihrer Begleiter, der aussah wie eine panzerlose Schildkröte, ein Pfötchen mit neunzig Karat auf den Oberschenkel. »Oh George, ist das nicht *beautiful?*« George rutschte dem Pfötchen noch ein Stück entgegen, während seine Linke den behaarten Schenkel eines Bürschchens aus Frank'n'Furter's Rocky-Katalog massierte.

'noh legte den Kopf auf meine Schulter und schluchzte los wie ein asthmatischer Esel. Ein paar empörte *Shshshshts!* und erleichtertes Gekicher ringsum hielten sich die Waage. Ich tätschelte ihm den Kopf, daß es nur so knallte.

»Nimm et nit eso schwer, Jung – der nächste Winter kommt bestimmt!« tröstete ich ihn. Glücksschweinchen zischte empört was von *Barbarians!*, und Rocky stand auf und wedelte wichtig mit den Armen, um sich seinen Schampus zu verdienen.

»Fernand! *S'il vous plaît!*« Schon kam die hiesige Silberlocke angedackelt, zwei sportliche junge *garçons* im Schlepptau, und komplimentierte uns hinaus.

»Assholes!« zischte Blondie, als ich an ihm vorbeikam.

»Anjenehm – Büb!« erwiderte ich freundlich, »dat is Veedelnoh. We're children of love, too.«

12

Auf die Art waren dann innerhalb von vier Wochen unsere paar hundert Märker fast alle. Bei sämtlichen Cafés hatten wir mittlerweile ausgeschissen, und unseren Job machten wir meistens spätnachmittags am äußeren Ende der Mole, neben einem vertrockneten Spanier, der am Tag fünf, sechs Möwen in Öl malte – und verkaufte – und sich nicht weiter von uns stören ließ. Er war so alt, daß er wahrscheinlich Kolumbus noch gekannt hatte – und halb taub.

Wir machten vielleicht fünfzehn, zwanzig Mark am Tag, wenn's hoch kam, hatten viel Spaß, ständig Kohldampf, aber immer eine Pulle Rotwein. Wenn's ganz eng wurde, setzte 'noh sich mittwochs und samstags, den Markttagen, neben das Kinderkarussell auf der *Place des Lices* und spielte ein paar Instrumentals wie *Bourrée* oder einen Flamenco oder den *Säbeltanz,* während ich meinerseits meine Fähigkeit verfeinerte, in den beiden Supermärkten drum herum nur die Hälfte meiner Einkäufe zu bezahlen. So hielten wir uns halbwegs über Wasser und wurden zwei-, dreimal die Woche sogar satt. Alles in allem dann doch gar kein so schlechter Urlaub.

Dann gerieten wir in Françoise und ihren VW-Bus, was uns nach drei Wochen Askese ein paar Nächte viel Freude bereitete, mir aber bald zu anstrengend wurde. In den Tagen darauf zog ich mich dann öfters in die Bucht hinter dem Friedhof zurück, und während 'noh und Françoise Sprachkenntnisse, Kultur und Körpersäfte austauschten, übte ich Gitarre spielen und fing an, ein paar eigene Textideen aufzuschreiben – irgendwann würde schließlich auch dieser Sommer zu Ende gehen …

Rudi

Jeder Sommer geht einmal zu Ende ...! Was bildete das Jüngelchen sich eigentlich ein, so von oben herab mit ihm zu reden?! Und das Schlimme daran war auch noch, daß es ihn im Innersten tatsächlich verletzte ...

»Und das letzte Nacht?« Der Jüngere lachte und strich sich geziert die Haare aus dem Gesicht, dann tätschelte er dem Älteren spöttisch den Arm.

»Ich weiß ja nicht, wie ihr das bei euch am Rhein so handhabt, und eigentlich bist du doch hier der Mann mit der Erfahrung – aber meine Erfahrung ist, daß ich jemanden, mit dem ich geschäftlich zu tun habe – und noch dazu solch ein Geschäft – besser einschätzen kann, wenn ich mit ihm in der Kiste war.« Der Ältere schnaubte.

»Erfahrung! Woher nimmt ein Bürschchen wie du die?«

»Oh, hier in Südfrankreich wächst einfach alles schneller. Das Klima, weißt du?« *Ja,* dachte der Ältere, *und verwöhnten Gören wie dir wächst ein viel zu großes Maul. Und ich hätte nicht übel Lust, dir eine dicke Lippe zu verpassen, du gerissener kleiner Wichser.* Aber er nickte nur mürrisch und nahm eine Gabel voll von seinem Shrimp-Omelett. »Natürlich funktioniert das manchmal auch umgekehrt.« Über der Gabel ein fragendes Stirnrunzeln. »Na ja – kann auch sein, daß ein guter Geschäftsverlauf einen erst in Stimmung für ein Nümmerchen bringt.« Wieder lachte er. Und dachte: *Wenn überhaupt, dann war es bei dir das erstere, du unappetitlicher scheißdeutscher Schwanzlutscher. Ich wußte nur sofort, daß ich dich mit ein bißchen Schweinkram weicher kriegen würde. Oder früher weich.* Er nahm ein Glas Pastis und prostete seinem Gegenüber charmant zu. »Hauptsache, wir sind uns einig geworden, oder nicht?«

Ja, kleines Arschloch, glaub du nur, daß wir uns einig sind – wir werden sehen, wessen Hose als letzte in den Kniekehlen hängt! Mit einem breiten Grinsen griff der Deutsche zu seinem Bier und tippte den Pastis kurz damit an. »Na dann – auf das nächste Nummerchen, Junge. Vielleicht morgen auf dem Boot? Danke für die Eintrittskarte.« Sie tranken und blinzelten in die Sonne. »Und du bist sicher, daß du das – eh – Organisieren selbst geregelt kriegst?« Der Jüngere erwiderte das Grinsen und wischte seinem Tischnachbarn einen Streifen Bierschaum von der Oberlippe. »Du glaubst gar nicht, was ich alles selbst geregelt kriege, Alter.« *Aber du wirst es schon noch früh genug merken,* boche. *Wenn ich das* ganze *Paketchen* – »Noch etwas von dieser köstlichen *Salade Niçoise*?«

13

»Da hammer den Salat!« stöhnte 'noh. »Bin ich nich' zu alt für so'n Quatsch, Büb? Sind wir hier am Eigelstein oder wat?« Er haßte Prügeleien. Gitarristenfinger …

»Schön wär's – da könnten wir jetzt in den *Kölsche Boor* gehn und erst mal ein anständijes Bier trinken.«

»Un' wat machen wir jetzt mit den Arschgeigen? Ich hab' keine Lust, meine Klampfe kaputt zu kloppen.«

»Vielleicht könntest du ihnen deine Knoblauchfahne um die Ohren hauen?«

»Shit – die sehn doch aus, als seien sie mit Knoblauchmilch gestillt worden!« Das stimmte allerdings. Blondie hatte seine Eskorte in der Gosse von St.-Trop' rekrutiert – drei Jungs, denen »Straßenratte« groß auf der niedrigen Stirn stand. War er wohl doch nachtragend. *Children of nature and love* – wat hammer jelaach.

Saßen wir also hier auf unserer Mole, paßten auf die Ölschinken unseres Spaniers auf, der sich »auf ein Viertelstündchen« zu einem kleinen Dämmerschoppen zurückgezogen hatte, tranken ab und zu ein Schlückchen aus der Tequilaflasche, die ich am Vormittag im *Hypermarché* gefunden hatte, und sahen uns einem unerwarteten Zwei-gegen-vier-Match gegenüber. Dabei war ich gerade mal froh, daß meine Schläfenwunde verheilte, ohne genäht werden zu müssen.

»Ich hab's euch gesagt: Haut ab aus dem Kaff hier!« grinste Blondie.

»Diese Amis«, sagte ich zu 'noh, »völlig versaut von Hollywood un' Fernsehen. *Diese Stadt ist nicht groß genug für uns beide, Fremder,* wie?« wandte ich mich an unseren Hippie-Helden. Die drei Ratten zogen sich zu einem Halbkreis auseinander und kamen näher, waren jetzt vielleicht sechs oder sieben Meter von uns weg. Blieben stehen. Grinsten, mitleidig. Kamen näher. Vier Meter.

»Urlaub …«, seufzte mein Partner, nahm unsere beiden Gitarren, ging ein paar Schritte am Wasser entlang und bat Arlo, der auf seinem Seesack saß und seine Querflöte polierte, ein paar Takte drauf aufzupassen. Womit wir dann auch schon unseren ersten Punkt gemacht hatten – zwei Schritte, und 'noh stand halb hinter ihnen. Und sie sahen sich gezwungen, sich zu teilen und eine zweite Front zu bilden.

»Warum macht ihr euch nich' vom Acker und geht ein bißchen Boule spielen?« fragte er den ihm Nächsten. Der spuckte ihm erst ein paar französische Vokabeln, dann einen Klumpen Rotz vor die Füße, während der zweite versuchte, um ihn herum zu schleichen. Gleichzeitig kriegte ich mit, wie mein Franzmann sich einen dicken Ledergürtel aus den Jeansschlaufen zog. Eine protzige Messingschnalle in Form eines Indianerkopfes mit vollem Häuptlingsschmuck baumelte neben seinem Knie. Noch drei Meter. Aus dem Augenwinkel sah ich, wie 'noh, der ein bißchen gelenkiger war als ich, eine halbherzige einleitende Gerade abwehrte, in seinen Mann hineinglitt, ihn am Kehlkopf packte und aus dieser Drehung heraus dem anderen in den Magen trat.

»Also doch alles wie am Eigelstein«, konstatierte ich, »na dann –«, schnippte Blondie mein Plektrum ins Gesicht und peste auf den Indianerhäuptling los. Als er endlich ausholte mit seinem halben Meter Gürtel, war ich schon viel zu nah dran. Ich hieb ihm mit der Rechten einen kurzen Haken aufs Herz, schlängelte mich unter seinem erhobenen Arm hindurch, knallte ihm mit der Linken drei durchgedrückte Finger in die Achselhöhle, und als er seinen Gürtel fallen ließ, weil ihm der Arm plötzlich lahm geworden war, fing ich das Ding auf und wickelte es ihm von hinten um den Hals. Damit hatte ich ihn zwischen mir und Blondie stehen, der gerade heranstürmte, und brauchte seinem Hinterkopf bloß einen Stups zu geben, damit er Blondie eine dicke Lippe köpfte.

»Das is' besser als am Eigelstein«, grinste ich den an, »so'n Franzmännchen is' klein und wiegt nix. Kein Vergleich zu einem Nippeser Schiffsschaukelbremser.«

Ich sollte nicht immer so vorlaut sein. Meine Ratte nutzte die Ablenkung und rammte mir beide Ellbogen in die Rippen, daß mir die Luft wegblieb. Aber ich bin ja nicht nur vorlaut, sondern auch noch ein Trotzköpfchen – während ich in die Knie ging, zog mein Gewicht das Leder um seinen Hals empfindlich enger. Er quiekte wie ein Hund vor einem Kaninchenloch. Ich ließ den Gürtel los, und wo ich schon mal so tief gesunken war, packte ich von hinten seine Schienbeine und stieß ihm meinen Kopf gegen den Hintern. Weil seine erste Reaktion natürlich der Griff an den Gürtel war, knallte er erst mit den Ellbogenknochen, dann mit dem Gesicht auf den Asphalt. Ich versuchte mühselig, Luft in meine Lungen zu kriegen, rote Pünktchen vor meinen Augen.

Dann kriegte ich erst mal eine erfrischende Dusche – 'noh war es gelungen, aus einer seiner beiden eine Wasserratte zu machen; die kletterte gerade prustend, spuckend und fluchend die Mole wieder hoch. Nicht, daß wir es damit hinter uns hätten. 'nohs zweiter Mann warf auf einmal ein gemein aussehendes Messer von einer Hand in die andere, und als ich versuchte aufzustehn, trat mir Blondie gegen den Hals. Im Winter am Eigelstein wär's das gewesen für mich, aber er trug zum Glück nur diese weichen Riemchensandalen für Großstadtindianer. Ich mag aber auch keine Riemchensandalen. Trotzdem mußte ich noch mal kurz zur Seite in den Staub kippen. Langsam wurde ich sauer.

14

»Ihr geht besser wieder dahin, wo ihr hingehört, Scheiß-Krauts,« geiferte Blondie, seine Gitarre wieder unter dem Arm, »wenn ihr nicht auf euren Arsch aufpasst, könntet ihr ziemlich bald als Fischfutter enden!« Aber Rotwein und Tequila ist ja nun keine Mischung, die einen völlig kleinmütig macht.

»Fischfutter, hä?« amüsierte ich mich, stand auf und nahm ihm seine Gitarre weg. Er wollte sich auf sie stürzen, aber ich ließ ihn einen halben Schritt an mir vorbeistolpern und trat ihm kurz in die Kniekehlen. Er knickte ein, und ich haute ihm von der Seite die flache Hand vor die Stirn. Schon lag er auf dem Rücken, wo ich ihn haben wollte. Ich stellte ihm einen Fuß unters Kinn und legte ein bißchen Gewicht drauf, damit er aufhörte, sich darunter loszuwinden. »Du häls' jetz' besser still, Blendaxmännchen, jetz' is' Musikunterricht«, ermahnte ich ihn. Seine drei Figuren wollten sich einmischen, aber plötzlich stand links von ihnen ein kahlköpfiger, braungebrannter kleiner Kerl, vielleicht an die sechzig, in einem hellblauen italienischen Leinenanzug, darunter ein T-Shirt mit einem Siebdruck des Buckingham Palace, an einer kurzen Leine eine Dänische und eine Deutsche Dogge – ein echter Europäer –, und schüttelte den Kopf: »Ça suffit!« knurrte er, aber das Knurren der Doggen war noch ein Stückchen beeindruckender. Auf dem rechten Flügel hielt ein ähnlich aussehender Typ in einem rosa Tropenanzug mühsam einen gemütlich grinsenden Mastiff an der kurzen Leine. Eins von diesen Viechern, die die ganze Felge mitfressen, wenn sie mit einem Autoreifen spielen.

»Guck zu, Sonnyboy, damit du was lernst,« sagte ich zu Blondie und begann, die Saiten seiner Gitarre abzuschrauben. Er bäumte sich auf und krallte beide Hände in meine nackte Wade. Zum Glück hatte er ordentlich gestutzte Gitarristenfingernägel. Trotzdem lehnte ich mich noch ein bißchen nachdrücklicher auf seinen Kehlkopf, bis es ihm die Zunge aus dem Mäulchen drückte. »Guck!« sagte ich und ließ die sich wieder zusammenkringelnden Saiten hübsch nacheinander auf sein Gesicht fallen, »Eine – Alte – Dame – Ging – Hering – … 'noh, wie heißt noch mal die verdammte sechste? Ich kann mir dat einfach nich' merken – Angeln? Fischen? Fangen? Kaufen?«

»Essen!« rief 'noh vergnügt. Er hatte seine Klampfe schon wieder im Arm und ließ seinen Slide-Ring über die hohe E-Saite singen.

»Essen«, wiederholte ich zufrieden, bückte mich und drückte sie Blondie zwischen die Werbefernsehbeißerchen. »Listen, Goldilocks«, sprach ich ihn auf englisch an, damit er mich auch ganz sicher verstand, »wenn du mir noch mal anders als freundlich über die Füße läufst, nehm' ich die dickste Baßsaite, die ich kriegen kann, und schieb' sie dir hinten rein, bis sie dir zur Nase wieder rauskommt. Und dann stimm' ich dich ordentlich durch und zeig' dir mal den wahren Rock 'n' Roll. *Got me?*« Er röchelte zweimal. Ich nahm's für Zustimmung.

Ich bin nicht Pete Townshend, also legte ich ihm sein nacktes Instrument sanft auf den Bauch, drehte mich um, setzte mich auf die Kaimauer, nahm meine eigene Klampfe und gab eine etwas eigenwillige Kurzversion von *If You're Lookin' For Trouble* zum besten – das hatten wir noch nie geprobt. Ein paar der Umstehenden applaudierten trotzdem.

Blondie rappelte sich auf, klemmte seine saitenlose Gitarre unter den Arm, zischte mir noch ein »See you! You bet!« entgegen und schlich sich ins *Le Charmeur.* Wo er ja auch hingehörte. Unsere drei Ratten hatten sich schon in drei verschiedene Richtungen verpißt. Sie mochten wohl keine Hunde.

»Morgen kaufen wir uns aber ein Peace-Amulett und stekken uns ein paar Blumen ins Haar, Büb. Dat is' doch kein

Urlaub!« Ich nickte nur und suchte unsere Flasche. Sie war noch heil geblieben. Der Tag doch nicht völlig hinüber. Wir nahmen jeder einen großzügigen Schluck.

»Ich glaube, wir sollten heut abend mal unsre Karre umparken«, sagte ich zu Veedelnoh.

»So viel Sprit ha'm wir gar nich', um die weit genug wegzufahren«, knurrte er trocken.

»Willste sie anzünden?«

»Damit wir hier nie mehr wegkommen, du Hirn?«

Dann ging er rüber zu dem Doggenmann, um sich charmant und weltmännisch zu bedanken. »Vielen Dank, Monsieur, eh, merci beaucoup«, stotterte er. Der lachte freundlich und reichte uns eine ledrige Hand.

»Gérard Bérat, meine 'erren. Es ist mir eine Vergnügong.« Er ließ 'nohs Hand erst los, als der hustete und nach seinem Tabak fummelte. »Versseihen Sie das unmöglische Benehmen meinör Landsleute – sie sind jung und wild – petits sauvages. Aber wir sind nischt alle comme ça. Écoutez, isch 'abe Sie schon ein paar Tage beobachtet – mir gefällt Ihre musique. Um Ihnen beides zu beweisön, möschte ich Sie gerne bitten, mir die Ehrö ssu erweisen, 'eute abend mein Gast zu sein auf der *Bératta*«, er deutete hinter sich auf einen baby-blau schimmernden Kahn mit zwei Masten, der aussah, als könne er auch gut und bequem sechs Kegelvereine von Köln nach Rüdesheim den Rhein hoch schippern, »und vielleischt auch für ein kleinös Stündschen meine Gäste ssu unter'alten, oui? Natürlisch isch werde Ihnen bessahlen ein angemessön 'onorar.«

'noh und ich guckten uns an. Wenn man so lange zusammen ist wie wir beide, in Probekellern und Tourbussen, Autobahnraststätten und Hotelbars, in engen, aber zugigen Garderoben, auf Stadthallenbühnen und Schützenzeltpodesten, in Doppelbetten und WG-Küchen und an, über den Daumen, zwölf- bis fünfzehnhundert Theken, dann muß man nicht mehr so viel reden (richtig, Manni: *Wat sommer spreche?*).

Ich hatte wahrhaftig nicht die geringste Lust, die halbe Nacht damit zu verbringen, irgendwelchen mehr oder weniger alten Jungs auf die Finger zu klopfen, weil sie an meinen knackigen Arsch wollten. Aber allein Bérats geflochtene Slipper waren ganz klar mehr wert als alles, was wir in den letzten sieben Wochen an Kohle verbraten hatten, inklusive Spritgeld, und der Gedanke an was Anständiges zu fressen und zu saufen ließ all meine Bedenken in einem bösartigen Magenknurren verklingen. Und daß es Veedelnoh nicht anders ging, war ihm leicht anzusehen.

15

Ich habe keine Ahnung von Schiffen – nach meiner Kenntnis hätte das matt glänzende baby-blaue Metall Platin oder Titan sein können oder von mir aus auch das Zeug, mit dem sie Badewannen beschichten. Hier hatte also jemand die seine von außen beschichten lassen. Nach dem Weg über die breite Lochgitter-Gangway traten wir jedenfalls auf honigfarbene Mahagoniplanken, die so auf Hochglanz poliert waren, daß man sich unwillkürlich nach den Filzpantoffeln umsah, gegen die man seine Straßentreter tauschen könnte. Die Kabinenaufbauten hätten auch eine schöne Villa über dem Genfer See abgegeben. An den beiden Masten hingen, zusammengerefft bis auf ein dekoratives in der Mitte, nicht mal halb so groß wie die Leinwand des Porzer Autokinos, lachsfarbene Segel aus einem Stoff, der aussah, als könnten wir uns nicht mal ein Hemd daraus leisten.

Obwohl wir ein neues Hemd gut hätten vertragen können. Im Schnellwaschgang hatten wir beide mit Meerwasser und Françoises Shampoo unsere weißen – na ja, fast weißen – PENNER'S RADIO-T-Shirts mit dem tanzenden Berberpärchen und unsere bleichen Jeans präsentabel gemacht, die Haare gewaschen, die Fingernägel gesäubert, mit Olivenöl unsere Gitarren poliert und unsere Stiefel geputzt, und wenn Manitas de Plata vom Band aus den großzügig verteilten Lautsprechern weiter unser Magenknurren übertönte, konnte man uns glatt für halbwegs zivilisiert und Bérats Gästen zugehörig halten.

Als erstes fielen einem natürlich die für St.-Tropez obligaten dünnen blonden Mädels mit den vorwitzigen Brustspitzen, den blendendweißen Zähnen und den goldenen Kettchen um goldbraun gebratene Fußgelenke auf – irgendwo hier an der Küste mußte es eine florierende Klitsche geben, wo sie im Akkord vom Fließband purzelten, am Ende vielleicht von lederhäutigen alten Hutzelmännern mit maisgelben Kippen im Mundwinkel und am Hinterkopf festgewachsenen staubigen Baskenmützen hin und her gedreht und abgetastet, ob sie auch der Norm entsprachen. Was, wenn nicht, fragte ich mich – wurden sie einfach in einen großen Drahtcontainer geschmissen und am nächsten Morgen wieder in die erste Maschine gefüttert? Kamen sie in eine Ausschuß-Sendung und landeten in Algier auf einer Versteigerung? In Düsseldorfer Frisiersalons? In der Parfümerieabteilung des KAUFHOF? Oder in den neuen Cafés an den Kölner Ringen, wo ein Scheißkaffee mittlerweile zwei Mark und eine Flasche Bier soviel wie zwei Kaffee kostete – was deren Kundschaft überhaupt nichts ausmachte, weil ein Gutteil dieser Mädels ja noch diesen einträglichen Nebenjob hatte?

Dann gab's da heute noch auffällig viele Jungs in engen Badehosen bis über die Oberschenkel, mit spitzen Hinterteilen und haarlosen Brustkörben, auf denen goldene Kruzifixe, Seesterne oder Anker baumelten, über und über eingeölt bis in die gelockten schwarzen Haarspitzen, alle schlank und höchstens eins sechzig, keiner viel über zwanzig, alle mit einem schiefen kleinen Waisenjungenlächeln – aus einer italienischen Nachbarfabrik?

»'allooo, meinö Freundö!« kam Bérat strahlend und mit ausgebreiteten Armen auf uns zu. »Fühlt eusch wie zu 'ause! Schön, daß ihr komm' konntete!« Er umarmte uns beide gleichzeitig, wobei mir nicht entging, daß er Veedelnoh kurz ein Knie zwischen die Schenkel schob. An seinem entfernt nach *Russisch Leder* duftenden Hinterkopf vorbei guckte 'noh mich an und verdrehte die Augen.

»Bittö, legt doch eure Instrumente ab und bedient eusch erst einmal am Büfett«, führte er uns an sechs bis achtzehn Kabinenfenstern vorbei zu drei Tischen, mit denen ein normaler rheinischer Pfarrsaal schon halb voll gewesen wäre. Mir lief die Spucke im Maul zusammen: eine Kollektion exotischer Früchte, von denen ich nicht mal die Hälfte beim Namen kannte, Kristallschalen voll schwarzglänzendem Kaviar in silbernen Wannen mit Eiswürfeln, Pyramiden von Wachteln, Shrimps so ausladend wie Kuhhörner, sechzehn Sorten gegrillter Fisch, achtundzwanzig verschiedene Salatkreationen, sämtliche Brotsorten Europas; auf Warmhalteplatten brutzelnde Kalbsmedaillons und Rehrückensteaks, ein Gebirge von Käselaiben, eine Armada von Schinkensorten, ein Arsenal an Dips und Dressings, Cremes und Saucen, Pfeffermühlen in allen Farben der Provence, und auf dem mittleren Tisch ein Thunfisch so groß wie ein Zwillingskinderwagen, aus den Schnittwunden an seiner Seite dampfend und resigniert mit blinden Augen Manitas' *Sevillanas* lauschend. Schon was anderes als das Catering in Vlotho. Na ja, hieß ja auch *Umsonst & Draußen*.

Bérat schnippte mit den Fingern, und ein Bürschchen in Weiß drückte uns Champagnerkelche in die Finger. Mit einem entzückenden Klingeling stießen wir an. »Maintenant bedient eusch erst einmal und laßt es eusch gutgehn! Nach'er isch möschtö eusch sseigen mein bateau und ein paar Gästen vorstellen – c'est bon?«

Klar fanden wir das *c'est bon* und bestätigten es ihm. 'noh nahm sich einen Teller und das Büfett in Angriff.

»Franzmänner«, knurrte er, »keine Reibekuchen, keine Currywurst, kein Kartoffelsalat.«

»Un' kein Bier«, ergänzte ich und packte ein paar Shrimps auf einen zweiten Teller, »an un' für sich is et Blues.«

»Jenau. Gib mir auch mal so'n Tier. Hier – tausche gegen eine Scheibe Was-weiß-ich.« Das aufmerksame weiße Männchen griff in eine Kühltruhe hinter sich und präsentierte uns zwei Flaschen *Tuborg*, von denen dampfend das Eiswasser tropfte. »Au!« machte 'noh. »Sehr schön, aber laß mal – darauf kommen wir sicher später zurück.«

»Wenn's gemütlich wird«, erklärte ich ihm, als es anfangen wollte zu weinen. Es lächelte verbindlich. *Wie Sie wünschen – der Gast ist König.* Aber hinten in seinen braunen Augen schimmerte aufkeimender Argwohn – was mochten diese beiden Typen wohl unter gemütlich verstehen?

16

Na, für den Anfang mal ein paar hundert Meter vor der Hafeneinfahrt von St.-Tropez vollgefressen auf einer Luxusyacht neben einem Swimmingpool sitzen, groß genug für ein Wasserballspiel der Oberliga, auf Liegestühlen, die sich anfühlen wie Nasti Kinskis Nachthemden, zur Verdauung einen Cognac schlürfen, der mehr Sterne hat als General Steinhoff, genüßlich eine rauchen und sich Fischbrötchen begucken. Ach, woher ich das mit Nastis Nachthemden weiß? Keine Ahnung – aber so *sollten* sie sich anfühlen, fand ich.

Und Mokka gab es natürlich, aus goldenen Täßchen, wohl eine Spende von Disney nach dem Dreh von *Schneewittchen*, andauernd kam eine Tüte mit höchstwertig duftendem Kongo-Gras auf ihrer Runde vorbei, und einmal hielt mir einer ein goldenes Tablett unter die Nase, beladen mit einem Sortiment von bunten Pillchen und weißen Pülverchen – Nastis Papi hätte hier seine helle Freude gehabt.

»Wenn dat Blues is', Büb, kann mir der Scheiß-Rock 'n' Roll gestohlen bleiben«, meinte 'noh nach einem ausgiebigen melodiösen Rülpser. Sofort kam ein weißer Handschuh und füllte ihm seinen Schwenker wieder auf.

»Wenn *du* nie wieder Rock 'n' Roll spielst, werd' ich Harfenist im Gürzenich, du Spinner. Du weißt so gut wie ich, daß so ein Leben uns nach 'nem Monat – spätestens – tierisch auf die Nüsse gehen würde. Wir würden uns aus lauter Langeweile 'nen Kasten lauwarmes *Küppers* bestellen, einen 67er Opel Blitz mieten und uns den Berg da drüben rauf und runter fahren lassen.«

»Na wenn schon, dann richtig: runter fahren und rauf schieben. Und ich würd' mir noch extra einen Bullen mieten, der uns auf halber Strecke anhält und – nein, einen Zöllner. Mit Haschkötern.«

»Klar, und Emerson müßte auch dabei sein und wieder vor lauter Panik einen Drei-Gramm-Klumpen Shit runterschlukken und vier Tage glauben, er sei Sandie Shaw, und barfuß rumlaufen und *Message Understood* singen –«

»– und nachts nach sechs Flaschen Bier da drauf auf allen vieren durchs Hoteltreppenhaus kriechen und das Zimmer von der Kellnerin suchen –«

»– die seit zwei Stunden auf seinem Zimmer liegt und ihn verflucht, weil er nicht auftaucht ...«

»Stimmt«, kicherte er, »war schon besser als die Nacht, wo wir Idioten mal wieder die Schnauze voll hatten von unserer Gastgeber-WG und morgens um fünf im Bus gelandet sind –«

»– in einer sternenklaren Nacht, mit einem herrlichen Blick über den wunderschönen Talkessel vom selig schlafenden Bern –«

»– und wir zwei Arschgeigen drängen uns bei elf Grad minus in einem Schlafsack aneinander –«

»– und versuchen zwischen uns die letzte Flasche Bier aufzutauen –«

»– klassisches Dilemma: Entweder taut das Scheißzeug nich' auf und wir haben nix mehr zu saufen –«

»– oder wir kriegen es getrunken und müssen noch mal zum Pissen raus –«

»– und am nächsten Morgen findet irgend so 'ne Schwyzer Mutti mit ihrem Pudel in seinem selbstgestrickten Jäckchen zwei erfrorene Gestalten –«

»– mit zwei langen, gebogenen Eiszapfen in der Hand!«

Wir gaben uns klatschend Fünf und stießen klirrend unsere Konjäckchen aneinander. »*So was* hätten wir damals gebraucht!«

»Allerdings. Prost, Alter – schon unseren Spaß gehabt, wa'?«

»Mehr als Schotter jedenfalls – prost, mein Lieber!« Er stand auf, holte sich seine Gitarre, klimperte ein kurzes Intro, und schon waren wir zweistimmig mittendrin in *When I think of all the good time I have wasted havin' good times* ... und ließen Stan Getz, der inzwischen Manitas de Plata abgelöst hatte, keine Chance. Prost, Eric, alter Haudegen!

17

»Aah, les bons temps! Très bon, meinö Freundö – isch se'e, ihr amüsiert eusch gut? Bravo! Möschtet ihr vielleischt ein' klein' Rundgong machön avec moi?« Klar, schließlich sind wir höfliche Rheinländer, also hieven wir unseren Hintern aus Nastis Nachthemden und machen vergnügt ein' klein' Rundgong, um den Pool herum, über eine messing- und mahagonistarrende Brücke, durch zwei, drei Salons, die auch gut ins *Hotel Excelsior* gepaßt hätten, werfen neidische Blicke in ein gutes Dutzend Schlafkabinen, in denen Liz Taylors Requisiteur arbeitslos an den Nägeln gekaut hätte; bewundern zwei Badezimmer aus einem Sultanspalast, eine Edelstahlküche, die bei dem Wort Kombüse Rostflecken bekäme, eine Funkerkabine, größer und moderner als die meisten Studios, die wir von innen kennen. Unterwegs pinkle ich in eine mitternachtsblaue Kloschüssel und muß einen mit Schnitzereien verzierten Knopf aus Elfenbein drücken, um zu spülen, und eine Art Tigerzahn drehen, um mir die Hände zu waschen. Auch hier säuselt Stan Getz aus einem hinter Ebenholztäfelung versteckten Lautsprecher, und Astrud Gilberto haucht ihre portugiesischen weichen *schjaschjas* ins Mikro, daß jede Zeile klingt wie ein unzüchtiges Angebot.

Unser Gastgeber ist spürbar stolz auf sein Bötchen und erklärt wortreich, was wozu an welcher Stelle aus welchem Material aus welchem Land ist.

»Wieviel Richtige im Lotto muß man denn haben für so was?« frage ich ihn dreist. Er lächelt feinsinnig-verschmitzt und nutzt die Gelegenheit, mich am Ellbogen zu fassen.

»Ach, wissen Sie, mon ami, es ist immer besser, die Banque zu 'alten als selbst zu spielön.«

»Und wie kommt man an die Bank? Als junger Monsieur Gérard zum Beispiel, mit einem druckfrischen Abitur in der Tasche?« Da muß er dann doch eine Augenbraue heben.

»Mir scheint, mein Freund, Sie 'aben von Oscar Wilde ge'ört?«

»Es gibt keine indiskreten Fragen. Nur indiskrete Antworten«, protze ich mit meiner Halbbildung. Die Augenbraue kommt wieder runter. Der zarte Griff wandert vom Ellbogen hoch auf meine Schulter. Ein kurzes, beifälliges Drücken.

»Et voilá, exactement. Manschmal man muß sisch vielleischt ein wenisch besser kennenlernen, um die Balance zwischen Diskretion und Indiskretion – eh – zu austarieren?«

»Und woher stammt Ihr vorzügliches Deutsch?« macht mein Partner Schönwetter.

»Oh, Sie schmeischeln mir, junger Freund«, *aber zum Dank kriegst auch du eine kleine Nackenmassage,* »man kommt 'erum mit die Jahrö – auch in Deutschland man spielt Lotto, n'est-ce pas?«

»Tu doch nicht so geheimnisvoll, Gerry – die Jungs könnten doch jeden hier fragen und würden alles erfahren, ehe meine Zigarre kalt ist«, mischte sich eine tiefe Stimme aus einem der Sessel im gelben Salon ein. Ein Baß mit rollenden Rrrs und harten Hs, passend zu dem grün schimmernden Seidenkaftan seines offenkundig orientalischen Besitzers. »Er hatte schon als Achtzehnjähriger ein großes – well, ein besonders großes Talent – Backgammon«, wandte er sich an uns. »Und allein ich habe 1947 schon zwei Tanker an ihn verloren, ehe ich mich auf seine Strategie einstellen konnte, geschweige denn eine eigene finden, haha. Und das einem Araber!« Er deutete eine kurze, spöttische Verbeugung an, »Abdul Fahd Khadamal, sehr erfreut, Gentlemen.«

»Dabei 'attest du so viele Tanker, daß du das nischt einmal bemerkt 'ättest, wenn es nischt am nächsten Tag in der Zeitung gestandön 'ätte. Und daß deine – eh – Zigarre niemals kalt wird, weiß doch auch jeder.« Das kollernde arabische Lachen ließ keinen Zweifel, daß hier nicht nur von Zigarren die Rede war.

»Oh, Gerry, hab' ich dir den Auftritt verdorben? Das tut mir leid, mon cher.« Er patschte sich mit einer fleischigen Hand voller Goldschmuck auf den Schenkel. »Komm her, auf meinen Schoß, ich möchte mich entschuldigen!« Sein breites Grinsen sagte alles andere als Entschuldigung. Bérat ging zu einer Bar aus einem hellen, rotgemaserten Holz und drückte einen Knopf. Eine Sekunde später erschien ein Paar weißer Handschuhe und machte einen Diener.

»Champagner!« Die Handschuhe verschwanden hinter der Bar und machten sich nützlich. »Ah!« rief ihr Herrchen, offensichtlich entzückt und erleichtert über die Ablenkung, »meine Kölner Freundö!« Verdutzt guckten 'noh und ich uns erst an, dann um.

Die drei Stufen hinab kam ein Pärchen, dessen Köpfe Meister Eder ein bißchen verunglückt waren – der Ältere hatte so gut wie gar kein Kinn, der Jüngere das eines Nußknackers. Weswegen ich ihn auch gleich erkannte – Kläusjen Merck, mit seinen gerade mal achtzehn Jährchen eben von der A-Jugend in die erste Mannschaft des FC Köln geholt, mit großem EXPRESS-Trara, weil er der Neffe des Präsidenten Anton Merck war; aber seinen Aufstieg hatte er nicht nur seinem Onkel, sondern vor allem seinem tatsächlichen Talent als Stürmer zu verdanken; einer, den man sowohl auf den rechten als auch auf den linken Flügel stellen konnte, was man ja so oft auch nicht hat. Seine Flanken und Ecken sorgten jetzt schon für feuchte Augen auf der Tribüne wie in der Südkurve.

Er trug Bermudas und ein Sweatshirt wie aus Seide, im dunklen, fast braunen Rot seines Vereins, mit dem knallgelben Streifen an der Seite, aber erstaunlicherweise ohne irgendwelche Aufdrucke. Trotz seines Kantenkinns hatte er ein verweichlichtes Mündchen und unstete blaue Augen, aber sein Händedruck war kurz, trocken und sympathisch. Wogegen der andere, der mir als FC-Jugendtrainer Rudi Betziger vorgestellt wurde, gleich versuchte, mir die Knochen zu zerquetschen, damit ich nur ja nicht auf die Idee käme, ein fliehendes Kinn könnte Mangel an männlichem Durchsetzungsvermögen bedeuten. Aber versuchen Sie mal, einem Typen, der fünfzehn Jahre lang Autofelgen verprügelt, mit den dicksten Schlagzeugknüppeln, die bei *metro-music* zu kriegen sind, mit einem Händedruck zu imponieren. Besonders, wenn Sie ein fliehendes Kinn haben. Nach immerhin vierzig Sekunden gab er auf und steckte die Hand betont unauffällig in die Tasche einer Khakihose mit Tarnmuster. Darüber trug er ein wildgemustertes Hawaiihemd, um den Hals hingen ihm ein kleiner schwarzer Feldstecher, eine dunkelblaue Sonnenbrille und eine Kodak Instamatic. Ich warf unauffällig einen Blick über seine Schulter, aber da hing keine Elefantenbüchse, nicht mal ein Safarihut. Hatte er wohl mitsamt Massai-Träger draußen auf dem Rücksitz seines Jeep gelassen.

»Ich kenne euch, ihr spielt bei PENNER'S RADIO«, freute sich Kläusjen, während die weißen Handschuhe mit Schampus umherwuselten und die Erwachsenen umständlich dicke Zigarren in Brand setzten. »Ich hab' euer Abschiedskonzert im *Stollwerck* gesehn.«

»PENNER'S RADIO?« schrie Betziger. »Is' das denn für'n Name?«

»SE LOCHTS gab's schon«, versetzte 'noh trocken, NACKTE FÜSSE auch. Da blieb nicht mehr viel.«

»Komm«, meinte ich, »VATI's auch nich' schlecht. Oder WAL AUS SATIN.«

»Oder MING TANT?«

»WALLENSTEIN«, mischte Kläusjen sich ein, »HÖLDERLIN. NOVALIS. *GROBSCHNITT!*« Kläusjen war okay – für'n Fußballspieler?

Martha

Das von leisen, glockigen Untertönen begleitete Ticken der alten Uhr mit den vier goldenen Rokoko-Tänzerinnen unter der Glaskuppel teilte den Nachmittag in schläfrige kleine Walzer-Rhythmen. Irgendwo draußen in den Gärten hielt ein automatischer Rasensprenger träge gezischte Breaks dagegen – ein Schlagzeuger mit Jazzbesen auf irgendeiner die Welt verlangsamenden Droge. Die Frau hatte ihren Kopf auf den mächtigen Brustkorb ihres Mannes gelegt, ihre blaßvioletten Fingernägel kraulten in den grauen Locken herum, ziellos, absichtslos. Seit dreiundzwanzig Jahren verheiratet, dachte sie, und immer noch Sex – ehelichen Sex – zweimal die Woche. An den anderen wollte sie jetzt gar nicht denken, an den hastigen, fast gewalttätigen, der zwar oft beeindruckend explosiver und physisch befriedigender war, aber dafür anderes nicht bieten konnte – den vertrauten Platz, das sanft-gemütliche Ausklingen, den Rokoko-Walzer ...

»Ich hab' gehört, Betziger ist mit Kläusjen in Südfrankreich –

zum Sondertraining?« murmelte sie in den grauen Pelz hinein. Ihr Mann nahm einen Zug von seiner *Robusto*, in ihrem linken Ohr ein Rasseln und Fauchen, als hätte jemand die Tür eines Hochofens geöffnet.

»Dä Jung macht sisch«, brummte ein Geist in dem Hochofen und ließ offen, welcher jetzt der Junge war. Ja, dachte sie und kicherte in sich hinein, der Junge macht sich ganz schön, mein Lieber, und ein leichtes Vibrieren ging durch ihre Lenden. Letzten Monat hat er sich einmal so gut gemacht, daß ich fast einen Kreislaufkollaps gekriegt hätte. Aber da sieht man mal wieder, daß nichts vollkommen ist im Leben – hinterher hat der's dann immer recht eilig, unangenehm eilig – schlechtes Gewissen als Liebhaber, Angst vor Entdeckung, schlechtes Gewissen als Leistungssportler ... Als der er natürlich auch nicht raucht – kein Duft von diesen edlen Zigarren, die ich am Anfang meiner Ehe so gehaßt habe, und die jetzt für mich zum Beischlaf gehören wie ein Vorspiel. Und die geheimnislose träge Unterhaltung danach. Auch die Zeichen eines Vertrauens, das sie mit diesen Jüngelchen nie erreichen würde – gar nicht wollte.

»Meinst du das Kläusjen?« Wieder eine Wolke des kubanischen Duftes, der sich so angenehm vermischte mit den Düften, die sie eben gemeinsam erzeugt hatten, und die sie so angenehm in dieser lasziven Stimmung hielten, wie der Nachhall eines schönen Konzerts auf einem Mondscheinspaziergang nach Hause, wenn alle anderen im Taxi weg sind und niemand mehr dazwischenquatscht.

»Beide, Liebschen, beide.« Da kam doch jetzt noch was.

»Wobei et im Moment dat wischtigste is, datt dä Betziger sisch macht. Un dat sieht janz jut aus. Un dann hammer den Holländer im Sack. Dem Kläusjen zeischt der dabei nur en bißjen von der jroßen Welt.« Und hoffentlich *am* Sack, mein Guter, auf den freu' ich mich schon, mit seinem knackigen Hintern und den langen blonden Locken. Was seine Frau wohl von Dreiern hält ...?

»Das heißt, du hast gute Nachrichten von ihm.«

»Könnten schleschter sein.« Ah, er wollte seinen Triumph noch auskosten, noch nicht mit ihr teilen. Das hieß aber auch, daß es derzeit keine akuten Probleme gab – von denen würde er ihr jetzt sonst erzählen. Ach, ich hab's schon gut, dachte sie und streckte sich genüßlich, damit hätte ich nicht gerechnet, als er mir damals den Antrag gemacht hat – ein Vierzigjähriger, der eine siebzehn Jahre Jüngere umwirbt wie ein Pennäler, na ja, nicht ganz, ein ziemlich reicher Pennäler, mit all den täglichen Rosenmeeren, Perlenketten zum Abendessen und Wochenenden an Seebadeorten mit Spielbanken. Sie kicherte wieder in sich hinein. Keine schlechte Überraschung nach diesen beschissenen drei Jahren hinter dem Hauptbahnhof, wo in ihrem Apartment – gleichzeitig ihr Arbeitsplatz – ein großes goldenes Tuch an die Wand gegenüber dem französischen Bett gepinnt war, auf das sie eigenhändig ihr damaliges Lebensmotto gestickt hatte: *Geboren werden, das ist das Schwierige – danach geht's doch bequem bergab.* Sie lachte und richtete sich auf; sie war sehr glücklich, daß man sich als junger Mensch so täuschen konnte. Sie nahm ihrem Mann den Stumpen aus dem Mund und küßte ihn. »Wat denn – noch mal?«

»Ganz ruhig, Lieber, es reicht, glaub' ich, wenn du mir ein bißchen hilfst ...« Sie drehte sich um und griff in ihr Nachtschränkchen.

»Un dat auf meine alten Tage«, brummte er, grinste aber halb freundlich, halb lüstern und umfaßte derb eine ihrer Hinterbakken. In ihrem Kopf vermischte sich der Rokoko mit einem alten Jacques-Brel-Song, gesungen von Scott Walker: *Quick, give us your lips, give us your thighs / Give us your sad and devouring eyes / Cascading tears for every hot beat / Tonight we'll sleep with the girls from the streets ...*

18

Klang gut. Klappte. Swingte. Um die alten Herrschaften nicht allzusehr zu schocken, spielten wir das ganze Programm im Schmuseblues-Groove. *Shake Your Moneymaker* fast so langsam wie *I'd Rather Go Blind* – das war einerseits, als guckte man sich ein komplettes FC-Spiel in Zeitlupe an, einschließlich der Halbzeit, andererseits gab diese Art zu spielen 'noh die Gelegenheit, wunderbar mit seiner Slide-Technik zu glänzen. Und wir hatten endlos Muße, mit unseren beiden Stimmen zu spielen – 'nohs heisere hohe, die ein wenig an Rod Stewart erinnerte, und mein Geknödel, das er immer Richie-Havens-auf-Valium nannte *(Richie Havens auf Valium? Was meint er damit? Wie Dean Martin auf Bourbon? Tiny Tim ohne Eier?)*. Wir dehnten und zogen die Silben in abenteuerlich sich umeinander herumschraubenden Intervallen mit einer bluesig-schmerzlichen Inbrunst, als hätten wir gerade die Neunschwänzige auf den Galeeren gegen die Ochsenziemer auf den Baumwollplantagen eingetauscht. Schampus und Cognac und nicht zuletzt das Bier, das wir mittlerweile in uns hineinschütteten, halfen wahrscheinlich auch ein bißchen. Unsere Vorstellung war jedenfalls ein voller Erfolg.

Wir saßen auf einer schmiedeeisernen, schwarzlackierten Bank am Fußende des Swimmingpools, hinter uns das Mittelmeer, flirrend und glitzernd wie ein Haufen sich biegender, wiegender und in unterschiedlichen Richtungen drehender Schellack-Platten, zwischen uns und unserem Publikum der türkisblaue, von innen matt beleuchtete flimmernde Pool, dahinter die Aufbauten der Yacht und dahinter die vielfarbigen Lichter der Bucht von St.-Tropez, eine Kulisse, gegen die es selbst der Kölner Tanzbrunnen schwer gehabt hätte. Und der ist schon nicht schlecht, mit dem Rheinpark und der Rheinseilbahn im Hintergrund, und wenn ich dort über den Kopf von Veedelvüür, unserem Gitarristen links von mir, hinwegguckte, der trüb schimmernde Vater Rhein, die bunten Lichter der Altstadt, die Majestät des Doms – ein Anblick, der jedem Kölschen einen kleinen Kloß in den Hals schiebt. Wenn er so ein sentimentaler alter Hund ist wie ich zumindest. Aber das sind die meisten Kölner ja.

Die blonden Mädels schienen uns nach ein paar Songs gleich mit anderen Augen zu betrachten, ein Phänomen, das mir schon bei meinem ersten Auftritt im Pfarrsaal von St. Marien, 1965 in Köln-Nippes, aufgefallen war, und das nicht unbeträchtlich dazu beigetragen hatte, daß Musikerwerden eine deutlich glanzvollere Alternative zu einem Lebensentwurf war, nach dem man sich weiter mit binomischen Formeln und xy-Achsen, Gallischen Kriegen und Schillerschen Balladen, Böllschen Erbauungen und Kantschen Erkenntnissen herumzuschlagen hätte, noch mindestens sechs Bundesjugendspiele zu durchleiden, um dann mit rotem Kopf ein Abiturszeugnis überreicht zu kriegen, so dünn, daß es nicht mal als Joint-Filter taugte. Wenn du diesen Blick in Mädchenaugen sehen willst, ist ein Scheiß-Abitur so nützlich wie ein Aschenbecher an einem Mopedlenker; da pfeifst du lieber auf deinen Notendurchschnitt und gehst mit ein paar Stones-Platten in einen miefigen Keller voll schimmeliger Emmaus-Matratzen und lernst, die Snare da zu treffen, wo es so weh tut, daß du es noch mal und noch mal tun mußt, wie die Zungenspitze, die unwillkürlich immer wieder in das schmerzende Loch in einem kaputten Zahn fährt.

Die älteren Herren nickten anerkennend mit grauen, weißen und kahlen Schädeln, manch ein dicker Zeh wippte auf und ab, die italienischen Bürschchen johlten, pfiffen und tanzten miteinander, alle drei Songs kam ein Paar weißer Handschuhe und stellte uns frische Pullen Bier vor die Füße, und während Veedelnoh zwischen den Stücken gelegentlich die eine oder andere launige Ansage zum besten gab, mit Anekdötchen zu den Liedern, ihrer Herkunft, ihren Komponisten und Interpreten, drehte ich uns Zigaretten, die dann meistens nach den ersten beiden Zügen oben zwischen den Saiten am Kopf unserer Gitarren steckten und vor sich hin verglühten. Ein geiler Abend. *Rollin' an' tumblin'* …

19

Ein wunderhübscher Junge von vielleicht drei-, vierundzwanzig trat neben mich, der den ganzen Abend verzückt vor uns auf dem Mahagonideck gehockt, sich zwischendurch gar verstohlen die kajalgeschminkten Augenwinkel gewischt und ununterbrochen an unseren Lippen gehangen hatte wie ich anno '63 im *Storyville* an Van the Man's.

Er faßte mich behutsam am Ellbogen. Eine Hand, zart wie die einer Klosterschülerin, eine Figur wie aus dem Adonis-Schnittbogen und ein ebenmäßiges, schwermütiges Gesicht wie aus einem Hollywoodschinken der zwanziger Jahre, wo er gut den tragisch verliebten Sohn des Kalifen hätte spielen können – ein kleiner Rudolfo Valentino in einer knallengen und knallroten Lederhose, einem perlmuttfarbenen, fast durchsichtigen indischen Seidenhemdchen und ein paar antik aussehenden Ringen an den Fingern, um die ihn Kardinal Frings beneidet hätte. Er reichte mir einen von diesen Schampuskelchen, in die auch gut eine Linsensuppe für vier Personen gepaßt hätte, hob graziös prostend den seinen und sagte mit einem leichten holländischen Akzent: »Gaans doll – auf diesen Sommer, mein Freund!«

»Jau. Prost!« sagte ich und kippte mir einen Sechzigmarkschluck Zosche in den Hals.

»Das war das beste Konzert, das ich seit langem gesehen habe«, lobte er uns, »ihr spielt sicher schon lange zusammen, oder?«

Ich erzählte ihm, was wir eigentlich zusammen machten, das allerdings schon lange, und seit wann ich von meinem Partner das Gitarrespielen beigebracht bekam. Er war beeindruckt.

»Und was machst du? Spielst du auch ein Instrument?«

»Ich spiele ein bißchen Klavier«, griemelte er so bescheiden, daß ich wetten mochte, er würde meine gitarristischen Fähigkeiten mit einer Hand in den Schatten stellen, »aber vor allen Dingen male ich.«

»Und was malst du?«

»Töne.«

»Töne?«

»Töne.« Aha.

»Und Akkorde.« Ich guckte mich nach Bier um. Als hätte es nur darauf gewartet, stand eins der weißen Männchen neben mir und gab mir eins. Ich blickte das Männchen drei Sekunden lang an, dann gab es mir auch die Flasche, die es in der anderen Hand trug. Ich trank eine Weile und wandte mich wieder dem Tönemaler zu, der mich sanft lächelnd – nachsichtig? – beobachtete. Und auf seinen Einsatz wartete: »Musik besteht aus Wellen, aus akustischen Schwingungen«, belehrte er mich freundlich, aber mit einem Unterton von Begeisterung bis zur Besessenheit, der mich einen langen Vortrag ahnen ließ. Ich bugsierte ihn näher zu einer der Bars hin, abwechselnd aus Flasche und Kelch trinkend. »Licht – und damit Farben – besteht auch aus Wellen. Optischen Schwingungen.«

»Klar«, warf ich ein, »das ganze Leben besteht aus Schwingungen. *Vibrations*. Frag den Rastamann. Nicht mal normale Menschen kommen miteinander zurecht, wenn sie nicht die gleiche Wellenlänge haben.«

»Genau!« legte er mir begeistert ein Händchen aufs Handgelenk. Da hatte ich ihm wohl einen Ball auf den Punkt gelegt. »Und ist es nicht naheliegend, daß es einen Zusammenhang gibt zwischen all diesen Wellenformen? Eine Verwandtschaft, eine Gesetzmäßigkeit? Glaubst du als Musiker nicht auch, daß einem Ton mit einer ganz bestimmten Frequenz eine Farbe mit der gleichen Frequenz entsprechen muß, so wie diese Farbe einer Schwingung der Seele entspricht, einer Stimmung?« Ich packte meinen Tabak aus. Um zu rauchen. Und um den Griff um mein Handgelenk loszuwerden.

»Ich spiele a-moll, du malst eine Leinwand voll Blau und jemand fängt an zu heulen?« Er lachte, den Kopf zurückwerfend wie ein junges Mädchen.

»Im Prinzip ja. Ich würde es vielleicht etwas – eh – subtiler ausdrücken. Nehmen wir zum Beispiel die ersten Takte von Mozarts *Requiem* –«

»Ich kenn' mich mit Mozart nich' so aus, geschweige denn mit Requiems – Requiemen? –«, mußte ich bedauern, »aber ich weiß, was du meinst – die ersten Takte von *House Of The Rising Sun* tun's auch.«

»Natürlich«, stimmte er mir zu, tatsächlich ohne den geringsten Hauch von Überheblichkeit, »oder von *My Generation*. Oder von *Satisfaction*.«

»Bitches Brew«, warf ich ein, um nicht als dummer Rocker dazustehen.

»Miles Davis, *yeah!*« begeisterte er sich. »Und genauso geht es einem doch mit Bildern, nicht wahr? Du gehst durch ein Museum, und dreißig Bilder lassen dich kalt, und plötzlich stehst du vor einem, das dich packt, an dem du hängenbleibst, das eine Saite zum Klingen bringt – nicht wegen dem, was es darstellt, es kann ein abstraktes Gemälde sein, eine monochrome Fläche; sondern wegen der Farben. Der Schwingungen der Farben.« Das einzige Museum, das ich in den letzten zehn Jahren von innen gesehen hatte, war eine Kneipe im Kölner *Kwartier Latäng*, die so hieß; wo ich mich erst mit Stevie und einer Flasche Ouzo amüsiert, dann auf dem Gang zum Klo in eine heftige Knutscherei mit der Frau des Kellners eingelassen und schließlich durch das Klofenster verdrückt hatte. Doch das schien mir jetzt nicht so recht hierher zu passen. Aber ich bin ja nicht völlig ungebildet und lese nicht nur den EXPRESS.

»Ich steh' vor einem Mondrian und pfeife plötzlich ein gis? Oder eine geometrische Melodie?« Ich war gar nicht so witzig, wie ich mir einbildete:

»Eine geometrische Melodie! Genau!« Wieder das Händchen. Und eine Hüfte, die an meine stieß. »Die Fugen von Bach! Mathematik, Geometrie, Symmetrie in Töne gegossen! Und Mondrian malt, während sein Grammophon Bach durch sein Atelier strömen läßt! Und Paul Klee – er spielt die Goldberg-Variationen am Flügel, ehe er überhaupt einen Pinsel in die Hand nimmt!«

»Ja, ich kenne einen tollen Maler in Berlin, den Koberling, der hört bei der Arbeit Miles Davis oder Charlie Parker, oder der Penck – rennt zwischen ein paar Pinselstrichen rum und spielt Free Jazz auf seinem Saxophon –«

»Siehst du – und jeder von denen würde ganz, ganz anders malen, wenn er keine oder eine andere Musik hören würde bei der Arbeit! Es gibt diesen Zusammenhang! Leider noch viel zu wenig erforscht. Und genau damit experimentiere ich. Ich habe zum Beispiel einmal drei Monate lang eine Serie Autos gemalt, jeden Tag ein Auto, als Vorgabe nur immer das gleiche Format und das gleiche Thema, und jeden Tag ein anderes Stück Musik gehört, immer wieder ein und dasselbe Stück, bis das Bild fertig war. Und, ohne zu überlegen, mich von der Musik zu einer Farbe, einem Ausdruck, einem Rhythmus leiten lassen – das war –«

»Faszinierend.«

»Ja, das war es. Faszinierend.« Er holte von irgendwoher einen dünnen schwarzen Zigarillo mit Goldfilter und ließ sich von mir Feuer geben, wobei er meine Feuerzeug-Hand mit seinen beiden umfaßte. Über der Flamme leuchteten mich seine Augen an. Dunkelbraun wie Bitterschokolade. Leidenschaftlich. Und recht offen lassend, ob diese Leidenschaft nur unserem Thema galt. Mein Hals war trocken. Aber kein Problem – der ganze Kahn schien von oben bis unten voll *Tuborg* und Zosche gepackt zu sein. Ich kriegte auch noch eine Ladung.

»Ich heiße übrigens Pieter. Pieter van Ruym.« Ich nahm die dargebotene Hand in meine. Trocken und heiß. Weich und – fordernd?

»Büb Klütsch. Zweiunddreißig. Wassermann. Schlagzeuger. Kettenraucher. Biertrinker«, ergänzte ich, eigentlich völlig überflüssigerweise – alles außer dem Wassermann war mehr als offenkundig.

»Ich würde dich gern einmal einladen«, raunte er mir ins Ohr, immer noch meine Hand haltend, »für einen – Test.«

»Ich gucke mir neunzig Autos an und rate, zu welcher Musik jedes entstanden ist.«

»Jau!« jauchzte er, ließ – endlich – meine Hand los, klatschte in die seinen wie ein Schulmädchen, faltete sie wie zum Gebet und führte sie an seinen Mund, wo er seine Fingerspitzen küßte. Ohne mich aus den Augen zu lassen. Ich hatte ein Gefühl, als küsse er meine, und drehte mir schnell noch eine. »Du bist gut, Büb Klütsch! Und ich möchte wetten, unsere Wellenlänge funktioniert so gut, daß du eine sehr hohe Trefferquote erzielen wirst.«

»Wo ich nicht mal Mozarts Requiem kenne?« Er lachte.

»Ich bin sicher, bei dem entsprechenden Auto wirst du so etwas sagen wie: Klassik? Trauermarsch? Kirchenmusik?« Ich prostete ihm zu. Einer, der mich für so klug hält, kann ja kein schlechter Mensch sein. »Weißt du, eines Tages, bald, werde ich hier in der Nähe ein Zentrum aufbauen, eine Wohn- und Arbeitsgemeinschaft, für Maler, Musiker und Wissenschaftler – Psychologen, Philosophen, Mathematiker, Physiker; und Schriftsteller. Und wir alle werden daran arbeiten, die Beziehung zwischen den verschiedenen Formen von Frequenzen zu erforschen, die unsere Welt, unser Leben, unser Universum bilden. Wir werden Fragen beantworten, die noch niemand gestellt hat, wir werden Antworten bekommen, von denen niemand auch nur geträumt hat! Wir werden Träume sichtbar machen. Und hörbar – fühlbar! Wir werden die Welt verändern! Denn Kunst erklärt uns eigentlich die Welt – wir müssen sie nur endlich begreifen.«

»Ich hoffe, daß meine Kunst auf einen anderen, nicht mich selbst, so wirkt, daß er ein Gefühl für seine eigene Totalität, seine eigene Isoliertheit innerhalb seiner Individualität bekommt und gleichzeitig eine Verbindung feststellt zu all den anderen, die so allein sind wie er selbst«, zitierte ich. Pieter sah mich erstaunt, fast erschrocken an.

»Du kennst Barnett Newman?«

»Nein, nein«, wehrte ich ab, »hab' ich nur mal irgendwo gelesen.«

»Und behalten.«

»Und behalten. Weil von der Sauferei und den Drogen und den Weibern abgesehen, und davon abgesehen, daß ich mich für ›normale‹ Arbeit und Arbeitsabläufe nicht sonderlich eigne, und davon abgesehen, daß man das vielleicht auch etwas weniger aufgeblasen ausdrücken könnte, ist das ein Gedanke, der mir sehr einleuchtend erscheint – auch dafür, warum ich denn eigentlich Musiker geworden bin.«

»Wie würdest *du* es denn ausdrücken?«

»Wir sind nicht glücklich, wir wissen nicht warum, und der Versuch, es besser zu machen, treibt uns in den Wahnsinn«, schmückte ich mich noch einmal mit fremden Federn, im stillen hoffend, daß er Richard Ford nicht auch noch kannte. »Und um nicht wahnsinnig zu werden, tun wir etwas – ob das malen, komponieren, musizieren oder schreiben ist. Oder eine Kathedrale aus vierhunderttausend Streichhölzern bauen, oder Viermaster in eine Schnapsflasche zwingen. Oder Zen-Gärten harken von mir aus.«

»Büb Klütsch«, flüsterte er ergriffen und nahm wieder meine Hand. Vielleicht sollte ich sie ihm mal für eine Woche leihen. »Geh bloß nicht weg von hier, ohne eine Adresse zu hinterlassen. Wenn es soweit ist, werde ich dich rufen. Und du wirst kommen und einer der Musiker und Denker und Forscher in meinem Zentrum sein – dem Zentrum zur Erklärung des Universums und des Seins, kurz ZEUS – und wir werden der Welt die Welt erklären. Gemeinsam.«

20

Der Junge hatte was auf'm Kasten. Und Ideen. Und Leidenschaft. Einerseits. Andererseits blieb er bei allem Eifer, bei all seiner Rührseligkeit – er bekam ziemlich leicht feuchte Augen – merkwürdig distanziert, bei all den kleinen Gesten, Blicken und Berührungen unnahbar kühl, ich mußte an ein Schokoladeneis-Bällchen denken, das auf einem Becher heißem Kakao schwimmt, an Erdbeeren aus dem Tiefkühlfach, übergossen mit heißer Vanille. Eine innere Distanz. Ich ertappte mich bei dem Gedanken, daß, wäre er eine Frau, ich sie *sehr* reizvoll fände. Schlimmer – ich ertappte mich dabei, daß ich *ihn* reizvoll fand. Mein Eimer war leer. Ich blickte mich um, nervöser, als mir lieb war. Spürte, daß er das bemerkte, und das kleine scharfe Fältchen, das sich von seinem Grübchen bis zum rechten Mundwinkel zog, etwas tiefer wurde. Seine Augen glitzerten – aber diesmal nicht vor Rührung.

Er zog den Blick eines der Kellner auf sich, der sofort mit einem Sektkübel auf mich zugeschossen kam und mir nachschenkte. Ich tat, als bewunderte ich das glitzernde Mittelmeer, nahm noch ein paar lange Schlucke und drehte mir eine. *Ein Schnaps wär' jetzt auch nich' schlecht* ... Eine Hand legte sich auf meinen Nacken, schob sich unter meine Haare. Ich hoffte, daß sie nicht allzu schweißfeucht waren.

»Hast du eine Freundin in Köln, Büb?« Ich drehte mich um, hob die Augenbrauen, schürzte die Lippen und zog ein nachdenkliches Gesicht. Er lachte kurz auf. Ein Lachen, für das man manchen Frauen Edelweiß von Berggipfeln holt. Ein Lachen, das einem das warme Gefühl gibt, die Sonne ginge auf. Scheiß auf den Sonnenaufgang hinter den Berggipfeln. »Oh, entschuldige, das war eine dumme Frage – ich habe nicht nachgedacht. Du hast mindestens drei Freundinnen in Köln und mindestens eine an jedem Ort, an dem ihr je ein Konzert gespielt habt!«

Natürlich nahm ihn das noch mehr für mich ein – so ein

Menschenkenner. Ich bemühte mich, ein bescheidenes Schulterzucken zu produzieren.

»Na ja …«

»Aber alles nur Freund*innen,* oder?« Sein Daumen spielte mit meinem Ohrläppchen. Die Abendbrise mußte von Afrika her kommen – mein Ohrläppchen wurde heiß. Ich beschloß, ihm ein bißchen den Kölschen zu geben.

»Wat is', Pieter, willste mich anmachen?« Das Lächeln erlosch nicht mal einen Wimpernschlag lang. Die Hand in meinem Genick zog mich näher zu ihm hin, preßte meine Hüfte an seine.

»Melba!« rief er quer über das Deck. Eine dieser Stimmen, die so nur klingen und wirken können, wenn man von klein auf gewohnt ist, daß sich alles um einen selbst dreht und alles gleich springt, wenn der kleine Prinz Kullerauge ein Bedürfnis äußert. *Er muß mal Pipi? Er will ein Bonbon? Ein Pony? Einen Öltanker? Die Golden Gate Bridge? Eine dänische Prinzessin? Klar doch …!*

Ein blondes Etwas stieg von einer Pinnwand voller *Penthouse*-Poster herunter, gekleidet in ein blaßgrünes Etwas, das oben ein rotes Bikini-Top gerade mal und unten einen roten Slip nur halb bedeckte. Eine Figur und ein Gesicht, die alles versprachen; und hellblaue Augen, die das Versprechen schon vergessen hatten, bevor es noch im Raum verklungen und irgendwo angekommen war.

»Darf ich dir Büb aus Köln vorstellen, seit heute abend mein Lieblingsmusiker? Ich möchte ihn zu der Fête meiner Tante am Samstag einladen, und damit er nicht so alleine gehen muß, fände ich es sehr schön, wenn du ihn begleiten wolltest. Würdest du das für uns tun, *Schatje?«* Sie knipste mir ein Lächeln an, das ihre Augen nicht erreichte, und hauchte Küßchen in die Luft neben meinen Koteletten. Über ihre Schulter – Kokosöl und irgendwas teures Französisches – hielt ich Ausschau nach dem Sektkühlermännchen. Oder der Kutsche mit den vier Gäulen vorne dran und zwanzig Bierfässern hinten drauf.

»Angenehm«, brummte ich, »aber bis jetzt hab' ich noch jede Party ohne Hilfe gefunden.« Wieder das Sonnenscheinlachen. Einen Moment überlegte ich, ob ich ihm meine Zosche über den Kopf kippen sollte. Aber der Kübel war schon wieder leer. »Was hältst du von einem Cognac, Melba-*Schatje?«* wandte ich mich an Miss Etwas.

»Gute Idee«, meinte Pieter, »wartet hier, Kinder, ich besorge uns welchen.« Da stand ich dann mit *Schatje,* guckte auf ihren Scheitel, roch Kokosöl und drehte mir eine. Um nicht völlig unfreundlich zu erscheinen, bot ich ihr die fertige an. Einen Augenblick starrte sie mit halb offenem Mund darauf, dann schaute sie zu mir hoch, als wollte sie fragen: *Willst du mich verarschen, du Penner?*

»Ich weiß«, sagte ich, »normalerweise kriegst du hundert Baccaras oder 'nen Brilli oder den Schlüssel zu einem schnukkeligen kleinen Sportwagen. Aber leider bin ich's nur, der Kanaldeckel's Büb aus Köln-Vogelsang.« Ihr Gesicht bekam etwas fast Lebendiges. Sie nahm mir die Zigarette mit den Lippen aus der Hand.

»Du bist schon okay«, sagte sie mit einem halben Grinsen an der Kippe vorbei und machte einen kleinen Schritt zu einem der Windlichter, um sie anzuzünden. Eine Sekunde später stand ihre Frisur in Flammen. Sie merkte es nicht mal. Aber da ich nun schon mal okay war, nahm ich ihr die Fluppe ab und warf sie in den Pool. Nein, nicht die Fluppe. Die steckte ich mir hinters Ohr. Das kühlere.

Pieter kam zurück, mit drei halbvollen Schwenkern so groß wie Kindernachttöpfe, und drückte mir lächelnd einen in die Hand.

»Wohl doch nicht so das Traumpärchen, wie?«

»Nö. Muß ja auch nich'.«

»Finde ich auch«, sagte er und strich mir eine Haarsträhne aus dem Gesicht, als hätte er alles im Griff.

Anton

»Du hast wat? Dat wär' dat erste Mal, datt du wat im Jriff hast, seit wir uns kennen! Du kannst –«

»Ehrlich, Chef! Der Junge frißt mir aus der Hand! Und am Wochenende läuft die Sache, und ich muß mir noch nicht mal die Finger dabei schmutzig –«

»Unterbrich mich nich', Mann! Als könnten deine Finger überhaupt noch schmutziger werden! Meinste, nur weil du da unten sitzt un isch hier, wüßt' isch nit, wat du da treibst? Sei ja vorsischtisch, isch sach et dir im Juten! Un datt du mir ja dä Jung nit versaust! Du weiß', wat für disch da dranhängk! Also – am Wochenende? Un wann kriegst du dat Zeusch?«

»Ein paar Tage später – wir gehen davon aus, daß man ausländischen Hotelgästen als erstes auf die Finger gucken wird, und –«

»Dann paß auf, wo deine Finger dann sind, Mann! Du rufs' misch an, wenn dat Ding jelaufen is', un du rufs' misch an, wenn du dat Päckschen hast, klar? ABER NISCH WIEDER ZU HAUSE!!« Aufgelegt. Die Leitung summte. Der Mann am anderen Ende starrte auf den Hörer, rote Flecken ohnmächtiger Wut im bleichen Gesicht. Die Knöchel der Hand, in der er ihn hielt, waren weiß. Nach einer Weile atmete er langsam aus, ein wenig zitternd, dann legte er den Hörer ganz sanft auf die Gabel. Lautlos vor sich hin pfeifend ging er zum Fenster seines Hotelzimmers. Da irgendwo lag seine Fahrkarte in die Oberliga, er mußte nur noch ein paar Tage Geduld haben. Aber deswegen mußte er ja nicht Däumchen drehen bis dahin – zumindest nicht seine eigenen. *Den Jungen nicht versauen!* Was glaubte der alte Scheißer eigentlich? Hatte in seinem Größenwahn nicht mal einen Schimmer, daß das seine kaltschnäuzige Frau schon lange besorgt hatte! Er lachte trocken auf, schnappte sich seinen Zimmerschlüssel von einem Tischchen und marschierte zur Tür. Jetzt erst mal zurück zu der Party und einen ordentlichen Cognac heben ...

21

Veedelnoh, der Melba galant aus dem Pool geholfen hatte, nahm uns den dritten Cognac weg und reichte ihn ihr, nachdem er mit einem langen Schluck getestet hatte, ob der auch gut genug für sie war. Ich holte ihre Zigarette hinter meinem Ohr hervor, rauchte sie an und steckte sie zwischen ihre nassen, ein wenig zitternden Lippen.

»Danke, oh du mein Lebensretter«, hauchte sie, aber man konnte ihr anmerken, daß es ihr lieber gewesen wäre, ich hätte sie zum Löschen mit Schampus übergossen, anstatt sie in den Pool zu schmeißen. Etwas, das mir nie im Leben in den Sinn gekommen wäre – stell dir vor, du mußt am Ende einer Party, wenn die Vorräte knapp werden, Chlorwasser saufen, bloß weil du das gute Zeug zum Löschen benutzt hast …!

'noh schnappte sich ein rotes Badetuch von einem der Liegestühle, legte es ihr über die Schultern und fragte sie, ob sie vielleicht mit ihm unter Deck gehen wolle, wo er sie trockenrubbeln und ihr vielleicht beim Umziehen behilflich sein könne. Aber es war ja noch früh am Abend.

»Hier bei diesem jungen Mann bist du richtig, 'noh«, zog ich ihn in unser Gespräch, »der macht sehr interessante Experimente. Er zeigt dir zum Beispiel Bilder – einfarbige Bilder – und läßt dich den passenden Akkord dazu spielen.«

»Super«, meinte er, »und wenn er die Bilder schnell genug hintereinander wechselt, haben wir einen neuen Hit für PolyColor.« Pieter lachte wieder sein Romy-Schneider-Lachen.

»Ich glaube, ich werde euch *beide* einladen – mir scheint, wir könnten eine Menge Spaß zusammen haben.« Er bot uns eine Runde seiner schwarzen Glimmstäbchen an. Wir mußten ein schönes Bild abgeben – Pieter half mir wieder mit beiden Händen, ihm Feuer zu geben, und Melba lehnte sich mit dem Rücken an 'noh, der ihr über ihre Schulter hinweg Feuer reichte, einen Arm um ihre Hüfte geschlungen. Zwei moderne, traute Pärchen – wie in einer Altbier-Reklame.

'noh flüsterte ihr etwas ins Ohr, das sie zum Lächeln brachte, ein Lächeln, das sogar ihre Augen erreichte – sie sah auf einmal richtig nett und menschlich aus, und ich fing schon an zu bedauern, daß ich vorhin so stoffelig gewesen war. Aber so ist es eben meistens – wenn's nicht auf den ersten Blick funktioniert, hat man's schon verpaßt. Wie der erste Satz eines Romans zum Beispiel – taugt der nichts, stehn die Chancen gut, daß man auch den Rest nicht unbedingt lesen muß. Oder das Intro eines Popsongs – nach zwei Takten weißt du schon, daß du dir *Hey Joe* kaufen wirst. Oder von mir aus auch die ersten Takte eines Scheiß-Requiems, von wem auch immer. Aber bei meinem Zusammentreffen mit Melba hatte es nicht funktionieren können – da war ihr Blick noch so leer gewesen wie die Mensa am Aschermittwochmorgen. Und was, zum Teufel, soll ich am Aschermittwochmorgen in der Mensa?

»Könnt ihr eigentlich gut leben von dem, was ihr macht?« fragte Pieter. 'noh und ich schnaubten synchron durch die Nase.

»Heute ja«, griente er.

»Und wenn wir noch ein paar *doggy bags* mitnehmen, morgen wohl auch«, ergänzte ich, ganz der pragmatische Schlagzeuger.

»Erzählt mir von eurer Band«, bat Pieter.

»Ach du Scheiße.« Wieder synchron. Tusch: Die PENNER-ZWILLINGE.

»Die Band hat Pause. Entweder wir packen jetzt 'nen Haufen Anekdoten aus und lachen uns den Arsch ab – da werden wir viel zu schnell besoffen –«

»– oder wir unterhalten uns über ihre Zukunft und kriegen uns ziemlich bald in die Wolle –« Und wieder unisono: »– da werden wir viel zu schnell besoffen.« Melba lachte und wakkelte mit ihrem Hintern in 'nohs Schoß herum. Ihm schien's nix auszumachen. Ich nahm mir noch ein *Tuborg*. Pieter schlug klirrend seinen Kelch dagegen.

»À la votre!«
»À la bonheur«, brummte ich.

22

Khadamal zog mich erst einmal aus der Klemme damit, daß er Pieter einen Arm um die Schulter legte und ihn an die Reling entführte. Von hinten sahen sie aus wie Bud Spencer und Terence Hill in einem dieser Klamauk- und Kostümstreifen – der massige Araber in seinem grün schimmernden Seidenkaftan neben diesem zarten Jüngling, den man von hier aus auch gut für ein Mädchen halten konnte. Ich hingegen fühlte mich langsam wie Dean Martin in *Rio Bravo*, gut drauf mit dem Alkohol, der in seinem Schädel herumschwappt, bevor Angie Dickinson und, schlimmer noch, John Wayne ihm ein schlechtes Gewissen machen. Und genau wie Dino würde es mir ja erst mies gehen, wenn der Pegel runterginge, also organisierte ich mir noch ein Fläschchen und machte einen kleinen Spaziergang auf dem Boot herum – immerhin eine Strekke, für die ich mir daheim wahrscheinlich das Rad aus dem Hinterhof geholt hätte.

Aus den Boxen beglückte uns mittlerweile Englands Nummer-drei-Hit *Xanadu* – wahrscheinlich hatte der Diskjockey bemerkt, daß mindestens fünf Olivia Newton-Johns um den Pool herumkasperten. Erstaunlich auch, daß ein Rudel der kleinen Italiener sich um die blonden Schönheiten gar nicht scherte, sondern deren Schnattern und Kreischen heftig Konkurrenz machte und sich mit schweiß- und ölglänzenden Körpern irgendeinem neuen Tanz widmete – zumindest hielt ich das dafür. Ich war da nicht so auf dem laufenden.

Da ich auch kein großer Fan von Olivia war, hielt ich mich an eine südamerikanisch aussehende Audrey-Hepburn-Type mit so kurzen schwarzen Locken, als hätte sie sich Schamhaar auf den hübschen zarten Schädel implantieren lassen. Ich versuchte, mich beliebt zu machen, indem ich mein Feuerzeug unter eine ellenlange Zigarette mit rosa Deckblatt und goldfarbenem Filter hielt. Einer von uns beiden wackelte allerdings ein bißchen, und das Rosa der *Pink Lady* bekam etliche dunkelbraune Flecken. Nachdem ihr Blick kurz von meinem billigen Feuerzeug zu meiner verschlissenen Jeans – also nicht, wie es sich hier gehörte, von einem teuren Couturier auf verschlissen getrimmt – und von meiner naturbelassenen Mähne zu meinen in einem Kasten *Tuborg* schwimmenden freundlichen Augen gewandert war, schenkte sie mir ein Lächeln, das mir recht deutlich zu sagen schien: *Wenn du dahergelaufene Randfigur dich nicht schleunigst vom Acker machst, sondern mir hier weiter* richtige *Chancen versaust, werd' ich –*

»Das war tolle Musik«, sagte mein Schutzengel und knallte ein Glas Batida de Coco gegen meine Pulle. Ich gönnte Audrey noch ein halb verschwörerisches, halb entschuldigendes Zwinkern und wandte mich Miss Batida zu. Sie hatte ziemlich viel von einer Barbie-Puppe – die blonden Locken, den unterwürfig lächelnden Schmollmund, die makellose Figur. Und den IQ auch, denn als ich mich mit einem strahlenden Lächeln bei ihr bedankte, wich sie zurück und sagte: »Ooh, das sind ja gar nicht Sie ...«, wobei sich ihr Gesicht verzog, als würde sie gleich losplärren. Aber dann überlegte sie es sich auch schon wieder anders, kicherte, schüttete mir eine Portion von ihrer weißen Plörre auf den linken Arm und klebte ihren in einem erbsengrünen Bikini schaukelnden rechten Busen daran. »Oh, Pardon!« Schon hing ich in einer Parfumwolke, die mich an Orchideen und Kerosin erinnerte, dicht genug, daß ich mich nicht mehr traute, mir eine Kippe anzuzünden.

»Dachtest wohl, ich sei der DJ, wa'?« Das Kichern wurde um einiges lauter. Hoffentlich würde sie nicht gleich in die Hose machen.

»Nein, hihi, ich dachte, du hättest eben Gitarre gespielt ... Hihi – und – äh – gesungen. Hehe.«

»Nein, ich bin Schlagzeuger. Aber –«

»Ach so.« Jemand hatte das Kichern abgestellt und einen Gedanken in Gang gesetzt. Der ziemlich lange unterwegs war. Vorsichtig zog ich mich ein Stückchen zurück, damit ich nicht mit einem Bikinioberteil am Arm Bierholen gehen mußte.

»Noch so 'n Getränk, Barb- eh, meine Liebe?« Sie sah mich an, als hätte ich sie nach dem Satz des Pythagoras gefragt. Oder den Bundesligaergebnissen.

»Schlagzeuger«, formten ihre Lippen – ein neues Wort gelernt. Ein lustiges neues Wort – schon ging das Kichern wieder los. Ich ließ sie stehen und hoffte, sie würde sich nicht weh tun; sie war die Sorte, die auf einer Wattwanderung gegen eine Windboje läuft.

23

Aber Oma und Opa Klütsch haben immer recht: Hochmut kommt vor dem Fall. Als ich mich rumdrehte, stieß ich mit Betziger zusammen, der so gerade noch verhindern konnte, daß sein Zoschepokal im Pool landete; seine Großwildjägeruniform kriegte jedoch ihr Teil ab.

»Jaa, Sportler eben«, grinste ich, »immer schnell reagieren und nur ja nich' den Pokal aus den Augen lassen! Entschuldigung!« Erbost wischte er seine Klamotten ab, sagte aber nichts. »Wenn das nur für den ganzen FC gälte, wie?« Seine Augen funkelten mich an, und die Stelle, wo sein Kinn sein sollte, reckte sich mir herausfordernd entgegen.

»Möchte wissen, wann Sie denn das letzte Mal den FC spielen gesehn haben.«

»Kann ich Ihnen sogar ungefähr genau sagen: Das war um 1960 rum; Hamborn 07 hat seinem Namen alle Ehre gemacht und 0:7 verloren. Helmut Rahn hat allein drei reingemacht, und Schäfers Hans hat mir hinterher in der Kneipe eine Tafel Schokolade und ein Autogramm gegeben.« Das amüsierte selbst ihn:

»Konntest du das Autogramm denn da überhaupt schon lesen?« *Aha, schon duzen wir uns. Mach ab und zu ein Witzchen, und du gewinnst neue Freunde.*

»Nö – aber ich hab' vier Tula dafür gekriegt.«

»Vier was?«

»Tula. Filterzigaretten. Fuffziger Jahre.«

»Pah, ein echter Sportsfreund, wie?«

»Na ja ... Damals wollte ich noch Seemann werden. Da kriegt man sowieso nich' soviel Fußball zu sehen.« Mißbilligend musterte er mich von oben bis unten:

»Seemann oder Seeräuber?« Ich zuckte mit den Schultern:

»Egal. Hauptsache, 'n Schwert und 'ne Augenklappe. Soll ich dir auch noch so'n Getränk kapern?« Abwehrend hob er die Hände.

»Nein danke, ich hol' mir später selber was.« Manche Freundschaften halten eben nicht so lange. Hatte ich schon im Kindergarten lernen müssen. Spätestens, wenn ich stolz behauptet hatte, vier Väter zu haben – den Onkel Willi, den Onkel Arno, den Onkel Ernst und den Onkel Emil. Daß mein leiblicher Alter meine ersten sieben Lebensjahre im Zuchthaus verbracht hatte, erfuhr ich erst viel später. Und warum das so war, nic.

24

Der DJ war inzwischen bei POLICE angekommen, und ich beim circa achtzehnten Bier. Oder so. Bin ja kein Erbsenzähler. *Don't Stand So Close To Me*, bettelte der Ex-Lehrer, und alle hielten sich dran.

Fast alle.

»Na, Büb, amüsierst du dich?« Pieter schien nicht hinzuhören. Oder konnte kein Englisch. Ich lehnte an dem Handlauf an der Kajütenwand, beide Ellbogen aufgelehnt, er stellte sich vor mich und stützte sich mit der rechten Hand neben meinem Kopf an der Wand ab. Er hatte wirklich schöne Augen. Mädchenhafte lange Wimpern. Und das selbstgewisse Lächeln von dem Disko-Don-Juan, der die Tussi schon halb rum hat. Aber die Tussi hatte eine brennende Zigarette im Maul.

»Hmm?« grunzte ich und drehte mich damit zu seinem linken Ohr um, daß er zurückzucken mußte. Einen Wimpernschlag lang erhaschte ich ein Aufblitzen von Ungehaltensein, von Zorn, und bekam eine Ahnung, daß es sehr unangenehm sein könnte, richtigen Streit mit ihm zu kriegen. Aber das konnte mir ja egal sein – so nah würde ich ihn wohl nicht kennenlernen.

Da war er wohl anderer Meinung – er grinste schon wieder sein verwöhntes Lausbubengrinsen und hatte mir die Kippe aus dem Mund gefischt, einen kurzen, weichen Kuß auf die Lippen gedrückt und die Kippe wieder an ihren Platz gesteckt, ehe ich überhaupt reagieren konnte. Das kommt davon – Sekt macht leichtsinnig, Cognac macht abenteuerlustig, und Bier macht träge, eine Mischung, mit der im Balg man sich nicht in die Nähe eines Verführers begeben sollte.

»He«, brummte ich und stupste ihm einen Ellbogen in die Rippen, »einen alten Besoffenen übertölpeln ist ja wohl keine Kunst.«

»Und wie viele deiner Freundinnen hast du nüchtern verführt, Büb?« Zwei zu null für Oranje. Langsam mußte ich was an meiner Verteidigung tun. Oder vielleicht mal angreifen.

»Da wußte ich aber immer schon, daß das willkommen war, mein Lieber.« Scheiße – in den Rasen getreten. Das Grinsen wurde noch siegesgewisser.

»Et voilá …, Büb.« Er legte für einen Moment seine Linke um meinen Hals und strich mir mit dem Daumen über die Wange. Einen trägen Augenblick lang kitzelte es in meinen Lenden, und ich mußte unwillkürlich daran denken, wieviel Spaß es mit zwölf, dreizehn gemacht hatte, sich zu dritt oder viert in der Umkleidekabine unserer Turnhalle zu verstecken, während die anderen Basketball spielten, und das Onanieren zu lernen, mal ein anderes zuckendes Pimmelchen in der Hand zu halten als das eigene, während das von einer fremden Hand geknetet wurde, bis man es nicht mehr aushalten konnte und sich in die Unterhose ergoß oder über die heißen Finger eines Kameraden. Oder die Vormittage, an denen Schorschi und ich die Schule schwänzten und bei ihm zu Hause mit roten Köpfen über den Pornoheften seines Vaters saßen, Schorschi noch im Schlafanzug, und wir uns gegenseitig einen runterholten, ständig *Nich' so schnell, noch nich', noch nich'!* stöhnend und hektisch die Seiten umblätternd.

»Oha«, sagte Pieter und holte mich in die Gegenwart zurück, »ein Willkommensgruß?« Sein Oberschenkel drückte gegen die Beule in meiner Jeans. Ich grinste zurück und schnippte ihm zwei Finger unter die Nasenspitze.

»Ach was – einfach nur 'ne Morgenlatte. Zeit für'n Frühschoppen, Junge.« Er lachte und hielt sich gleichzeitig mit leicht wassergefüllten Augen die Nase. Seine Ringe blitzten. So schelmisch wie herausfordernd.

25

»Das sieht ziemlich edel aus, was du da an Klunkern an dir hast. Vor allem der rote da.«

»Shupiluliuma«, näselte Pieter.

»Ah ja. Und *Shala-lala-lee*? Und *Doh-wah-diddy-diddy*? *Chirpy chirpy cheep cheep*?«

»Nein, Shupiluliuma«, beharrte er, »der Hethiterkönig. Vor ungefähr dreitausendsechshundert Jahren. Er –«

»Warte, ich muß erst mal Nachschub holen. Du auch noch was? Und woll'n wir uns nicht setzen?« Er auch noch was. Und wollten wir. Also wanderten wir zur nächsten Bar, kletterten auf zwei Barhocker, ließen die weißen Handschuhe ihren Job tun und steckten uns frischen Qualm in die Lunge.

»Was für'n König?« erkundigte ich mich.

Pieter zog das Schmuckstück von seinem Ringfinger und reichte es mir rüber. Ein schwerer Ring aus massivem Gold mit einem blaßroten runden Stein inmitten von etwas, das wie eine strahlenumkränzte Sonne in das Gold graviert war. Rundherum so was wie Hieroglyphen. Ich blickte den Besitzer fragend an.

»Ein Rubin. Einer der ältesten zu Schmuck verarbeiteten, die man je gefunden hat. Im Symbol der ägyptischen Herrscher, der Sonne. Damals verehrten sie eine kurze Zeit den Sonnengott Aton, ehe sie wieder zum Amun-Kult zurückkehrten. Der legendäre Tut-ench-Amun war gerade gestorben, und seine Witwe Anches-en-Amun, eine Tochter Nofretetes, gerade mal zwanzig Jahre alt, mußte Angst haben, daß Eje, Nofretetes Vater, ihr Großvater also, sie zur Frau nehmen würde, um die Herrschaft über das Reich an sich zu reißen. In ihrer Not schickte sie einen Boten in das heutige Anatolien und bat den König der Hethiter, ihr einen seiner Söhne zum Mann zu geben. Ein sehr cleverer Schachzug eigentlich für eine so junge Frau – damit hätte sie die beiden mächtigsten Reiche der damaligen Zeit vereint und sowohl alle äußeren Feinde als auch Eje und dessen Anhänger gründlich in Schach gehalten.«

»Anatolien?« wunderte ich mich, »ein mächtiges Reich?«

»Ja, genau da. Wahrscheinlich war sogar das, was wir heute als Troja kennen, eine riesige Stadt und der Regierungssitz der Hethiter – der alte Homer hat sich das nicht alles völlig aus den Fingern gesogen.« Ich schüttelte den Kopf.

»Was es nich' alles noch zu lernen gibt! Man kann so alt wer'n wie 'ne Kuh, man lernt doch immer noch dazu, hat schon Oma Klütsch immer gesagt. Und was war jetzt mit König Schubidu?«

»Der sagte: *Ein derartiger Fall ist mir in meinem ganzen Le-*

ben nicht vorgekommen! Das haben wir sogar schriftlich von ihm, gefunden in den Ruinen von dem, was unsere Archäologen für Troja halten. Und er schickte den Boten zurück und forderte Anches-en-Amun auf, ihm einen Beweis zu liefern, daß ihn niemand verarschen wollte. Die hatte es mittlerweile ziemlich eilig, denn sie hatte nur eine Frist von siebzig Tagen – in denen Tut-ench-Amuns Leiche einbalsamiert wurde –, um einen neuen Gatten zu finden. Sie sandte sofort einen weiteren Kurier – der damals immerhin vierzehn Tage für die Strecke brauchte –, und der überbrachte Shupiluliuma einen Ring mit dem Siegel ihres verstorbenen Mannes und diesen hier – angeblich.« Schnell gab ich ihm das Ding zurück, weil mir dämmerte, daß ich mit einem ziemlichen Wert herumspielte und wiederum keinen Wert darauf legte, daß mir das Schätzchen noch in irgendeinen Gully fiel. *Ein Gully auf einer Yacht? Bist du besoffen, Büb Klütsch?* Na ja, oder ins Mittelmeer. Und in ein paar Wochen nimmt irgendeine Muddi in Friesland einen Fisch aus und hat plötzlich den ältesten Rubinring der Welt in der Hand. Und hält den für einen dieser billigen Kaugummiautomatenköder und schenkt ihn ihrer Tochter Claudia, die den Rubin wiederum mit türkisem Nagellack zupinselt, weil das besser zu ihrem Henry-John-Deutschendorfer-T-Shirt paßt. Auf dem aber John Denver steht. *Glaub', ich hab' tatsächlich langsam einen im Tee.*

Aber wenn ich mich so umsah, war ich da nicht der einzige. Der DJ war bei VILLAGE PEOPLE gelandet, was die Italo-Jungs animierte, sich gegenseitig mit Wachtelflügeln zu beschmeißen, was wiederum eine der Blondinen ganz eindeutig zum Kotzen fand, während zwei ältere Herren in äußerst knappen Badehöschen zu *YMCA* eng umschlungen eine Art Tango tanzten. Drüben auf der Rücklehne einer Bank saß Melba-*Schatje* und schrammelte auf 'nohs Gitarre rum, der hinter ihr stand, sie didaktisch eng umschlungen hielt und ihre Finger auf die richtigen Saiten zu drücken versuchte.

Khadamal kletterte gerade mit triefendem Kaftan aus dem Pool, eine Flasche Sekt in der einen und einen riesigen roten Bikini-Slip in der anderen Hand, ließ Allah einen guten Mann sein und lachte sein kollerndes Lachen. Das zu dem Slip gehörige Oberteil hing nutzlos, aber dekorativ um den Hals einer schwarzen Nixe, hinter der sich Mahalia Jackson hätte verstecken können. Was die womöglich auch schon getan hatte, denn die Nixe war mir schon bei unserem Konzert aufgefallen, als sie ein paarmal ein paar Blues-Refrains mitgesungen hatte, mit einer sahnigen, strahlenden Gospelstimme, daß es mir die Härchen auf den Unterarmen aufgerichtet hatte. Auch sie amüsierte sich offenbar köstlich, und es war schön, mitanzusehen, daß es Frauen gab, die nicht ständig mit ihren Kilos haderten.

Die Sterne hörten ihre eigene Musik und schunkelten, als hingen sie über dem Rosenmontagszug. Pieters Gesicht wakkelte vor mir herum und wurde mal größer, mal kleiner, als baumelte es an einem pendelnden Strick, wie ein Punchingball – ein hübscher Punchingball, zugegeben –, und das Bier in meinem Mund fühlte sich reichlich pelzig an. Ich beschloß, zwischendurch mal mit einem Cognac gegen die Bierträgheit anzubeschleunigen, aber die weißen Handschuhe waren gerade mit einem Joint beschäftigt, so groß wie eine Altflöte. Aber das war ja nicht die erste Theke, an der ich mich selbst bediente. Außerdem ging die Geschichte ja noch weiter, wenn ich auch nicht ganz sicher war, wieviel davon ich bereits verpaßt hatte.

»Shupi – eh – Shupi ...« *Na also – ALLE sind hier besoffen!* »Shupi erkannte natürlich die Vorteile dieses Deals und schickte seinen Sohn Zannanza nach Theben – wo der allerdings nie ankam; da hatte Eje wohl seine Finger und seine Schergen im Spiel. Der heiratete denn auch nach Ablauf der Frist seine Enkelin und setzte sich auf den Thron der Pharaonen, was er aber auch nicht lange überlebte, genausowenig wie Anches-en-Amun, denn plötzlich hieß die neue Königin

Ägyptens Nofretete – zum zweiten Mal. Hörst du mir überhaupt noch zu, Büb?« rüttelte er mich an der Schulter.

»Klar!« schrie ich, »die schöne Noffeltrete! Mit dem Schwa-, Schwamm-, Schwanenhals! Hat die nich' Richard Burton geheiratet? Zweimal sogar?! Und überhaupt – is' nich' Malerei dein Thema? Un' Musik? Un' Schwingengungenenen?« Pieter kicherte.

»Jaa, der Alkohol … Vielleicht sollten wir zwischendurch mal eine Dusche nehmen?«

»Ja, Dusche – von wegen. Ich brauch' keine Dusche, ich brauch'n frisches Bier – dashieriswarm«, beschwerte ich mich und drückte ihm die Cognacflasche in die Hand. »Hellja!« Weißhandschühchen, mittlerweile nicht mehr so blütenweiß und voller Brandlöcher, grinste mich breit und verständnisvoll an, bückte sich hinter seinen Tresen und kam vierzehn Tage später mit einem Armvoll Bier wieder hoch, baute das Quartett in einer Reihe vor mir auf, öffnete sie eine nach der andern – noch mal 'ne Woche –, wünschte mir ein charmantes *Santé, M'sieur* und rutschte mit verdrehten Augen an der Kajütenwand lang zu Boden. *Eight Miles High* sang Bryan Ferry dazu – voll im Trend, wie immer.

»Komm her, ich mach' dich wieder ein bißchen fit«, säuselte Pieter neben mir, steckte mir seinen Daumen in den Mund und rieb mir eine ziemliche Prise weißes Pulver ins Zahnfleisch. Eher kraftlos schlug ich seine Hand beiseite und spülte mir schnell das Maul mit einem Riesenschluck Bier aus, aber da kroch mir der Strom auch schon das Rückgrat hoch, sauste dreizehnmal im Zickzack unter meiner Schädeldecke herum sandte spiralige Blitze hinter meine Stirn in mein Genick in meine Magengrube meine Fingerspitzen meine Ohren Augen Eier Pieters Augen wurden groß wie Billardkugeln *welche Nummer hat denn die braune Kugel?* sein Mund lächelte wie ein Plakat an der *Filmpalette* schön gewölbte rosa Lippen rosa Zungenspitze zwischen schönen weißen Zähnen wie Dubravka aah Dubravka warum bist du nicht hier bei mir warum krieg ich es nie hin daß eine mal bei mir bleibt aber wie soll ich das auch hinkriegen wenn da immer wieder neue auftauchen wenn Margret schon bei mir geblieben wäre damals oder ich es geschafft hätte bei ihr zu bleiben hätt ich die andern ja nie kennengelernt hätt ich ja schließlich auch 'ne Menge verpaßt wie kann man denn wissen wann es nichts mehr zu verpassen gibt wann es reicht wann es die Richtige ist und dann muß es ja auch noch hinhauen daß sie meint daß du auch der Richtige bist hat einem doch keine Sau beigebracht und daß es so was wie Eifersucht gibt und Verlassensängste und Selbstverteidigungsmechanismen und Alltag und Betrug und Selbstbetrug und tonnenweise nächtevoll Mißverständnisse und daß man miteinander reden muß und *wie* man miteinander reden muß und daß man aber auch zuviel reden kann Schönes zerreden bis nur noch die Gräten übrigbleiben die einem dann im Hals steckenbleiben oder noch ein bißchen tiefer wo es noch weher tut wo du sie auch nicht mehr rausgewürgt kriegst da kannst du dich auskotzen soviel du willst da hast du schon die ganze Liebe ausgekotzt da stecken dir die Gräten immer noch in der Seele wie rostige Angelhaken aber woher sollst du auch was von Liebe wissen die aus dem *Traumboot der Liebe* war es jedenfalls nicht dann schon eher die von Connie Francis *ein seltsames Spiel* eben und Marlene und daß sie keine Sünde ist haben dir doch erst die Mädels beigebracht zu Hause war doch von Liebe keine Rede von Sünde schon aber doch niemals von Liebe höchstens von Gehorsam und Schuld und Respekt und dies gehört sich und das gehört sich nicht und heul nicht du bist doch ein Junge stell dich nicht so an du willst doch ein Kerl sein Waschlappen Heulsuse kommt ganz nach seiner Mutter ab in den Kohlenkeller mit dir bis du fertig bist mit deiner Knatscherei aber paß auf daß dich da unten der Schwarze Mann nicht erwischt hahaha und dann sitzt du da unten mit vor Angst vollgepißten Hosen und nicht nur daß du in deinem kleinen Köpfchen denkst keiner hat dich lieb hier kommst du nicht mehr lebend raus hier wirst du sterben so jung sterben ohne daß dich irgend jemand lieb hat und da dieser verdammte Schwarze Mann das ist der einzige an den du dich hier unten halten kannst also schmierst du dir Gesicht und alles mit Kohlenstaub ein und schmeißt Briketts in alle Ecken schreist wer ist denn hier der Schwarze Mann ich kann dich nicht sehen im Dunkeln aber du kannst mich auch nicht sehen du doofer schwarzer Kackmann du komm doch ich hab gar keine Angst vor dir und nach ein paar Stunden holen sie dich aus dem Keller völlig verwundert daß du nicht mehr kleinlaut an die Tür gekrochen kommst und legen dich erst mal übers Knie weil du aussiehst wie ein Schwein und am nächsten Tag schleppt sie dich zum Onkel Doktor mit seinem ekligen Holzspachtel in deinem Hals und er gibt ihr ein paar Calcium-Tabletten und sagt ihr das seien die Milchzähne dir gibt er eine Handvoll Salmiakpastillen und sagt du seist ein tapferer kleiner Mann haha das weißt du besser und draußen zerrt sie dich wütend durch die Stadt weil sie ja die zwei Stunden nicht bezahlt kriegt von ihrer Firma und das für nichts und wieder nichts nur verstockt bist du nur verstockt und sie droht dir damit daß du bald in die Schule kommst wo sie es dir schon beibringen und natürlich fragst du wieder nicht was *es* ist und selbst wenn du fragtest wäre die Antwort wieder bloß das verstehst du ja doch nicht aber wehe du antwortest das gleiche wenn sie dich fragen was denn in deinem verstockten kleinen Schädel eigentlich los ist das muß man sich mal vorstellen kein Vater da und ich mach mir den Buckel krumm daß du nicht in ein Heim mußt und was ist der Dank und jetzt frag nicht schon wieder wo der Papa ist das verstehst du ja doch nicht und schlurf nicht so heb die Füße hoch was hab ich da bloß großgezogen nein jetzt hat die Mama dich nicht mehr lieb denk mal dadrüber nach aber wie kann man über Liebhaben nachdenken und Nichtliebhaben ohne daß einem schwindlig wird von all den Irrgärten und Schlaglöchern und Sackgassen im Kopf all den Wänden gegen die man rennt aber eines lernt man zumindest dabei die Erkenntnis daß die andern die andern sind und deshalb anders und daß man selbst *ganz* anders ist und schon deswegen allein und dann lädt sie dich zu Hause ab und rennt zu ihrer Arbeit die sie ja nur für dich macht das hörst du ja oft genug dabei willst du gar nicht daß sie die für dich macht warum bleibt sie nicht hier bei dir zu Hause wie die anderen Mütter dann wärst du doch vielleicht gar nicht so verstockt und sie könnte dich wieder liebhaben aber nein der Papa und die Firma und den Buckel krumm und das ist der Dank und da sitzt du da eben alleine und wirst erst dreißig Jahre später kapieren daß was sie angetrieben hat all die Jahre außer ihrer Liebe zu dir die Angst war daß ihr geliebter einziger Sohn so ein Arschloch werden könnte wie sein Erzeuger auf den reingefallen zu sein sie sich eh nie verziehen hat aber noch hast du keine Ahnung und sitzt da den ganzen Tag alleine mit dem Trumm von Radio mit dem großen grünen Auge das dir manchmal schläfrig zuzwinkert und Hans Albers singt *Nimm mich mit Kapitän auf die Reise* und du wünschst du wärst Hans Albers und der Kapitän würde dich mitnehmen und sie könnte sich die Augen ausheulen das hätte sie dann davon denn du wärst *mit übers weite weite Meer* und du singst mit erst leise und zaghaft aber immer lauter schreist es fast in die leere Küche und wenn ich groß und stark bin werd ich überhaupt nichts und niemanden mehr liebhaben und mich braucht auch keiner liebzuhaben ich brauch niemanden aber trotzdem wär' es schön wenn du jetzt hier wärst hier bei mir Dubravka du und dein Lächeln –

»Warum bist du nicht hier?« Dubravka legte mir einen Arm um die Schulter und wischte mir mit einer gutriechenden Leinenserviette den Schweiß von der Stirn.

»Ich bin doch hier, Büb«, flüsterte sie. *Das ist gut, ja, das ist gut.* »Bist du okay?« *Klar bin ich okay. Ich hab' den Schwarzen Mann besiegt. Dein strahlender Ritter. Wo bleibt meine Belohnung, Prinzessin?* Und sie beugte sich zu mir hin, nahm meinen Kopf in beide Hände, und wir küßten uns, zärtlich, innig, lange. Ihre Hände, weich wie eine Säuglingswimper, streichelten mein Gesicht *ja, das ist gut, so soll es sein,* ihre Zunge spielte mit meiner wie mit dem Inneren eines Mohrenkopfs, süß und weich und vielversprechend, und ein Verlangen schlich mir langsam die Wirbelsäule herunter, geschmeidig wie das flüssige Gold der ägyptischen Schmuckschmiede, aber unausweichlich wie eine Kipperladung Teer, *lange nicht mehr so gut gefühlt, mehr davon, mehr!* – und erst als ich meine Hand um eine ihrer Brüste legte, merkte ich, daß das nicht im entferntesten Dubravka war.

Isaak

»Da täuschst du dich ein wenig, mein Vögelchen – natürlich kann dein alter Vater sich noch an die Zeiten erinnern, aber du irrst, viel besser hat es damals auch nicht gerochen. Nun ja, es waren vielleicht mehr natürliche Gerüche – Seewind, Fisch, faulendes Fleisch, Kohlabfälle, Exkremente –, kein Diesel, kein Benzin, keine Autoabgase … –«

»Ach klar, Paps, ich mußte nur gerade – wieder einmal – denken, daß es hier auf der Gracht immer noch so schön aussehen muß wie vor fünfzig oder hundert Jahren – von all den Autos einmal abgesehen –, die alten Häuser, die Brücken, die Platanen und Trauerweiden und Kastanien, die Geranien, die Möwen, das Wasser –« Eimermacher sandte einen Rauchring über ihren Kopf und wieherte.

»Tja, und in diesem Wasser gibt es mittlerweile mehr Kondome als im *Roten Löwen* und mehr Chemikalien als im Rotterdamer Hafen und mehr Hundescheiße als im Garten von Baskerville und mehr –« Lachend beugte Edna sich vor und schlug ihm auf die Hand, dann nahm sie sich noch eins der Pralinés aus der Schachtel zwischen ihnen. Daneben stand ein eisgefüllter kupferner Sektkühler, aus dem seine obligate Flasche *Krug* herauslugte. Das Boot krängte durch ihre abrupte Bewegung, schwappte wie zum Beweis von Eimermachers Behauptung eine undefinierbare braune Masse gegen die Ufermauer, und Edna rümpfte ihre lange, gerade, fast männliche Nase. *Jetzt sieht sie fast aus wie ihre Mutter,* dachte Eimermacher, *nur daß die eine vollkommene Schönheit gewesen war.* Aber er mußte jetzt mit dieser überreich mit Testosteron gesegneten Frucht seiner Ehe zurechtkommen, sie auf seine Seite ziehen – die Sammlung! Die Sammlung! Er hatte ein wenig Mühe, den Plauderton beizubehalten.

»Apropos – ich weiß, daß du es nicht wirklich schockierend findest, darüber zu reden, mein Vögelchen –, apropos Kondome – gibt es Neuigkeiten deine *Familienplanung* betreffend? Ich –«

»Ja, Paps, ich weiß, du wartest immer noch auf einen Enkel. Aber ich finde nach wie vor, daß ich erst Kinder haben sollte, wenn ich weiß, daß ich endlich seßhaft geworden bin. Ich möchte nicht – und du möchtest das gewiß auch nicht –, daß deine Enkel heute in eine spanische, nächstes Jahr in eine englische und womöglich irgendwann in eine türkische oder gar deutsche Schule gehen müssen. Und wir möchten ganz sicher beide nicht –«, sie hob eine Hand, um ihn daran zu hindern, sie zu unterbrechen, »beide nicht, daß sie in irgendeinem Internat weggeschlossen werden, während ich mit ihrem Vater in der Welt herumziehe und ihr Großvater in Amsterdam sie nur einmal zum Passah und einmal zur Chanukka sieht, nicht wahr?«

»Ich frage mich nur –«

»Ob denn dieses Nomadenleben nötig ist, fragst du dich, ich weiß –« *ja, und Haare auf den Zähnen hatte sie auch, das war einmal sicher!* »– und *ich* frage mich, wieso du dann so bemüht bist, Gerrit an dieses unsägliche Köln zu verschachern, eine Stadt, in der sogar Beamte einmal im Jahr dienstfrei bekommen, um sich auf öffentlichen Straßen betrinken und ihre Frauen betrügen zu können! Möchtest du mir das nicht bitte einmal näher erklären?« Eimermacher stippte das Mundstück seiner *Monte Cristo* in sein Sektglas, schüttelte die Tropfen ab und drehte die Zigarre in seinem Mund herum, dann goß er den Sekt über Bord und füllte sein

Glas aus der Flasche nach, nachdem Edna dankend den Kopf geschüttelt hatte. »Paps?«

»Du weißt doch schon lange, daß es Geschäfte gibt, über die man spricht, und solche, über die man nicht spricht, mein Kind, schon gar nicht mit seinen Lieben, die man damit nur belasten könnte. Dring nicht in mich. Es handelt sich um einen großen, einen wichtigen Deal für mich und für einen guten alten Freund, es geht nicht zuletzt um dein – euer – Erbe, und mein Schwiegersohn kommt ja wohl auch nicht schlecht davon bei der Sache – denk daran: Er wird der erste Spieler sein, der den Deutschen eine Million wert ist! Nicht, daß ich das nachvollziehen kann – eine Million für einen Fußballspieler! Aber –«

»Aber ausgerechnet Köln! Paps! Die haben keine Kultur, trinken schreckliches Bier, haben furchtbares Essen, einen Dialekt, der nicht holländisch und nicht deutsch ist, keinen anständigen Reitstall, Tennisplätze, zu denen *jeder* Zutritt hat!« Eimermacher richtete sich auf, und seine Stimme klang mit einem Mal spröder, eine metallene Härte, die ahnen ließ, wie er zu seiner Stellung in der Amsterdamer Kaufmannsgesellschaft gekommen war:

»Ich finde, du hast deinen alten Vater jetzt oft genug unterbrochen, mein Täubchen. Und wo du gerade von Reitstall sprichst – du solltest nicht nur froh sein, daß dein Mann dank meiner Mithilfe so gutes Geld nach Hause bringen kann; das Pferdchen, das dich – eh – ein bißchen hilfsbereiter stimmen sollte, scheint dir doch auch sehr gut gefallen zu haben, ist es nicht so? Ganz davon abgesehen, daß ich dir da offensichtlich ein Tier gekauft habe, das ein Turnier nach dem anderen gewinnt und zusätzlich Geld in eure Familienkasse bringt.« Jetzt goß sie sich doch noch ein Glas nach. Er konnte sehen, daß es hinter ihrem zur Schau gestellten Gleichmut brodelte, ihre Augen hinter den dichten langen Wimpern blitzten; nein, sie war schon richtig, eine echte Eimermacher, und daß sie zum einen den Rüffel hinnahm, was den gebührenden Respekt anging, zum anderen ganz offensichtlich den wirtschaftlichen Aspekt der Sache zu würdigen wußte, ließ ihn wieder einmal daran denken, sie in Zukunft vielleicht öfter einmal an seinen Geschäften teilhaben zu lassen – vielleicht war sie gar kein so schlechter Ersatz für einen Sohn ...

Edna trank ihr Glas aus, und einen Moment lang sah es aus, als wolle sie es in die Herengracht schleudern, bevor sie es vorsichtig auf dem Tischchen absetzte, nach ihrem Täschchen griff und einige Utensilien hervorkramte – Tabak in einem Beutelchen aus Hirschleder, ein Heftchen brauner Lakritz-Blättchen, ein goldenes Pillendöschen, auf dem eine in Bernstein gefangene Spinne prangte, ein goldenes Dunhill-Feuerzeug –, und begann einen Joint zu drehen. *Gewonnen!* dachte Eimermacher erleichtert und blies sanft und genüßlich in die Glut seiner Zigarre.

»Aber mußte es denn unbedingt Köln sein, Paps?« Er hob die linke Schulter zum geneigten Kopf, in einer Geste des Bedauerns und Sich-in-sein-Schicksal-Fügens zugleich.

»Leider, mein Engel, leider. *Kijk maar,* nur in Köln lohnt es sich – für uns alle. Aber ich habe noch eine gute Nachricht für dich, mein Vögelchen. Es gibt da ein hübsches Häuschen, in einem hübschen kleinen Örtchen namens Engelskirchen – ist das nicht passend? –, mit einem vier Hektar großen Grundstück dahinter, Pferdekoppeln und allem.« Sie leckte lächelnd – endlich wieder – an den Klebestreifen ihrer Blättchen, rollte routiniert den braunen Joint zusammen, zwirbelte die Spitze zu einer kleinen Zipfelmütze, steckte ihn in eine Zigarettenspitze aus Jade, zündete ihn an und nahm einen tiefen Zug.

»Na schön. Ich hab' für dich auch eine Überraschung, Paps«, kam es tief und gepreßt aus ihren Bronchien, mit dünnen Wölkchen würzig riechenden Rauchs, »– ich bin schwanger.«

»Was?!« schrie Eimermacher und sprang auf. Das Boot kippte zur Seite, Edna warf sich instinktiv zur Gegenseite, er verlor das Gleichgewicht, und sie sah ihren Vater in der stinkenden Brühe der Gracht landen, den rechten Arm hochgerissen, als wolle er wenigstens die gute Zigarre vor dieser Sauerei bewahren.

26

Mittlerweile saßen wir im Heck auf dieser Hollywoodschaukel für circa sechs Personen. In der anderen Ecke des Geräts saßen zwei der unausweichlichen blonden Mädels aufeinander, nahmen abwechselnd kräftige Schlucke Schampus und küßten sich dann mit vollem Mund, wobei Unmengen der guten Zosche auf ihre nackten Oberkörper heruntertroffen. Damit rieben sie sich dann die Brüste ein und leckten sich kichernd und gurrend gegenseitig ab. Der dicke Araber saß ihnen auf einem Hocker gegenüber, leise schnaufend, einen sich träge auf und ab bewegenden Arm im Seitenschlitz seines Kaftans verborgen. Nach einer Weile streifte er eine seiner Sandalen ab und schob dem oben hockenden Mädel einen fleischigen großen Zeh von hinten zwischen die Beine. Sie stöhnte laut auf und biß ihrer Partnerin vor Leidenschaft in den Hals, was diese wiederum bewog, keuchend Hand an sich selbst zu legen.

Durch ein Bullauge konnte ich halb unter mir in den spärlich, hauptsächlich rot beleuchteten Salon sehen, in dem einer der schwarzlockigen jungen Italiener bäuchlings auf einem dicken ledernen Kissen lag. Hinter ihm kniete Bérat, der versuchte sein halbschlaffes, runzliges Zipfelchen in den fettglänzenden nackten Hintern vor ihm zu bugsieren. Nachdem er sich eine Prise Koks auf die Eichel gestreut hatte, klappte es dann auch.

Auf einem Sofa saß Betziger, nur noch mit einem offenen Hemd bekleidet, neben ihm sein Schützling, der die Szene mit hochrotem Kopf, offenem Mund und glasigen Augen beobachtete; halb angewidert, halb fasziniert, aber ganz offensichtlich erregt, wie die enorme Ausbeulung seiner Bermudas zeigte. Betziger griff hinüber, riß sie herunter und umschloß eine wirklich beachtliche, zuckende Latte mit der rechten Hand, während er mit der linken seine Hoden knetete. Sein kommender Stürmerstar kam prompt. Betziger lachte und leckte sich die Finger ab. Dann zerrte er Kläusjens widerstrebende Linke zu seinem eigenen Ständer und zwang ihn, ihm einen runterzuholen. Kläusjen gehorchte, mit gequält abgewandtem Gesicht, aber selbst schon wieder heftig erregt, weil er jetzt auch noch mit ansehen konnte, wie Bérat an dem dünnen braunen, gekrümmten Glied eines zweiten Italieners saugte. Als es Betziger kam, griff er Kläusjen in den blonden Schopf, drückte dessen Kopf in seinen Schoß, spritzte ihm seine Ladung ins Gesicht, bog ihn brutal wieder hoch und leckte mit weit offenem Mund gierig sein eigenes Sperma auf. Das brachte Kläusjen nun wieder so in Fahrt, daß er es sich selbst mit zuckendem Hintern hektisch noch einmal besorgen wollte. Aber da kniete Bérat schon vor ihm und nahm ihm schmatzend die Arbeit ab, während seine Jüngelchen sich einen Elfmeterpunkt Koks in die Nase schaufelten.

Zwei kleine Italiener sang es in meinem Schädel – aber ich sah vier. Und zwei Bullaugen und zwei Sofatriolen und zwei Himmel voller Monde: Mittlerweile hatte ich doch einen ganz schönen Stein im Schuh. Die Monde schaukelten das Meer, das Meer schaukelte den Kahn, der Kahn schaukelte unsere Schaukel; die schaukelte uns und die Mädels neben uns, und ich schaukelte ein bißchen mein Hirn herum. Aus der Kajüte drang dezent Jacques Loussiers Bearbeitung vom alten Johann Sebastian, und vom Wasser her brachte eine kühle Brise ein paar Fetzen Salsa von einer buntbeleuchteten Yacht weiter draußen mit.

Mich fröstelte. Es roch nach Meer und Fisch und Diesel und Champagner und, dicht unter meiner Nase, nach Pfirsichen. *Pfirsichen?* Ich blickte an mir herab. Ich hatte meinen rechten Arm über der Rückenlehne ausgestreckt, und Pieters Kopf lag trunken an meiner Schulter. Er wusch sich die braunen Locken anscheinend mit Pfirsich-Shampoo. Wir hatten schon eine ganze Weile nicht mehr gesprochen. Beziehungsweise gelallt. Plötzlich hob er sein Gesicht zu mir und lächelte mich mit tränengefüllten Augen an.

»Bissu noch'a, wenn 'ch wach wer'e?« fragte er. Dabei legte er eine seiner zarten Hände in den Ausschnitt meines Hemds und streichelte die Kuhle unter meinem Schlüsselbein. Ich brummte irgendwas wie »Schaumerma'« und zuckte mit den Schultern, was seine Hand auf meine linke Brustwarze rutschen ließ. Was mich erneut zucken ließ. *Holy shit! Wochenlang in St.-Tropez, dem El Dorado der* beautiful people, *und endlich verknallt sich jemand in mich – und dann ist es einer von den Jungs vom Ballett!* Ich schlug meine Beine übereinander, damit niemand meine Erektion sah.

27

Niemand sah sie. Niemand hatte mich überhaupt gesehen oder sich für mich interessiert, als ich nach einer Weile zu mir gekommen war, mich von seinem Arm befreit hatte, während er leise weiterschnarchte, und mich vom Acker machte. Bzw. von Bord ging. Nicht ohne mich vorher ein bißchen umzugucken. Ich fand eine leinene Sporttasche unter einer der Liegen, kippte die Tennisklamotten darin in eine Ecke, legte ein Badetuch darüber und füllte die Tasche mit allem, was mir noch für den Rest des Tages brauchbar schien – ein paar Brote, kalte Steaks, Schinken, gekochte Eier, Gemüse, Käsereste und Obst, das volle Picknickprogramm, nicht zu vergessen eine Flasche Cognac, zwei Flaschen Rotwein und ein paar Pullen Bier, ein paar Schachteln Zigaretten paßten auch noch rein, und nach einem letzten Blick durch die Kajütenfenster, hinter denen inzwischen mindestens zwanzig Leute an der Orgie beteiligt waren, während in allen Ecken Partyleichen herumlagen – Mund auf, Augen zu –, kletterte ich eine Strickleiter runter und enterte eins der kleinen Motorbötchen, die an die *Bératta* geleint waren. Und da ich keine Ahnung hatte, wie man so ein Ding in die Gänge kriegt, paddelte ich mit den Händen auf den Hafen von St.-Tropez zu.

Rechts von mir schob sich eine jetzt schon schweißtreibende grelle Scheibe aus Weißgold über die Berge, die Wellen glitzerten und flimmerten, daß ich mit Bedauern an die Sonnenbrille dachte, die jetzt nutzlos zwischen den Tennissachen lag – ich Idiot! –, und dann ging mir auf, daß das zweite, das ich vergessen hatte, eine Flasche Wasser war – wenn ich jetzt, nach vielleicht anderthalb Stunden Schlaf, ach was, duhnem Gedöse, ein Bier aufmachte, würde ich wahrscheinlich bis zu den Bahamas paddeln. Oder eher ins Bermuda-Dreieck. Also nuckelte ich an einer halben Ananas, bis ich an einer Stelle etwas abseits der Hauptmole anlegen konnte, das Boot vertäute – wie passend, es hieß *Boy Scout* – und mich auf den Weg in meine Lieblingsbucht machte. Nein, vielleicht sollte ich mir doch erst Trinkwasser besorgen – und ein Kaffee wäre jetzt eigentlich auch nicht verkehrt, also latschte ich zum Läuseplatz, sprich *Place des Lices* – ein sportlicher junger Frühaufsteher und *Dolce-far*-Nichtstuer, ein Lebenskünstler und Daseinsgenießer, einer, den es heute und hier nicht im geringsten wundert, daß das Wort Nonchalance ein Französisches ist – hier unten mußte es einer von meiner Sorte erfunden haben.

Aber womöglich war es ja nicht mal ein Franzmann selbst, der es geprägt hatte, sondern einer der englischen Adligen, die es Anfang des neunzehnten Jahrhunderts hierher verschlagen hatte; auf der Suche nach einer Gegend, in der man dem neblig-feuchten Heimatklima für ein paar Wochen oder Monate entkommen konnte, ohne gleich eine Weltreise bis in die Kolonien machen zu müssen, wollten sie an die italienische Riviera, aber weil in Italien die Cholera wütete, blieben sie hier hängen und bauten sich gleich die eine oder andere Villa in die Hügel der Provence, nicht zuletzt, weil ihnen klar wurde, daß das Klima hier noch angenehmer war. Nicht umsonst nannten die Einheimischen den *mistral*, den Meister der Winde, der trocken und kühl das Rhônetal herunterbläst, auch *lou manjo fango*, den Dreckfresser, der den Himmel sauberfegt, die Wolken wegpustet und für dieses einmalige Licht sorgt, das mit seinem vibrierenden Leuchten so intensiv strahlen kann, daß man sich ein Ohr abschneiden könnte vor lauter Verzweiflung über die Unfähigkeit, es einzufangen und auf eine Leinwand zu bannen.

Meine Ohren waren beide noch dran und freuten sich, daß es noch so ruhig war – erst wenige Autos waren unterwegs und kaum eins der entsetzlich knatternden, schalldämpferfreien Mopeds, was vor allem der dumpf pochende Schädel zwischen diesen Ohren als äußerst wohltuend empfand. Ich schleppte ihn und meine Sporttasche durch die kleinen Gäßchen mit ihren schiefen, sandfarbenen Mauern, den Kaskaden von Bougainvillea, Hibiskus, Mimosen und wie die Farb- und Duftträume alle hießen, mit winzigen Gärtchen hinter diesen Mauern, in denen schon die ersten *mamans* und *petites grand-mères* saßen und ihr Schwätzchen hielten, während sie das *petit déjeuner* vorbereiteten; mit winzigen Hintereingängen zu engen, kühlen Fluren, in denen Kinderwagen, Fahrräder und Propangasflaschen, Gemüsekisten, Klappstühle und riesige Weinballons standen, und aus denen ein ganz eigenes Duftgemisch aus Knoblauch und Kräutern, Wein und Kaffee, Anis und Orangen, *Gitanes* und Gebratenem, Schweiß, Seife, Parfum, Katzenpisse und Kinderkacke in die Gassen stieg, daß man als Passant gleichzeitig Hunger bekam und das dringende Bedürfnis, sich eine Zigarette anzustecken und die am besten, stetig qualmend, unter der Nase festzuklemmen. Wie's der Franzose ja auch gemeinhin tut – nun wissen wir, warum.

Eine der Gassen war so eng, daß sich wilder Wein aus dem einen Garten und der Knöterich aus dem anderen über den Durchgang hinweg ineinander verkrallt hatten und versuchten, sich gegenseitig auf das eigene Grundstück zu ziehen; in einer anderen hatte Madame Lafayette vor der Hintertür ihres kleinen *Tabac* einen runden Plastiktisch mit drei passenden weißen Stühlen unter einen *Ricard*-Sonnenschirm gezwängt, und für jeden, der vorbei wollte, mußten erst die Stühle, für Kinderwagen oder Handkarren gleich das ganze Mobiliar beiseite geräumt werden, eine gute Gelegenheit, beim Zigaretten- und Zeitungskauf einen Espresso zu trinken und den neuesten Klatsch auszutauschen.

Ich kam vorbei an der Rückseite der kleinen *Bar Saint Plein*, wo man nicht über Stapel, sondern Berge von Getränkekästen klettern und eine Herde Bierfässer umrunden mußte, während einem von der Fensterbank die nackten, abgegriffenen Rückseiten zweier Schaufensterpuppentorsos angrinsten, ein schwarzer und ein weißer, der knackige schwarze Hintern sehr viel abgegriffener als der weiße; ich bog extra um die Ecke, um wieder einmal die Vorderseite der Bar zu bewundern, mit ihrem völlig verschmierten Schaufenster, hinter dem einen dunkelgraue Gardinen, acht raffiniert zu einer dekorativen Formation aufgebaute Flaschen *Hürlimann* und vierzehn Millionen toter Fliegen zum Verweilen einluden. Eher zum draußen Verweilen allerdings.

Vorbei an der immer vergitterten *Académie de Lavoir*, vorbei an dem Schild *Votre boulanger: Un artisan authentique!*, unter den schief gemauerten Ziegelbögen hindurch, die anscheinend keinen anderen Sinn hatten als den, die grau-gelben, verwachsenen Häuserfassaden mit ihren Eingängen aus seifig-grünem Serpentinstein festzuhalten, damit sie nicht auf die braun und rot glänzenden Steinplatten zwischen ihnen kullerten. Hier im alten Stadtkern mochte man kaum glauben, daß dies einer der teuersten Flecken der ganzen Mittelmeerküste, vielleicht ganz Europas war, wo mehr Millionäre wohnten als in Genf und mehr Filmstars als in St. Moritz. Und wo mittags um zwei geräuschvoll eine Enduro über den Hafenplatz brettert, quietschend vor dem *Tabac* hält, und ein graugesichtiger Udo Jürgens mühsam vom Soziussitz klettert, um sich drinnen eine BILD-Zeitung zu holen, während draußen seine Fahrerin den Auspuff knattern, ihre Tittchen zittern und ihre Schenkel verbrennen läßt und alle sieben Sekunden ihre Mähne schüttelt – *Siebzehn Jahr, blondes Haar / so stand sie vor mir …*

28

Meine Mähne wiederum gefällt einem Pärchen am Nebentisch überhaupt nicht. Dabei sitze ich friedlich da auf dem Bürgersteig vor dem *Fleurs*, glaube, mit einem *Café au lait* und einer *France Soir* vor mir einheimisch und mit einer Sporttasche von *Hermès* neben mir seriös auszusehen, und gucke mir das Morgentreiben auf dem *Place des Lices* an, der heute kein Marktplatz ist, sondern Schauplatz einer frühen Boule-Schlacht zwischen zwei Teams aus alten Baskenmützen- und uralten Maiszigarettenstummelträgern, beobachtet von einer kleinen Versammlung aus Auf-den-Boden-Spuckern und Mit-Händen-und-Füßen-Diskutierern.

»A'so kuck dich dat an – is' dat en Keä odde' is' dat 'ne Tussi, eh?« wundert er sich.

»Ach, laß doch, Hämmann, geht uns doch nix an, wat dat is' – getz trink dein' Käffken un' laß uns na'n Strand. Außerdem hat dat Koteletten un' en Schnäuz – muß ja woll en Keä sein.«

»Siehße. Abba samma', bei uns in' Pütt hättense den schon mitte Heckenschere –«

»Getz sei abba ma' still, Hämmann! Kuck do' nich hin, wennße dat nich sehn machs!«

»Datt so'n Hippi sich dat leißen kann hiä, wa. Dat is' doch soga' fü' unsaeins en teuret Flaster, odde? Haha – oder meinße, Tante Lisbeth hat dem au' wat verärbt? Hahaha!«

»Hämmann!«

»Ja, issowah', eh. Unsaeins muß dat halbe Le'm malochen, für ma' eima so im Urlaub zum fah'n, un sowat da sitz' den ganzen Tach mitte Zeitungk am Lesen! Dat is' doch –«

»Nu sei abba ma' kusch getz! Vielleich' geht der ja gleich auffe Ahbeit – issono' früh am Tach!«

»Tcha! Soll dat denn für'n Jopp sein? Manneking? Frisöse? Dat ich nich' lache, Mama!« Ich wühlte in meinen Hosentaschen, tat so, als müßte ich wunders wat für Papiergeld durchblättern, klemmte einen Schein neben den Bon unter dem Zuckerstreuer, steckte mir unauffällig eine Münze in die Backentasche und schulterte meinen Proviant. An ihrem Tisch blieb ich kurz stehen.

»Damitte heut nacht ruhich schlafen kanns', Hämmann – ich *hab* 'n Job. Ich bin der Freddie un' fresse Flacheisen.« Beide guckten mich völlig entgeistert an. »Will sagen, ich bin 'ne tolle Zirkusnummer, drüben im *Schangsellisee.* Da schlucke ich Glasscherben, Rasierklingen und Fischmesser. Werdet ihr euch wohl leider nich' angucken können – soviel wird euch Tante Lisbeth nich' hinterlassen haben – aber trotzdem: Schön' Urlaub noch!« Und ließ das Centimes-Stück über meine Zunge auf ihre gläserne Tischplatte kullern, wo es sich klirrend ein paarmal um sich selbst drehte, ehe es in meiner Spucke klebenblieb.

Ich war schon fast um die Ecke gebogen, als sie sich wieder fingen.

»Siehße, Hämmann, wat du immer denks'! So'n netten Keä! Im *Schangsellisee*! Bei'n Ziakus! Die hab' ich doch schon in Feänsehn gesehn! Ich hab' do' gleich gedacht, datt der mich bekannt vorkommt ...«

»Rasierklingen ...! Pah ...! Ich wette, der is' schwul. Komm, getz trink ma' dein' Kaffe un' laß uns na'n Strand, Mama ...«

29

Am westlichen Rand von St.-Tropez, gerade mal zehn Minuten zu Fuß vom Zentrum, liegt der Friedhof, der *cimetière marin.* Ein echter Seefriedhof, denn hier klatschen tatsächlich unentwegt die Mittelmeerwellen an seine Außenmauer, als forderten sie ihren Anteil am Abfall der Zivilisation, wie die Möwenscharen, die krächzend auf Grabsteinen und Kreuzen herumlungern. Ein breiter Weg führt schnurgerade hindurch, vorbei an dem Seitenweg mit den reichverzierten Familiengräbern des alten Adels von St.-Trop', der seine lange Geschichte bis auf die einundzwanzig Genueser Blaublüter zurückführte, die schon vor vierhundert Jahren aus dem verschlafenen Fischerdörfchen eine reiche Hafengemeinde gemacht hatten, lange vor Guy de Maupassant, dem Schriftsteller und Minister Napoleons, lange vor Lord Brougham, dem Cholera-Flüchtling und schottischen Juristen, der die geschlossene zweisitzige Kutsche populär gemacht hatte, lange vor Henri Matisse, der hier sein berühmtes *Luxus, Ruhe und Wollust* malte, lange vor Françoise Sagan, Curd Jürgens, Gunther Sachs und Brigitte Bardot, die – bzw. deren Präsenz in der Regenbogenpresse – die Idylle endgültig versaut hatten.

Wie jedes Mal wunderte ich mich über die frischen Blumen am Grab von Blandine Liszt, der Tochter des großen Komponisten und Klaviervirtuosen; ein schlichter Stein aus graublauem Marmor, Name, Geburtstag, Todestag, und wie immer fragte ich mich, wie sie wohl hierher gekommen und warum sie hier begraben war. Hatte Franz Liszt nicht in Italien gelebt? Oder Bayreuth? Woran war sie gestorben? Vielleicht an Liebeskummer, weil Richard Wagner sie fallengelassen hatte, um ihre Schwester Cosima zu heiraten? Wer bringt jeden Tag diese frischen Blumen? Und warum? Heute war es eine Sorte, die ich nicht kannte – lange blaßgrüne Stiele, kleine gezackte Blätter, dunkelblaue, fast lilafarbene Blüten, ähnlich geformt wie Glockenblumen, nur viel üppiger –, die gleichzeitig frisch und morbid wirkte.

Als ich an meiner Lieblingsbucht ankam, war ich ziemlich kaputt, von der langen Nacht, den Unmengen Alkohol, dem weißen Pulver, dem langen Fußweg, und froh, den Strand menschenleer vorzufinden. Nur ein Stück höher, auf dem Rasen zwischen dem Schilf, werkelte Simon schon an einem der Boote herum und winkte mir einen fröhlichen Gruß zu; sein Vollmondgesicht strahlte, das sanfte Gesicht eines freundlichen Fünfjährigen, obwohl er wohl mindestens zwanzig war – er mochte mich. Kein Wunder – oft genug hatte ich gesehen, wie sein Alter, seine Brüder, seine Nachbarn ihn mit Fußtritten antrieben oder mit Schlamm bewarfen und auf seine Kosten ihren Spaß hatten; ich hingegen hatte ihm nur freundlich zugenickt, als er eines Tages neugierig und vorsichtig vor mir aufgetaucht war, fasziniert davon, daß ich Gitarre spielte. Einmal hatten wir uns eine Flasche Bitter Lemon geteilt, die ich am Strand gefunden hatte – ich biete doch einem geistig Zurückgebliebenen keinen Alkohol an –, und das hatte den Bann endgültig gebrochen. Seitdem kam er jedesmal, wenigstens für eine halbe Stunde, saß grinsend und sabbernd da, lauschte glücklich und knurrte unwillig, wenn ich mal ein Päuschen einlegen wollte. Manchmal hatte ich Mühe, ihm klarzumachen, daß es mir nicht unbedingt Spaß machte, *For Your Love,* seinen Lieblingssong, öfter als dreimal zu spielen, aber als ich merkte, daß er anfing, sich vorsichtig ans Mitsingen heranzutasten, die Melodie, die er hörte, mit seiner eigenen Unstimme zusammenzubringen, spielte ich es doch immer wieder, und sei es nur, um uns beide nicht um das tolle Erlebnis zu bringen, daß er beim vierten Mal mit einem seligen Lächeln im Refrain ein kehliges *Llllaahlaaahaaa* zustande brachte. Danach jauchzte er dann immer, schlug sich mit den Fäusten auf die Schenkel und scharrte mit den Füßen im Sand wie ein Kleinkind, das sein erstes Häufchen ins Töpfchen gemacht hat.

Als er heute sah, daß ich keine Gitarre dabei hatte, guckte er traurig und schmollte, aber ich ging zu ihm hoch und bot ihm einen Pfirsich an, da war die Welt erst mal wieder in Ordnung. Fragend wies ich auf den vergammelten kleinen Kahn, den er mir mit der mürrischen Erlaubnis seines Vaters manchmal leihen durfte. Er nickte heftig, sprang auf und half mir eifrig, das Ding runter zum Wasser zu schleppen. Ich warf meine Tasche hinein, schaffte es, selbst einzusteigen, ohne im Wasser zu landen, und als ich auf der Bank saß, gab er mir einen Stoß, ich winkte ihm dankend noch einmal zu, hängte mich in die Ruder und war im Nu dreißig, vierzig Meter vom Strand weg. Dann nutzte ich erst mal den Knüller des Bootes, einen uralten *Cynar*-Sonnenschirm in einem völlig verblichenen Rostrot, spannte ihn auf, zog mir meine Klamotten aus und lehnte mich im Heck zurück, die Beine auf der Ruderbank, meine Jeans als Kopfkissen, und ließ das Meer durch meinen Kopf rauschen und langsam mein Hirn leerspülen. Fragte mich noch kurz, welche Schwingungen die Akkorde von *For Your Love* wohl aussandten, daß sie das Herz eines Mongoloiden so berührten, mehr als jede der traurigen Bluesnummern, die ich ihm vorgespielt hatte, und was er wohl von Mozarts Requiem halten würde, sollte er es jemals zu hören kriegen. Und wieviel ich wohl gegen Hämmanns Wette setzen sollte. Und ob überhaupt. Dann setzte sich eine Möwe auf die Bugspitze und fing an, mir eine Geschichte zu erzählen, bei der ich schon eingeschlafen war, bevor ich noch erfahren konnte, wie die Möwenprinzessin und ihr Möwenprinz dem bösen Albatros entkommen konnten.

30

Ich wachte auf, mit matschiger Birne und einer Zunge aus muffigem Knetgummi, weil der Anwärter auf den Titel *Mister Arschgeige '80* meinte, zwei kreischenden englischen Mädels in Pink-Floyd-T-Shirts demonstrieren zu müssen, daß er ein für sechshundert Ocken am Tag gemietetes Motorboot genauso beherrschte wie seinen Mini-Cooper; will sagen, er bretterte wie eine gesengte Sau in mal weiten, mal enger werdenden Kreisen in der Bucht herum, versetzte meinen Kahn in ein unangenehmes Schaukeln, dröhnte mir die Ohren voll, verpestete die Luft mit einer kilometerlangen Benzinfahne und hatte so offensichtlich seinen Spaß daran, daß ich mir doch mal wieder wünschte, dies sei nicht Frankreich, sondern Florida, und ich würde ihm mit der Knarre in meinem Gepäck den Außenborder unterm Arsch wegblasen.

Wir waren nicht in Florida, ich hatte keine Knarre, aber es waren Engländerinnen, also stellte ich mich hin, als sie wieder etwas näher kamen, und pinkelte über die Bordwand, wobei ich die Mädels anglotzte und mit übertriebenen Gesten tat, als würde ich mir dabei einen runterholen. Das Gekreische wurde noch hektischer und heftiger, das fanden sie natürlich ganz *disgusting*, und mit Schlägen auf seinen verbrannten roten Rücken überredeten sie Stirling Moss, woandershin zu brettern. Was blieb ihm anderes übrig.

Als ich meine Ruhe wiederhatte, stellte ich fest, daß ich ihm auch noch dankbar sein mußte für seinen Weckdienst – der Sonnenschirm hatte nur noch meine Beine beschattet, und ich hätte mir glatt einen Sonnenstich geholt, wenn ich noch 'ne Stunde weitergepennt hätte; es war hoher Mittag, und die Sonne brannte steil auf das Boot herunter, als sei ich der Fokus in ihrem Fadenkreuz. Ich machte einen Rotwein auf und prostete der Arschgeigen-Heckwelle zu, richtete den Schirm neu aus, machte mich über meine Vorräte her und nahm mir die zerfledderte BILD-Zeitung von gestern vor, die irgend jemand an meinem Tisch im *Fleurs* liegengelassen hatte – *Udo Jürgens?*

In der Heimat, fern, so fern, schafften sie es offensichtlich auch ohne uns, das übliche Durcheinander anzurichten – Kanzler Schmidt plante, im Ostseebad Dierhagen Erich Honecker zu treffen, um die Ost-West-Annäherung voranzutreiben, er sagte aber auch in einem Interview: »... ich muß jeden davor warnen zu glauben, daß das, was die Zeitungen bringen, ein in die Tiefe greifendes Abbild der tatsächlichen Lage der Welt sei ...« – es stand nicht drin, ob er seine Badehose einpacken würde; NRW-Kultusminister Girgensohn ließ an 174000 i-Dötzchen eine Broschüre mit dem tröstlichen Titel »Aller Anfang ist neu« verteilen, was wieder einmal bewies, daß alles Papier geduldig ist, vom Steuerzahler mal ganz abgesehen; der wiederum wurde von Finanzminister Matthöfer mit der Forderung nach »drastischen Steuersenkungen für Arbeitnehmer« bei der Stange gehalten; das schien auch nötig – die Arbeitslosenzahl näherte sich bedrohlich einer Million. Köln freute sich auf den Besuch des Papstes im November, warum auch immer; aber BILD guckte auch über den deutschen Tellerrand: Ich mußte erfahren, daß neben Veedelnoh und mir gerade mal Herbert von Karajan und Mia Farrow der Côte d'Azur die Treue hielten – all die anderen Stars suchten vor den mit Millionen um sich schmeißenden Ölscheichs das Weite, weil sie sich plötzlich »wie Bettler vorkamen«: Sean Connery wie Claudia Cardinale, Liz Taylor wie Richard Burton, ein Herr von Thurn und Taxis ebenso wie zwei Gestalten, die sich Muck und Mick Flick nannten – *aus Entenhausen?*

31

Vielleicht hätte ich die BILD-Zeitung in den letzten Jahren öfters lesen sollen, hatte ich aber nicht, die war doch der Feind, das Sprachrohr des Feindes genauso wie sein Scharfmacher. Wir standen ja auf der anderen Seite und ließen uns von der allgemeinen Uneinsichtigkeit und Unversöhnlichkeit der bösen Generation so weit treiben, daß wir zu den Sympathisanten mit der berühmten klammheimlichen Freude gehörten – uneinsichtig und unversöhnlich, wie wir selbst waren. Ich war sogar schon soweit gewesen, daß ich mir minderwertig und feige vorkam, weil ich nur Schlagzeug auf Benefiz-Konzerten spielte, während andere im blutigen Ernst die Rübe hinhielten, hatte tatsächlich schon angefangen zu überlegen, ob ich mich denen nicht anschließen sollte, um auch mal was Effizientes zum Klassenkampf beizutragen.

Bis ich eines Abends im letzten Jahr in Heidelberg auf der Bühne hinter meinem Stabilbaukasten saß, vor fast zweitausend ähnlich Sympathisierenden und mehr oder weniger Klammheimlichen, und mir mit meinen Stöcken Wirbel und Paradiddles auf die Oberschenkel trommelte, um mich warmzuspielen, während ein paar Redner Erklärungen zu Anlaß und Zweck dieses Wohltätigkeitsabends losließen – wir spielten, um für die weitere Versorgung und Pflege des Frührentners zu sorgen, der sehr ernst in einem Rollstuhl auf der Bühne saß, gleich neben Veedelvüür, mit einem Gesichtsausdruck, wie man ihn auf manchen alten Kreuzigungsdarstellungen findet – verzerrt, weil an grausamen Schmerzen krepiert, aber mit dem Abglanz eines erleuchteten, verzeihenden Lächelns. Er saß im Rollstuhl, weil er keine Beine mehr hatte, und Beine hatte er keine mehr, weil ihm vor ein paar Monaten die Bombe, an der er gerade bastelte, runtergefallen und sie ihm einfach unterm Arsch weggerissen hatte. Ein Wunder, daß er überhaupt überlebt hatte.

Hatte er aber, und deswegen konnte er sich jetzt all die Solidaritätsadressen anhören und den Applaus und die Hochrufe und die Kampfansagen an das Establishment und die Beschwörungen der Gewißheit, daß der Kampf weitergehen und sich lohnen würde – und uns, die wir dann gleich Sachen spielen würden, die wir selber schon nicht mehr hören konnten, geschweige denn glauben, Sachen wie *Laßt uns frei und ehrlich / gut und gefährlich / kritisch und politisch / und romantisch und Brüder und Schwestern sein.* Aber ich starrte auf die graue Wolldecke mit den rot-grünen Karos über seinen Stummeln und auf die Stöcke auf meinen strammen Schlagzeugerschenkeln und auf mein Spiegelbild in den blauäugigen dummen Gesichtern da unten und hatte mit einem Mal die Schnauze voll – egal, wofür er die Scheißbombe gebastelt hatte, sie hatte ein Paar Beine abgerissen, in diesem Fall zufällig seine eigenen, aber es hätten auch die Beine eines Ministers sein können, eines Unternehmerführers, eines Polizisten, eines Chauffeurs, einer Putzfrau, eines Postboten oder der kleinen Tochter der Putzfrau, die dem Postboten entgegengelaufen war …

Abbe Beine sind abbe Beine, dachte ich mir, und ich wollte meine noch eine ganze Weile behalten Und ich war schwer dafür, daß jeder seine behalten konnte, bis er wußte, was er damit anfangen wollte – egal, wer da warum meinte, Bomben bauen zu müssen, um Fragen zu klären, die doch keine verdammte Bombe der Welt je würde klären können; und scheißegal, wer da überhaupt welche Fragen zu klären hatte und warum, und ich wußte, daß meine eigene plötzlich sich aufdrängende *Was geht das mich überhaupt alles an?* eine falsche war, aber das war die, die mir nicht mehr aus dem Kopf gehen wollte, nur gelegentlich synkopiert von *Was mach' ich hier eigentlich?* – und ich warf meine Knüppel hin und machte einen Abgang in die Garderobe, um mir meine Jacke anzuziehen und mich in die nächste Kneipe links zu schmeißen.

Meine Kollegen brauchten eine halbe Stunde und vier Flaschen Bier, um mich davon abzuhalten, aber das war nicht weiter schlimm, weil die Redner immer noch redeten. Nicht mehr lange allerdings, denn als ich wieder oben auf meinem Hocker saß, fing ich einfach an, meine Wut an meinem Schlagzeug auszulassen, was die wankelmütigen, vergnügungssüchtigen, trostbedürftigen Dumpfbacken da unten enthusiastisch begrüßten, die Redner wurden trotz ihrer empörten Proteste von der Bühne geblasen – und natürlich wurde es ein geiles Konzert und ein rauschender Erfolg. Hinterher klopften uns alle auf die Schultern und beglückwünschten uns zu dem Gig und zu unserer tollen solidarischen und politisch korrekten Haltung, und ich nutzte mein Starsein, der Teppichtasche an der Theke eine Flasche *Johnny Walker* abzuschwatzen – ich hasse Whisky, aber das war der tauglichste Beschleuniger, den sie hatten –, und beschäftigte mich vorzugsweise mit der, bis ich mich plötzlich dem Jungen im Rollstuhl gegenüber sah. Er guckte mich nur stumm an, aus dunklen Augen, die schon einen Blick auf die andere Seite getan hatten, dann nickte er schwer, als wüßte er Bescheid, und ich gab ihm die Pulle und wir machten ihr gemeinsam den Garaus, ohne den Rest des Abends auch nur ein einziges Wort zu verlieren. *Wat sommer spreche …*

32

Also schlug ich mich weiter mit meiner Band und deren Problemen und Debatten herum – unser Image und die Erwartungshaltung der Szene; jeder von uns hatte natürlich seinen eigenen Standpunkt dazu, aber ich für meinen Teil war doch nicht Musiker geworden, um den Erwartungen *anderer Leute* gerecht zu werden! Wenn überhaupt, dann galt es, *meine* zu erfüllen: Gut genug werden, um spielen zu können, was ich spielen wollte, ein paar Leute zu haben, die da mithalten konnten und wollten, und damit womöglich genug Kohle zu machen, um sich ein Dach über dem Kopf, einen Barhocker unterm Hintern, ein paar Fässer Bier und ein paar Zentner Tabak leisten zu können. Und wenn das alles noch ein paar Mädels gefiel – na, um so besser. Hauptsache, man hatte ein bißchen Spaß in den paar Jahren, in denen Spaß haben sich lohnt: alt genug, Spaß zu verstehen, und jung genug, ihn aushalten zu können. Leberzirrhose und Teerlunge und Arthritis und Arschkrebs und Alzheimer würden schon noch früh genug mit ihren Kissen voll glühender Nadeln kommen und den Ballon zum Platzen bringen. Und wenn der einmal platzt, siehst du auch noch früh genug, wie die Luft aus deinem Leben weicht und es furzend und in lächerlichen kleinen Zickzackhüpfern und Loopings gegen ein paar Zimmerecken knallt, bevor es leer und schlaff zu Boden platscht und der Hund es in tausend glitschige Fetzen reißen kann. *Today is just another day / tomorrow is a guess ...*

Aber wo wir schon bei Morgen waren – sollte ich denn nun auf Pieters Party gehen oder nicht?

Tatsache war ja wohl, daß ein wenig Bei-Millionärs-herumgereicht-Werden und Sich-beliebt-Machen uns diesen Sommer noch ganz schön versüßen könnte – Schluß mit der Einheitssparkost, Schluß mit der ständigen Gefahr, beim Klauen in Supermärkten erwischt zu werden, Schluß mit dem An-jeder-Theke-jeden-Franc-zweimal-Rumdrehen und Ewig-nurhalb-besoffen-in-den-Schlafsack-Kriechen; vielleicht sogar eine Weile Schluß mit In-den-Schlafsack-Kriechen – obwohl, eine andere Tatsache war, daß es da einen sehr zielstrebigen jungen Mann gab, der ganz offensichtlich großes Interesse hatte, mich flachzulegen; eine Tatsache, die mich, wie ich mir eingestehen mußte, nicht deswegen beunruhigte, weil ich Schiß davor hatte, sondern deswegen, weil mich die Vorstellung nervös machte – nervös im Sinne von Das-wäre-das-verdammtnochmal-erste-Mal, im Sinne von Seinen-Reiz-hätte-das-schon ...

Der Kuß letzte Nacht war schon ein echter Genuß gewesen – jeder Frau, die mich so geküßt hätte, wäre ich wochenlang hechelnd hinterhergelaufen, hätte ich Blumen gepflückt, Sterne versprochen, Vollmondserenaden gesungen und Buchstabensuppen gekocht; welche Wonnen verspricht eine Frau, die küssen kann, daß einen kleine Schwindel überfallen, daß einem die Knie weich und die Eier hart werden und sich süß-sauer riechende kleine Tröpfchen auf der Clownsnase bilden! Aber ein Typ ...?! Auf meine alten Tage – immerhin war ich vorletztes Jahr dreißig geworden – in den Armen eines Schwulen landen? Sachen tun und mit mir tun lassen, die ein echter Kerl nicht tut – es sei denn, er hat zwanzig Jahre Knast abzureißen?

Es sich mir durch den Kopf zu wälzen und bildlich vorzustellen ließ den Reiz nicht verblassen. Im Gegenteil. Man wird nicht Rockdrummer, wenn man nicht neugierig auf das Leben ist, das *ganze* Leben, mit allem, was dazugehört. Und ein Typ wie Pieter war wahrhaftig eine gute Portion Neugier wert – vom Sexuellen mal ganz abgesehen; und mit Eroberungsdrang war ich nun wirklich seit früher Jugend reichlich gesegnet, ob er nun einem Birnbaum, einer neuen Schulklasse, einem Boxring, einer Kneipe, einem Saal voll gelangweiltem Publikum oder einer neuen Bekanntschaft galt. Nein – mir schien, ich war im wahrsten Sinne geil auf eine neue Erfahrung …

So sehr, daß ich dem Mittelmeer eine Portion meiner Leidenschaft spendierte. Danach döste ich noch eine Weile vor mich hin und mußte noch mal an die komischen siebziger Jahre zurückdenken – diese merkwürdige Zeit, in der Leute meiner Generation – drei, vier Jahre zu spät geboren – einem weltweiten Aufbruch hinterherhechelten, der doch schon so gut wie gegen die Wand gelaufen war. Nicht erst in Vietnam oder in Köln-Lindenthal oder Mogadischu, in Stammheim oder Watergate – nein, der war für uns unpolitischen Rock 'n' Roll-Pimpfe doch schon in Brian Jones' Swimmingpool ersoffen, mit Jagger in dem Hubschrauber über Altamont entfleucht, von den Kugeln in Warhols Körper geschwächt, in Monika Dannemanns Bett an seinem Erbrochenen verreckt. *The Sun Ain't Gonna Shine Anymore* …

Aber es gab ja Pläne, im nächsten Jahr unsere Popularität beim Jungwählervolk in die Waagschale zu werfen und bei etwas mitzuwirken, das sich Die Grüne Raupe nennen und helfen sollte, unsere APO in den Bundestag zu hieven.

»Macht euch doch nix vor, ihr Blindgänger!« hatte Veedelvüür uns angeschrien, unser Band-Anarcho, »sobald ihr die Arschgeigen zu irgendwelchen Funktionsträgern gewählt habt, werden sie genau das werden: Funktionäre; und es wird keine zehn Jahre dauern, da wird das Wichtigste, was sie zu beraten haben, ihre nächste Diätenerhöhung sein! Sie werden vor dem Ami katzbuckeln und nicht mehr die Abschaffung der Atomindustrie *fordern*, sondern mit denen *verhandeln!* Sie werden nicht wagen, dem Bürger sein geliebtes Auto mieszumachen, sie werden sich in schnieke Anzüge schmeißen, werden bei NATO-Aufmärschen strammstehn, und wenn die Deutsche Bank mit den Fingern schnippt, werden sie in einem Bundeswehr-Hubschrauber in Frankfurt einschweben, den *ihr alle* damit bezahlt, daß sie öffentliche Verkehrsmittel privatisieren! Seid ihr eigentlich blöde? Macht mit bei ihrer dämlichen grünen Polonaise, aber ohne mich! Ich hab' keinen Bock, Silvester 2000, zur großen Jahrtausendwende, zu der die genausoviel Scheiße in die Luft jagen werden wie alle anderen auch, mit PENNER'S RADIO auf einem Bundeskanzlerfest zu stehn und *Loss se doch schwaade* zu spielen, womöglich noch abwechselnd mit unseren Berliner Kollegen und ihrem *Keine Macht für Niemand!*«

Wir alle fanden, daß Veedelvüür mal wieder arg übertrieb und seine Agitprop-Ader mit ihm durchging. Vielleicht hatte er ja sogar recht – aber seine Methode, das beweisen zu wollen, schien uns auch nicht die richtige; und wir anderen waren schlicht ratlos – was war nur aus der schönen Idee geworden, einfach nur geile Musik zu machen? *Schwerkraft – nein danke ...?*

Nix da – gegen die Schwerkraft kommst du nicht an. Und hier saß ich, Büb Klütsch, Liebling etlicher Mädels zwischen Kiel und Kaufing, und mir war nicht nur heiß, weil ich bei zweiunddreißig Grad im Schatten in einem Kahn auf der Wärmplatte des Mittelmeers klebte. Ich hatte nicht mal ein *I Ging* dabei, um rauszufinden, was zu tun sei. *Well, we'll all shine on / like the moon, like the stars, like the sun ...*

Um mich wieder abzukühlen, schwamm ich noch eine Viertelstunde ein paar Bahnen herum, paddelte an Land, lieferte Simon das Boot und noch einen Pfirsich ab und machte mich auf den Weg, um mit meinem Kumpel unsere Arbeit zu tun; vielleicht sollten wir heute mal wieder *I Ain't Superstitious* spielen – ich war nicht abergläubisch, ich sah keine Schrift an der Wand, und was passieren sollte, das würde so oder so passieren. »Du kanns' die Naach durchmaache un' du kanns' bes en die Poppe schloofe, ävver du kanns' däm Daag nit us 'em Wääch jonn.« – Opa Klütsch, auf den Punkt, wie immer.

33

»Heut spielen wir mal 'n bißchen Reggae, wa', Büb?« begrüßte 'noh mich allerdings, im Schatten von Françoises' Bully sitzend, wo er unsere beiden Gitarren pflegte und neue Saiten aufzog, der Gute. Von drinnen hörte man Françoise jauchzen und Frankfurt keuchen; Sex, wohin das Auge schaut – du kannst ihm nicht entkommen, selbst wenn es gar nichts zu sehen gibt.

»Reggae?? Habt ihr schon wieder dieses Zeug geraucht?« Er lachte.

»Das auch – aber heute ist Ras Tafaris Geburtstag. Auch Haile Selassie genannt.«

»Ach, da laß uns doch lieber *Little Sister* spielen«, konterte ich. Er guckte mich stirnrunzelnd an. »*Die kleine Schwester*, von Raymond Chandler. Der hat heut auch Geburtstag. Bei Reggae komm' ich mir als Drummer immer vor wie einer, der auf einer Harley mit Zucker im Tank fährt – eine Fehlzündung nach der anderen, und du kommst nicht von der Stelle.«

Im Gegensatz zu denen da drinnen – nach ein paar letzten spitzen Schreien kam Françoise mit gelöstem Lachen und glühenden Wangen aus dem Wagen getanzt, eingewickelt in einen asiatischen Seidenschal, der bei ihrem Format nicht mehr verbarg als ein Tempo-Taschentuch. Sie gab 'noh einen langen Kuß, begleitet von zufriedenen Seufzern tief aus ihren weichen Polstern, dann fiel sie über mich her.

»'allo, Bubu! Ça va?« Und küßte mich, als hätte sie die letzten drei Monate in einem Kloster verbracht. »Oh ...!« schmollte sie, als sie sich mit einem Schmatzen von mir löste und einen Speichelfaden zwischen uns spannte. »Quel dommage – er 'at 'eute schon!«

»Woher willst du das denn wissen?« fragte 'noh verblüfft.

»Isch spür' das. Immer. Bei jede Mann. Is' nisch wahr, Bubu?« Wurde ich etwa rot? Vorwärtsverteidigung:

»Und selbst wenn, du Marzipanengel, selbst wenn schon dreimal – so wie du hier rumläufst – und riechst ...« Das brachte mir noch einen Kuß ein. Sie war schon ein nettes Mädel.

»Aber irgend jemand muß sich ja wohl auch mal ums Abendessen kümmern«, kam mein Kumpel mir zu Hilfe.

»Psha! Capitalistes!« verspottete sie uns. »Alors, à bientôt, mes amis!« Klaute sich noch einen Zug von meiner Zigarette und kletterte graziös in den Bully zurück, nachdem sie sich mit einem koketten Schwenker aus ihrem Schal gewunden und ihn 'noh über den Kopf geworfen hatte. Der, fertig mit Stimmen, griff in die frisch aufgezogenen Saiten und sang im Dunkeln:

»*I can't see nobody ...*« Ich schnappte mir meine Klampfe, als mir einfiel, daß ich den gar nicht im Repertoire hatte. Aber bei einem BEE-GEES-Song einfach nur die zweite Stimme zu singen macht ja auch Spaß. Und der dritten und vierten da drinnen auch, also hängten wir noch *Words* und *Massachusetts* und *To Love Somebody* hintendran, und bei letzterem rutschten wir übergangslos in Eric Burdons Version. Da konnte ich dann auch als Gitarrist wieder mithalten, und klampfend und singend machten wir uns auf den Weg zur Mole, in der Blechkabine einen Chor hinter uns lassend, dessen Gesang zunehmend zu einem fröhlichen Stöhnen mutierte. *Summertime ...*

34

... and the livin' is easy spielte die Frau mit dem weißen Akkordeon zur Abwechslung; ihre Foxterrier lagen japsend und mit heraushängenden Zungen im Schatten ihres Koffers, ein riesiges Kotelett halb angefressen daneben – zu warm zum Fressen; die Sonne knallte auf die Mole, daß man in einem südländischen Ort voller Einheimischer keine Seele auf der Straße erblickt hätte, außer dem Typ mit dem Poncho und dem Zigarillo vielleicht, aber hier waren die Einheimischen eindeutig in der Minderheit. Der Touristenstrom schob sich ungebrochen von einer Hafenecke zur anderen, plapperte in mindestens sieben Sprachen vor sich hin wie ein Pulk Wellensittiche und warf mit Geld um sich, als sei für morgen ein neuer Schwarzer Freitag angesagt, und es roch nach Parfum und Knoblauch, Sonnen- und Olivenöl, Schokoladeneis, Crêpes und Pommes Frites, nach Schweiß, Diesel und Auspuffgasen, Limo, Lavendel und Ölfarben, nach Seewind und brackigem Meerwasser, und nach Fisch, totem und lebendigem.

An unserem Ende der Mole schien der Schwarze Freitag schon angekommen zu sein – wir saßen unter dem improvisierten Sonnensegel, das wir uns mit dem Spanier teilten, und spielten uns den Arsch ab, während er gemütlich eine Hafenidylle nach der anderen auf seine Leinwände pinselte, ohne Touristen und Händler, ohne Kitschmaler und Musikanten, ohne Dauerstau und qualmende Mopeds, ohne Hochleistungsyachten und blubbernde Motorboote. Alle paar Ewigkeiten verirrte sich mal ein Trüppchen aus der Herde bis zu uns, begutachtete mit bewunderndem Kopfnicken die Gemälde und tippte vielleicht mit Sandalenspitzen oder hohen Absätzen zu unseren Rhythmen. Dann fragten sie den Spanier nach seinen Preisen, bekamen keine Antwort, auf Nachfragen allerhöchstens einen feindseligen Blick und eine mit seiner Cognac-Fahne gewischt, warfen pikiert noch einen Blick auf die leere Mütze zu unseren Füßen – wir hatten wieder mal vergessen, ein paar Motivationsmünzen reinzulegen –, sahen die halbvolle Rotweinflasche zwischen uns, kamen zu dem Schluß, daß wir bestens versorgt seien, und gingen wieder zurück ins Getümmel, um ihr Geld woanders loszuwerden. Was ihnen wohl auch gut gelang, denn als das Getümmel sich lichtete, weil es für alle Zeit war, sich auf das Abendessen vorzubereiten, oder zumindest auf den Aperitif, sahen wir Arlo schon seine Flöte einpacken und dem Weißen Mädel beim Abtransport des Akkordeons helfen – die hatten für heute ihr Umsatzsoll bereits mehr als erfüllt und konnten sich in ihr Hotel verdrücken, wo sie dann heute abend wieder an dem Swimmingpool zwanzig Meter über der *Plage Tamaris* sitzen und wunderschöne klassische argentinische Tangos zusammen spielen würden. *Everybody'll Find Somebody Sometimes* …

Was den Spanier anging, hatte ich mittlerweile geschnallt, daß es ihm einfach nur Spaß machte, hier unter Menschen zu malen – seine Bilder hingen im Fenster einer Galerie ein paar Blocks weiter, in einer Seitenstraße des Rathauses, und kosteten dort das Doppelte und Dreifache von dem, was er hier unten hätte erzielen können.

Für uns beide dagegen schien es, als müßten wir noch den ganzen Abend spielen – als das Meer langsam aussah, als hätte eine göttliche Riesenfaust einen kupfernen Spiegel in Millionen Splitter zerschlagen, lagen gerade mal elf Francs, zwei holländische *Quartjes*, eine verschrumpelte Dollarnote in unserer Mütze – und etwas, mit dem man wahrscheinlich in Moskau ein öffentliches Klo öffnen konnte.

Was die Sache nicht erträglicher machte, war, daß uns gegenüber, vor den summenden Terrassen auf der anderen Seite des Hafenplatzes, unsere blonden amerikanischen Freunde ihr Gesäusel mal wieder so großzügig versilbert kriegten, daß er es sich nicht verkneifen konnte, immer wieder höhnisch und mitleidig zu uns herüber zu grinsen. Sie machten die Terrassenrunde gerade das dritte Mal, und wenn sein Schwesterchen nach dem zweiten nicht bei der Bank gewesen wäre, würde sie jetzt schon ziemlich krumm laufen.

'noh und ich schienen wieder einmal dasselbe zu denken – wir nahmen noch einen Schluck, hängten uns unsere Klampfen um den Hals, marschierten rüber, grüßten Blondies freundlich, stellten uns zwei Cafés weiter und bretterten eine Version vom *Whatcha Gonna Do About It* der guten alten SMALL FACES hin, daß es eine Pracht war – auch wenn ich nach der ersten Zeile schon wieder nur noch vier Saiten hatte.

Das Summen bekam einen Riß. Auftritt Kellner und Silberlocke, und auf eine Länge von dreißig Metern wurden wir mitsamt dem schottischen Geiger rechts und Blondies links von uns der unsichtbaren Bannmeile verwiesen. Aber zu einem wahrhaftig gelungenen Auftritt machte es erst Khadamal, der uns lautstark applaudierend zu einem Tisch nebenan komplimentierte, Silberlocke mit einer ungeduldigen Handbewegung verscheuchend, uns ein paar Gläser mit Tequila Sunrise aufnötigte und ein paar anderen Orientalen an seinem Tisch auf arabisch unser Lob sang. Woraufhin auch die applaudierten, uns mit viereckigem Geld bepflasterten und gestenreich aufforderten, ihnen was Nettes darzubieten. Was hat der Nordkölner schon Orientalisches auf dem Kasten? Also gaben wir ihnen *Paint It Black*, mit maßlos übertriebenem Geschnörkel in der Melodie und einer Trommeleinlage auf der Rückseite unserer Gitarren, kriegten noch 'ne Ladung Applaus und ein paar weitere Scheinchen in die Hosentaschen gestopft und konnten still triumphierend wieder zu unserem Rotwein zurückschweben.

Da spielten wir dann noch ein bißchen so zum Spaß – was sollten wir einen drittel Liter Rotwein mit uns herumschleppen? –, brachten mir zwei neue Songs bei, unter anderem *If I were a carpenter*, und fanden, daß es eine gute Sache sei, Straßenmusiker zu sein.

Erst recht, wenn man sich danach noch ein Feierabendbierchen leisten konnte.

35

»Weißt du eijentlich –«, fuchtelte 'noh mir mit seiner fetttriefenden Gabel vor der Nase herum, »datt ich diesen Song schon jahrelang jesungen hab', eh ich jeschnallt hab', datt ein *carpenter* nich' einer is', der im Auto pennt?«

Unterwegs hatten wir uns dann doch gedacht, für ein gemütliches Einen-trinken-Gehen zu zweit sei ein bißchen Grundlagenfutter nicht völlig verkehrt, und leisteten uns gerade in dieser Pizzeria eine Portion Spaghetti mit Krabben und eine Großfamilienschüssel *Insalata Capricciosa*. Und zur Abwechslung italienischen Rotwein. Ein Kölner Gewerbeaufsichtsbeamter hätte diesen Schuppen wahrscheinlich umgehend geschlossen, mit einer Mängelliste so lang wie ein Pfund Spaghettini, aber hier war das ein Laden, in dem Zollbeamte, Polizisten und Maserati-Fahrer verkehrten und vergnügt schmatzend Portiönchen von Pasta verzehrten, für die man als Koch in Neapel einen Arm verloren hätte.

»So wie ich mir ewig eingebildet habe, Taj Mahal's *The Natch'l Blues* sei ein besonders geiler Negerslangausdruck für Blues aus Nashville, wie?«

»Hihi – un' jleichzeitig ha'm wir uns beömmelt, wenn LORD Ulli jesungen hat: *My mother learned me to say ...«*

»*My masser«*, korrigierte ich, »Jau – dä ärme Jung!« Wir kicherten wie Schuljungs, warfen unsere Servietten in die mit Brot blitzblank geputzten Teller und prosteten uns zu. »Weißte was –« begannen wir gleichzeitig und mußten wieder lachen.

»Du zuerst, 'noh.«

»Wollte sagen: Weißte was, Büb – ich hatte drei richtig gute Ideen in meinem verkackten Leben –«

Ich nickte: »Gitarrist zu werden –«

Er nickte: »Bei PENNER'S RADIO einzusteigen –«

Ich wieder: »Und wieder auszusteigen.« Erneuter Kicheranfall.

»Nee, im Ernst: mit dir hier runterzufahren un' diesen jeilen Sommer zu erleben –«

Und wieder durfte ich nicken: »Jau – so was ähnliches wollt' ich auch sagen –«

»– den letzten in Freiheit«, schloß er zu meiner Überraschung.

»Hä?« Er verteilte den Rest von dem *Barolo* in unsere Gläser, hob die Schultern bis an die Ohren und zog wortlos die entschuldigende Grimasse von Stan Laurel. Ich wartete.

»Tja, mein Lieber – wenn ich das nächste Mal die Glocken vom Dom höre, dann sind das meine Hochzeitsglocken.«

»Du hast, solang ich dich kenne, es noch bei keiner Frau länger als zwei Eisprünge ausgehalten! Oder umgekehrt, wie man's nimmt.«

»Wie man's nimmt«, bestätigte er. »Komm mit, Büb.« Wir zahlten (mit einem Schlucken – von soviel Kohle hatten wir hier sonst eine Woche gelebt), und 'noh führte mich um sechseinhalb Ecken in eine Kellerkneipe, die all die Wochen sogar meiner – was das anging, eigentlich ziemlich sensiblen – Nase entgangen war; ein verräuchertes Loch-in-der-Wand – gedämpftes Licht aus zwei Dutzend Kerzen und einem Zigarettenautomaten, großformatige Fotos von Charlie Parker, John Coltrane und Dizzie Gillespie. Grob verputzte, früher mal weiße, mittlerweile aber schwarzbraun verqualmte Wände, und in einem Regal hinter der halbrunden Theke ein Plattenspieler mit mindestens tausend zerfledderten Plattenhüllen – alles Jazz; und Lester Young spielte *Somebody Loves Me.* Ein Schmuckkästchen.

»Wie lange kennste dat denn schon?«

»Paar Wochen«, mußte er zugeben.

»Drecksack!« beschimpfte ich ihn, »Egoist! Kameradenschwein!« Aber da saßen wir schon auf zwei bastbespannten Hockern an der Nordkurve der Theke, und ich mußte zusehen, wie eine wunderschöne nougatfarbene afrikanische Prinzessin sich über den Tresen beugte und ihn zärtlich küßte, mit einer Hand so klein und zart wie die einer Kommunionskerzenträgerin. Ein Gesicht, als sei ein Miles-Davis-Cover zum Leben erweckt worden. Ihr zierlicher Kopf war völlig kahlgeschoren und schimmerte im Kerzenlicht, aber das war nichts gegen den Glanz ihrer Obsidianaugen, in dem kahlen dunklen Schädel groß wie Weihnachtstaler, als sie mich ansah. Und was für ein Mund, und was für ein Lächeln ...!

»Darf ich vorstellen«, brummte 'noh, »das ist mein Kumpel Büb – das ist Brunhilde.« *Brunhilde?!* Er nickte. »Ihr Vater war irgend so'n Häuptling in Togo und ein komplett durchgeknallter Bismarck- und Hitler- und Wagner-Fan. Machst du uns zwei Bier, Bruni?« Machte sie. Als sie zur Kühltruhe am anderen Ende ging, konnte ich sehen, daß alles an ihr perfekt geformt war, in einer Fliegengewichtsausgabe zwar, sie war höchstens einssechzig, aber alles vollkommen proportioniert an seinem Platz; und dann registrierte ich auch, was sie anhatte – eins von 'nohs ausgebleichten, franseligen Jeanshemden, die Ärmel achtmal umgekrempelt und um die schmalste aller Taillen von einem silbernen Gürtel zusammengehalten. Mehr brauchte sie nicht, es reichte ihr bis über die Knie. Es sei denn, sie beugte sich über die Kühltruhe. Ich starrte meinen unbekannten Partner fassungslos an und drehte mir erst mal eine.

»Na ja«, zuckte er die Achseln, »mich irjendwann hier rein verlaufen, beim zweiten Blick vom Blitz jetroffen un' nur noch jedacht: Wie komm' ich da unjestört dran?«

»War leicht«, lächelte Bruni dazwischen und stellte uns zwei appetitlich schwitzende Flaschen *Heineken* vor die Nase, *Someday My Prince Will Come* spielte Miles, »mit Geduld und Freundlichkeit. Und Wärme.« Und strich ihm mit dem Handrücken über die Wange, mit ihren schwarzen Käthe-Kruse-Fingerchen, daß es mir leise das Rückgrat entlangkribbelte. Schon war die Flasche leer.

»Wow!« machte ich, »*Heineken!* Allein das is' ja schon die Entdeckung dieses Schuppens wert. Noch zwei?« Sie nickte lächelnd und kümmerte sich drum. »Jetzt weiß ich auch, warum du mir das hier verheimlicht hast – die Kühltruhe is' zu klein.«

»Scheiß auf die Kühltruhe«, knurrte er und knallte seine Flasche gegen meine. Dann saßen wir ein, zwei Pullen lang nur so da, rauchten, bewunderten die Prinzessin, hörten dem Prinz der Dunkelheit zu und schwiegen.

Bis ich es nicht mehr aushielt.

»Heiraten.«

»Mmh.«

»Heiraten!«

»Ja un'?!«

»Heiraten! Veedelnoh, Gitarrist von PENNER'S RADIO, der verkommensten Kapelle der ganzen BRD, *Mister Schubkarre '75, '76-einhalb* und *'78*, heiratet *Miss Ebony '70 bis mindestens '90 ...?* – Wie alt is' die überhaupt? – *'95?* Ich brech' ab!« Er drehte sich langsam zu mir um und sah mich an mit einem Blick, als hätte er in einer Hand schon den Aschenbecher, den ich gleich auf den Kopf kriegen würde.

»Wat dajejen?«

»Nö, woher? Frag' mich nur, wie lange das gutgehn soll.«

»Spielt dat 'ne Rolle?«

»Hm?«

»Ob das, verdammt noch mal, 'ne Scheiß-Rolle spielt, wie verdammt lange das gut geht? Von mir aus dreißig Jahre! Oder drei? Oder 'ne Woche? Oder einfach nur so lange, bis mich der Blitz beim Kacken trifft?! Oder mich eine von deinen verkackten H-Saiten durch eins von meinen Augen mitten in mein verschissenes Zentralhirn trifft!«

»Ho! Ho! Ruhig, Brauner!« versuchte ich ihn zu beschwichtigen, »komma' wieder runter! Ich gönn' dir jede Scheißminute mit der, das weißt du. Jedes *Jahr!* Ich werd' auf eurer verdammten Goldenen Hochzeit den *Schneewalzer* spielen! Ich werd' der Scheiß-Patenonkel von mindestens drei eurer zwölf Milchkaffee-Blagen sein, und ich werd' sie alle drei regelmäßig zum Training ins *Bushido* fahren, damit sie auf ihrem Scheiß-Schulhof den *Scheiß-Bimbo!*-Schreiern or'ntlich Kontra geben können! Ich –«

»Scheiß auf den Schulhof!« Er prostete mir mit dem frischen *Heineken* (das sechste? Siebte? Elfte?) versöhnlich wieder zu. »Is' ja gut, Onkel Klütsch, reg dich wieder ab! Un' scheiß auf die Bimbo-Schreier. Un' wenn du den *Schneewalzer* auch nur anzählst, werd' ich dir einen Eimer kochendheißes Palmbier über die Rübe schütten.« Bei der Vorstellung mußten wir uns beide schütteln. Und lachen. Und mit kaltem gegenhalten. »Un' außerdem is' sie fünfun'zwanzisch. Un' Waage. Ich dachte nur, du könntest das verstehn.«

»Was könnte ich verstehn? Daß man auf die schönste Frau Afrikas abfährt?« Er schüttelte unwillig den Kopf.

»Daß einen die Scheiß-Liebe trifft. Unverhofft. Im Urlaub. Zu jemandem, mit dem man nu' überhaupt nich' gerechnet hat …«

»Und wieso soll gerade ich das so besonders verstehn?«

»Hast du mir nich' beim Essen von deinem tollen Kuß erzählt? Von deiner – eh – Ratlosigkeit? Eins sollte dir doch eigentlich klar sein, Alter: Da kann jemand küssen können wie Wächters Egon – wenn die Chemie nich' mitmacht un' die Prozesse in Gang setzt, die dat auslösen, wat wir dann Verliebtsein nennen, passiert da au' nich' mehr als bei alkoholfreiem Bier.« Bei dem Gedanken mußte ich mir gleich ein halbes Glas von dem richtigen in den Hals kippen. Bei beiden Gedanken.

»Du meinst, ich wär' verknallt? In den Valentino? Hassese noch alle?«

»*Mit dem Kuß tritt die Seele auf die Lippen, um aus dem Körper herauszugelangen*«, zitierte er Plato, ausgerechnet. »Der Chemiebaukasten in euren Hirnen schickt Geruchsstoffe los, eure Nasen leiten die weiter ans eigene Labor, dat sagt: Super – völlig jejensätzliche chemische un' jenetische Zusammensetzung, also jrößtmöschlicher Immunschutz für den jemeinsamen Nachwuchs jarantiert! Un' schickt seinerseits Aromen aus, die dem andern sagen: Hmmm! Den kann ich aber jut riechen! Den will ich haben! Aber dat nennt der Dichter nich' *Positive Jeruchskonverjenz,* sondern – Liebe.«

»Wo mein Bier is', Bruni?« schrie ich. »Und machste dem da mal 'n dreifachen Espresso? Der dreht gerade ab.« Ich hatte vergessen, daß sie ihn schon ein paar Wochen kannte – sie lachte nur und stellte uns zwei neue *Heineken* hin. Auch noch die perfekte Ehefrau.

Drei Flaschen später war es mir endlich gelungen, vom Thema Pieter abzulenken, und ich erfuhr, daß Bruni im letzten Jahr unter bösen Umständen in einem Bordell in Marseille gelandet war, aber sie hatte es, nicht zuletzt dank ihrer Sprachkenntnisse, gerade noch rechtzeitig geschafft, die Kurve zu kratzen, und war an den schwulen Amerikaner geraten, dem diese Bar hier gehörte, und bei ihm untergekommen, insofern also in Sicherheit; aber St.-Tropez war natürlich nicht weit genug weg von Marseille, um sich wirklich sicher zu fühlen; und – Liebe oder nicht – eine Heirat mit einem Deutschen würde ihr ein paar interessante Perspektiven eröffnen.

»Und apropos Perspektiven, Büb«, begeisterte sich 'noh mit leuchtenden Augen, »sie tanzt wie eine junge Göttin, und sie singt …, sie singt …!« Als hätten sie das als Stichwort verabredet, saß Bruni plötzlich auf einem Hocker neben der Theke und begleitete, nein ließ sich vom Miles-Davis-Quintett zu *Old Folks* begleiten. Die Härchen auf meinen Armen richteten sich auf wie Erdhörnchen bei einem Alarmpfiff. Ihre Stimme war so tief, wie man sie in einem mindestens einen Zentner schwereren Körper vermuten würde, so heiser, als sänge sie seit dreißig Jahren, und so sanft, als hielte sie einen halb eingeschlafenen Säugling im Arm. Und als sie die Zeile *But you needn't be ashamed of him* sang, so *blue*, daß es blauer nicht ging, vergaß ich sogar für ein paar Takte die Version von Scott Walker.

Danach fuhren wir noch den Rest des Abends auf Coltranes *A Love Supreme* ab und auf Roland Kirks *Old Rugged Cross* und Miroslav Vitous' *Freedom Jazz Dance*, und Mingus & Friends machten uns kirre mit *E's Flat, Ah's Flat, Too*, aber wir wurden nicht *flat*, sondern gut breit, denn wir machten die Kühltruhe leer (sie war *nicht* zu klein), bliesen die Kerzen aus, brachten Bruni keusch nach Hause und machten uns, einer den Arm über des anderen Schulter, auf die Suche nach einem Absacker. *Now two blazing leaves / burning up ground / the tiny waltz / of a merry-go-round / Cascading lights / for every hot beat / tonight ...*

36

Mittlerweile saßen wir auf der Terrasse vom *Honi Soit* und sahen zu, wie sich die beiden Jungloddels davor gegenseitig herumschubsten. Zwei Feuermelderfressen in schnieken Anzügen, Hemden mit überflüssigen Knöpfen, Goldkettchen am Meter und Feuerzeugen wie Großbriefbeschwerern. Und ständigen Blicken unter ihren El-Cordobès-Frisuren hervor, ob ihr Publikum auch bei der Stange blieb, zwei viel zu junge Schwedinnen, wahrscheinlich gestern erst aus einer Knäckebrotminenschule entwischt, groß *Åbentør, Åbentør!* in den blauen Augen und kichernd geschmeichelt von den Hahnentänzchen da draußen. Plötzlich ließ 'noh ein schnaubendes Gelächter los.

»Wat is'?« fragte ich ihn.

»Bei uns zu Hause drängen ja zur Zeit heftig Jugoslawen und Albaner auf den Fleisch- und Pülverchensmarkt. Treten sich gegenseitig auf die Füße und schlagen sich mit den Türken und Persern rum. Und die alten kölschen Loddels stehen daneben, gucken zu und lachen sich den Arsch ab. *Et hät jo noch immer joot jejange!* Ich mußte mir gerade vorstellen, wie es wäre, wenn die alle mal hier bei diesen Wellensittichen auftauchten.«

»Sollen sich doch alle gegenseitig plattmachen. Loddel is' Loddel. Ich mag die nich'.«

»Ich auch nich', Büb. Aber ich wette, wenn die Jugos dat in ein paar Jahren alles im Griff haben un' die Schutzgeld-Krawatten wat enger anziehen, werden alle von den *juten alten Zeiten* labern, als kölsche Jungs wie dä Tünn un' dä Will un' die Nas' un' die Banan' dat alles noch unter sich geregelt haben.«

»Klar, und irgend eine Arschgeige mit Stadtzeitungsabitur wird über die ein Buch schreiben, wo sie romantisch verklärt werden wie die drei Musketiere –«

»– und die Mordsklopperei am Klapperhof wird zu einem freundschaftlich-sportlichen Ereignis –«

»– un' kein Wort von den vergewaltigten Nachwuchsnutten, den gebrochenen Rippen un' der Säure im Gesicht –«

»– un' einer kommt un' dreht einen Film über die *Joldenen Sechziger* –«

»Mit Udo Kier als Schäfers Nas'!«

»Oder René Weller!«

»Un' Heiner Lautesmaul als Dumm'se Tünn!« Da mußten wir dann doch beide herzlich lachen.

Und in die Heia gehn – 'noh war bei dem Gelächter schon vom Stuhl gefallen. Unterwegs beschlossen wir noch, morgen auf jeden Fall zu dieser Party zu gehen (»Wann hätt'n wir uns 'n jeeemals so'ne Pa-party durch'ie Lappn jehn lass'n, Büb?«) – schließlich schien es ganz so, als sei unser Sommer gerettet, und wir malten uns schon aus, daß wir bis Ende Oktober hierbleiben könnten. Und wir würden ein wunderbares Leben haben und vielleicht über Spanien und Portugal gemütlich nach Hause zurücktuckern, womöglich gerade rechtzeitig zu einer von Belzingers legendären Silvesterfeten im 27. Stock des Uni-Centers. Wir würden Bruni das Feuerwerk über unserer geliebten Heimatstadt zeigen und das Aufgebot so bestellen, daß sie an Weiberfastnacht heiraten, noch einen verrückten Tag feiern und im Karnevalsgewühl unauffällig in die Flitterwochen verschwinden könnten.

Zum Abschluß standen wir bis zu den Knien schwankend im Meer, pinkelten in die Wellen, die bei dem kräftiger gewordenen Wind mit ihren im Mondlicht weiß schimmernden Schaumkronen an unseren Beinen hochsprangen wie zerzauste Pudel, die man aus dem verregneten Vorgarten ins Haus gelassen hat, stritten uns darüber, welcher Stern denn da jetzt die Venus sei, und vertrugen uns wieder mit einem anderthalbstimmig gesungenen *Nights in white satin / never reaching the end ...*

37

... just what the truth is / I can't say anymore. Die Wahrheit war, daß ich eine Rübe hatte wie ein Halloween-Kürbis, was aber wohl weniger an der Wagenladung *Heineken* lag, sondern an dem Cognac, den wir danach noch hatten trinken müssen, zu viert in der offenen Tür des Bully sitzend, weil mein Freund in seinem vollen Schädel gemeint hatte, nun sei es endlich an der Zeit – und genau der richtige Zeitpunkt –, Françoise reinen Wein einzuschenken. Zeter und Mordio befürchtend war ich noch mit aufgeblieben, aber Françoise hatte wohl tatsächlich noch nie etwas von Eifersucht gehört (die Beneidenswerte) und sofort verlangt, daß das gefeiert würde, einen ihrer *spliffs* gedreht und die Vier Sterne ausgepackt, vor Rührung ein paar Tränchen vergossen und dauernd gejubelt, wie toll das doch sei, ihr schöner Veedelnoh und *la jolie Brun'ilde,* die sie natürlich aus dem Jazzkeller kannte und schon lange in ihr großes Herz geschlossen hatte ... Und danach mußten wir wohl alle noch mal nachgeschaut haben, wie groß ihr Herz denn nun tatsächlich war, denn als ich aufwachte, lagen wir, immer noch zu viert, eng umschlungen auf ihrer großen Schaumstoffmatratze, alle nackt bis auf den Frankfurter – er trug meine Stiefel, warum auch immer.

Jetzt trug ich sie wieder selbst, verfluchte den Cognac und mein lebenslanges Problem, immer der letzte sein zu müssen, oder zumindest einer der letzten, in Kneipen, auf Feten, überall, wo es was zu saufen gab und noch Menschen, mit denen man die wichtigen Dinge des Lebens besprechen konnte – Klatsch und Tratsch und Hölzchen und Stöckchen, der neue Türsteher hier und die Bierpreise da, die Form von Muhammad Ali und die Leichen im Keller der sonnigen Kennedys, Kindererziehung und Beziehungsprobleme, ein Gitarrensolo von John McLaughlin und die Hi-Hat-Technik von Charlie Watts; das Horoskop des Tages und die Schwierigkeit, in Stuttgart nach ein Uhr ein Bier zu kriegen, zu erwartende Krankheiten (der Lebenswandel), der verprasste Gegenwert von Eigenheimen (der Lebenswandel), Rezepte gegen Kater und unverführbare Frauen und gegen die lästigen Typen, die meinen, jeder unverführbaren Frau das Gegenteil beweisen zu müssen; Vorsätze für die letzte Runde, den heraufdämmernden Tag, das kommende Jahr, die nächste Beziehung; Vergnügen, Verletzung, Verhütung; Verlassen und Verlassenwerden, Vergangenheit, Vergessen und eine Million Versprechen und Verdammt, is' das wieder spät geworden …

Versacken eben.

Und daher heute dieser zentrifugale Schädel. In einer Gesellschaft, in der man sich den nicht anmerken zu lassen bemüht ist – all die feinen Leute hier, in diesem Park, den Pieter lässig den Garten seiner Tante nannte, mit Rasen für hochdotierte Golf- oder Kricketturniere, mit mehr Blumenbeeten als die Kölner *Flora*, mit Skulpturen, die mir nichts sagten außer, daß sie modern und schweineteuer waren, und welchen, die schon deshalb teuer sein mußten, weil sie älter waren als der Spruch, daß Karthago, übrigens, zerstört werden müsse; mit zwei Tennisplätzen aus feinstem (blauem!) Schotter und dem obligaten Swimmingpool, nur ein paar Bootslängen größer als üblich; einem schnuckeligen Pavillon, nur wenig geräumiger als die Raststätte Baden-Baden – samt Autobahnkapelle –, in dem bei unserer Ankunft mittags um drei ein Damenstreichquartett herumsäuselte.

Unter zehn Meter hohen Palmen blühten fünf Meter hohe Orchideenarten, unter denen meterhohe Rosenbüsche und Oleander und Callas und Hibisküsse und Was-weiß-ichs ein paar Dalmatinerwelpen ein Paradies zum Toben boten, wenn die nicht gerade an Zitronen-, Feigen- oder Pfirsichbäumen hochsprangen oder ungeschickt das Beinheben übten. Von dem Wasser, das in diesigem Sprühregen aus all den Sprinkleranlagen stob, wäre das Agrippabad schon mittags übergelaufen, und unter einem Dutzend im Gelände verteilten zitronengelben Sonnenschirmen von der Größe eines ordinären Kettenkarussells bogen sich Tische unter Speis' und Trank vom Feinsten, saßen und standen ebenso feine Menschen jeden Alters in allen Farben herum und sahen entweder wichtig aus oder gut gelaunt oder sogar beides. Sie nippten an Champagner oder bunten Longdrinks, zeigten sich höflich, indem sie ab und zu eine Olive oder eine Cocktailkirsche von einem Büfett angelten, und spielten Turmbau zu Babel, will sagen: redeten in allen Allerweltszungen einen Stuß, daß ich dreieinhalb Flaschen Bier brauchte, bis mein Kater halbwegs besänftigt und das Stimmengewirr zu einem einschläfernden Gesumme heruntergefahren war.

Nicht, daß mir die drei Flaschen schwergefallen wären – es gab gutgekühltes *Beck's Bier* aus den appetitlichen grünen Flaschen, die dir überall auf der Welt signalisieren, daß du hier nicht ganz falsch sein kannst, es sei denn, sie werden von wild aussehenden Jungs mit Kalaschnikows getrunken, die gerade überlegen, was dein Alter oder deine Regierung wohl für dich springen lassen.

Aber hier gab es keine Kalaschnikows, keine Krummdolche, Turbane, Patronengurte und Castro-Bärte, allenfalls ein paar cool wirkende Wellensittiche – rote Gesichter, hellgrüne

Livreen, gelbe Nähte und Knöpfe –, die aufzupassen schienen, daß alle genug zu essen und zu trinken hatten, niemand von den goldenen Löffelchen oder ein paar der silbernen Sektquirle klaute oder mit einem Tieflader eine der Skulpturen wegfuhr oder daß irgendein Udo mit seiner BILD-Zeitung hier hereinknatterte.

Ich brauchte keine Sektquirle zu stibitzen – mein Gastgeber, bzw. der Neffe meiner Gastgeberin, versuchte gerade, mir einen Topas aufzudrängen. Das Ding war geformt wie ein längs halbiertes Osterei, von einem blassen Blau, mit ein paar dünnen, dunkleren Schlieren, als hätte man mit einem *Pelikan*-Füller in einem Glas mit klarem Wasser gerührt oder, zu dieser Party vielleicht passender, etwas Curaçao in ein Glas Vermouth geträufelt.

»Du bist doch Wassermann, Büb – das ist dein Stein; der schenkt dir Ruhe und Balance – wie sagt ihr? – Ausgeglichenheit?«

»Nach sechs oder sieben Fläschchen Bier verlier' ich doch noch nicht die Balance, Pieter«, behauptete ich (was meistens stimmte), »und ruhig bin ich sowieso« (was nicht ganz stimmte).

»Auf der einen Seite; andererseits hilft er deinem Sternzeichen, verkrustetes Denken und Fühlen aufzugeben und offen und frei zu werden für neue Ideen, Inspiration, Experimente ...« Er schaffte das, ohne anzüglich an mir herunterzugucken. »Hier, nimm ruhig, ich möchte dir gern etwas schenken. Das darfst du mir nicht abschlagen!«

Wir standen auf unserem Rundgang durch die Villa in einem Salon, dem dritten von ungefähr sieben oder acht, vor einer Vitrine mit vier gläsernen Etagen voller Edel- und Halbedelsteine, und ich hatte mir schon einen so ausführlichen Vortrag über Opale und Amethyste, Diamanten und Saphire, Obsidiane und Rubine angehört, über Mohs-Härten und Fundorte, über Heilkräfte und astrologische Zuordnungen, daß ich im

Moment gar nicht soviel Verlangen danach hatte, den Rest des Museums zu sehen. Schon in allen anderen Räumen und Korridoren hatte ein Kunstwerk neben dem anderen gehangen oder gestanden, von indianischen Teppichen bis zu afrikanischen Masken, von zarten japanischen Tuschen auf Reispapier bis zu einem von Ueckers größeren Nagelbildern, von Dürer-Zeichnungen bis Man-Ray-Fotografien. Mein charmanter Gastgeber hatte zu jedem auch nur annähernd neugierigen Blick eine Geschichte parat, als sei er für solche Touristenführungen angestellt und gut bezahlt. Womit ich ihm sicher unrecht tat – es bereitete ihm spürbar großes Vergnügen, mich mit seinem enormen Wissen zu beeindrucken.

Das tat er ja auch. Wenn's nur das Wissen gewesen wäre. Er trug einen superleichten, superlässigen Anzug von der Farbe der Gardinen in dem Zimmer, in dem Opa Klütsch dreißig Jahre lang fast regungslos in seinem Ohrensessel gesessen und seine Pfeifen mit *Türkenkost* geraucht hatte – ein Graugelb-braun, das Pieters Sonnenbräune genauso gut zur Geltung kommen ließ wie das blendende Weiß seines kragenlosen Seidenhemdes mit dem V-Ausschnitt, in dem an einem schwarzen Lederriemchen ein schimmernder Goldtopas baumelte (Pieter war Löwe). Und er trug das alles mit einer angeborenen Lässigkeit, für die ich ihm am liebsten einen dicken Popel an die Schulter geklebt hätte. *A working class hero is something to be …*

Er hatte mich ziemlich bald nach meiner Ankunft mit Beschlag belegt, erfreut begrüßt wie einen guten alten Freund, aber so aufmerksam umsorgt wie eine neue Flamme. Einerseits war diese Abwechslung ganz gut für mich – die drei Flaschen schmeckten nach mehr, und es war erst vier Uhr nachmittags –, und das war auch alles höchst interessant und spannend, aber seine Avancen waren sehr offensichtlich, und ich konnte nur hoffen, daß meine Empfänglichkeit für sie es nicht war. Über die ich mich wiederum ärgerte, was mir reichlich die Stimmung verdarb und mich so unleidlich machte, daß es langsam auch auf ihn abfärbte. Was dann eigentlich auch wieder schade war.

Trotzdem ließ er sich nichts anmerken, und deswegen standen wir jetzt hier auf diesem chinesisch aussehenden Drachen-Teppich, nicht ganz so groß wie St. Helena, aber entschieden älter als Napoleon, und stritten uns, ob ich mir einen Klunker schenken ließe wie Rita Hayworth bei ihrem ersten Rendezvous mit Ali Khan. Ob Rita sich auch so geziert hatte? Ob der Khan daraufhin auch feuchte Augen gekriegt hätte?

»Hör zu, Pieter«, versuchte ich es mit Beherrschung und Klartext, »ich fühle mich geehrt, geschmeichelt, gebauchpinselt, was du willst – aber ich möchte das nicht annehmen. Ich nehm' gerne noch 'n Bier oder zwei, oder auch fünfunddreißig, von mir aus lad' mich auf ein Kaviarbrötchen ein, aber das da ist nich' meine Kragenweite. Um es genau zu sagen: Hier ist einiges nicht meine Kragenweite. Ich muß zwar zugeben, daß ich verunsicherter bin, als mir lieb ist, aber das ist auch schon alles. Du kannst mich so oft an die Wand schmeißen, wie du willst, aber ich bin und bleibe der alte kalte Heterofrosch, und wenn –«

»Sssht!« machte er einfach und legte mir zwei Finger auf den Mund. »Du bist im falschen Märchen, Büb. Wer redet denn hier von An-die-Wand-Schmeißen?« Nahm die Finger fort und küßte mich, hauchzart, Florence Nightingale im Zelt der Fiebernden. Drehte sich um, bevor ich an die Decke gehen konnte, und warf über die Schulter: »Hast du schon mal einen echten van Gogh gesehen, mein Lieber?«

Klar, du Hirn – ich komme aus Köln, wo sie dich spätestens im dritten Schuljahr ins Wallraf-Richartz-Museum schleifen! hätte ich beinahe geantwortet, aber ich stand da wie der letzte bei der *Reise nach Jerusalem* und hatte einen trockenen Hals und heiße Schläfen und ein sanftes Puckern in den Klöten und kriegte Ringo nicht aus dem Kopf – *I been told when a boy kiss a girl / Take a trip aroun' the world / Hey, hey!*

Und *Bop-shoo-wop! Shoo-bop-bop-shoo-wop!* machten John, Paul, George und dreihundert tanzende, leuchtende Steine, und ich sagte: »Nö.« Und ging hinter ihm her, als sei ich angeleint. Bis ich einen Schluck aus der mitgebrachten Flasche in meiner Rechten nehmen wollte. In der fand ich allerdings das Topas-Ei, gleichzeitig warm und kühl, blaß schimmernd wie die Augen eines jungen Husky. Und zum ersten Mal wurde mir der Begriff »Handschmeichler« wirklich klar – fühlte sich wunderbar an. Als trüge ich das Ding schon seit Jahren mit mir herum. Als gehörte es zu mir. Als hätte es mich gefunden.

Die Flasche trug ich in der Linken. Aber die war leer, und da fiel mir auch mein trockener Hals wieder ein – ich machte auf meinem krummen Stiefelabsatz kehrt und mich auf die Suche nach dem nächsten Kühlbehälter. *Beck's Bier löscht Männerdurst …*

38

Das Summen draußen war ein wenig lauter geworden, einzelne Grüppchen hatten sich und ein gemeinsames Thema gefunden, das eine oder andere Auge glänzte schon ein wenig verdächtig, denn die Jungs mit den Champagnerflaschen kreuzten unentwegt durch den Park wie ferngesteuerte Rasenmäher, und die Streicherinnen waren von einem Jazzquartett abgelöst worden. Zwei Pianisten saßen sich gegenüber und versuchten mit gemeinsamen Anstrengungen, Oscar Peterson zu ersetzen, was ihnen leider nur quantitativ gelang. Aber man konnte *Autumn Leaves* noch erkennen. Und ich verliebte mich sofort in den Schlagzeuger, einen ungefähr Hundertjährigen mit einer langen weißen Mähne und an die vier Zentnern im Schatten, der hinter seinem Set zusammengesunken auf einem extra stabilen Hocker mit Rückenlehne saß wie ein Buddha voll Opium, eine graue Hose an silbern glitzernden Hosenträgern bis zur Brustmitte hochgezogen;

das Ride-Becken so nahe an sich herangebogen, daß er nicht mal den Arm ausstrecken mußte, die Snare fast zur Hälfte von seiner Wampe bedeckt, und wenn er darauf herumrührte, ganz locker aus dem Handgelenk, sah es aus, als würde er bloß Däumchen drehen. Aber er swingte wie Art Blakey und Mitch Mitchell zusammen, selbst wenn er alle paar Takte nur mit einer Hand weiterspielte, die Offbeats mit dem Hi-Hat stampfend, während er mit der anderen Hand aus einer Rotweinflasche trank. Seine kurzen *rolls* mit anschließendem *crash* und *splash* rollten herein wie Gischtwellen in Zeitraffer und trieben seinem Bassisten, einem spindeldürren Schwarzen, der über seinem Kontrabaß flatterte wie eine Vogelscheuche im Herbstwind, durchaus passend zu *Autumn Leaves,* den Schweiß in Bächen auf die Stirn.

»Wunderschön gespielt«, schleimte ich mich an die Cellistin ran, die ein wenig einsam an eine Palme gelehnt stand und mit den Eiswürfeln in ihrem Campari klingelte, säuerlich dreinblickend, weil sie wahrscheinlich, wie ich, keinen Campari mochte, den aber trinken mußte, weil er zu ihrem dunkelroten Kleid paßte, einem altmodischen Samtgewand, das in der Taille reichlich eng und am Dekolleté reichlich weit war – ein Niesen, und ihre üppigen, frisch gepuderten Brüste würden herauspurzeln. Ich erwog einen Augenblick, einen Grashalm auszurupfen und sie an der Nase zu kitzeln, aber ich hatte keine Hand frei – in der einen trug ich zwei Flaschen Bier und in der anderen eine Zigarette.

Cello lächelte unverbindlich und wedelte mit ihrer Linken vor ihrem Gesicht herum.

»Die Hitze?« erkundigte ich mich mitfühlend. »Mein Qualm? Oder ich?« Ihr Lächeln wurde etwas verbindlicher.

»Die Wechseljahre, Jungchen«, antwortete sie mit einer Stimme, die zu ihrem Instrument paßte, mit unüberhörbarem Berliner Einschlag »und jespielt ham wa, als wenn't die Pubertät wäre, det solltest du als Musiker bemerkt haben, also schmier mir nich' solchen Honig um't Maul.«

»Ich meinte ja auch den Schlagzeuger da. Aber Wechseljahre? Mit Dreißig?«

»Dreißig, Jesses!« kicherte sie. »Ach, wär'n die Heten, die ick kenne, doch ooch so charmant, Jungchen.« *Heten? Sie hält mich für schwul?*

»Sind sie. Einer auf jeden Fall. Und woher wissen Sie, daß er Musiker ist?« Sie hörte auf zu kichern und sah mich an, als sei ich ein Stück Torte. Leckte sich sogar über die Lippen.

»Hasse ma' 'ne Fluppe für mich, Jungchen?« Ich stellte meine Flaschen in den Schatten, holte meinen Tabak raus und begann zu kurbeln.

»Woll'n Sie lecken oder soll ich?« fragte ich, als ich die Zigarette rund gedreht hatte.

»Hier vor all die Leute? Dz, dz, dz, Kleena!« Nahm mir das Ding aus der Hand und fuhr mit ihrer Zunge am Klebstreifen lang. Mehrmals. Ohne mich aus den zusammengekniffenen Augen zu lassen. Natürlich ließ ich ihre Zunge zwischen den ebenfalls dunkelrot geschminkten Lippen auch nicht aus den Augen und gab ihr Feuer, als sie fertig war, gerade noch rechtzeitig, bevor das Ding völlig durchweicht war. Meine innerliche Wette verlor ich – sie nahm nicht ihre Hände zu Hilfe. »Hab' euch jestern am Hafen Spielen jeseh'n. Und ick habe jedacht, det du und der hübsche junge Mann …« Sie nickte zur Villa rüber.

»Hat er auch gedacht.«

»Denkta immer noch.«

»Sein Problem.«

»Jut so.« Kippte ihren Drink in einem Zug weg, nahm einen Eiswürfel aus dem Glas, ließ ihn in die enge Spalte zwischen ihren Brüsten fallen, seufzte wohlwollig schnurrend und streckte mir das leere Glas entgegen. »Krieje ick 'n neuet?«

Ich antwortete nicht gleich, weil ich dem Eiswürfel hinterhersah, der sich schmelzend seinen Weg in ein tiefes, weiches Tal bahnte.

»Wie bitte?« tat ich, als hätte sie mich aus meinen Gedanken gerissen. »'tschuldigung, ich war gerade ganz woanders.« Sie lachte ihr tiefes Cellolachen.

»Und – schön kühl jewesen da?«

»Na ja, kühl war's da schon. Aber mir is' ziemlich warm geworden.«

»Denn bring diesmal wat mehr Eis mit, Jungchen.« Ich nahm ihr das Glas ab und bückte mich, um für den Weg noch einen guten Schluck von meinem Bier zu nehmen. Der Schlitz in ihrem Kleid öffnete sich, und ich konnte sehen, wie sich zwei mächtige weiße Schenkel sanft aneinanderrieben. *Läuft ja wie geschmiert,* dachte ich, drehte mich um und hätte beinahe einen Jockey ohne Pferd über den Haufen gerannt.

»Ach, *da* bist du, Schatz!« rief er und umarmte sie heftig. Er reichte ihr gerade mal bis zur Schulter und konnte nicht mehr wiegen als ihr Kleid. Wahrscheinlich hatte sie ihn in ihrem Cellokoffer über die Grenze geschmuggelt.

»Hast'n du jedacht, meen Lieba?« lachte sie ihn strahlend an, küßte ihn auf den Kopf, drückte sein Gesicht auf die Eiswürfelspur und sah mich über ihn hinweg mit einem bedauernden Mundwinkelzucken an. »Kiek, det is' der Musikus, wo wir jestern am Hafen jeseh'n ham, erinnerste dir?«

»Mmpf nga mmpf«, machte er.

»Bringste mein' Männe ooch 'n Drink mit, Jungchen? Jintonic? Wenig Tonic, viel Jin?«

»Mit Vergnügen«, verbeugte ich mich und sah mich nach den Violinen um.

Rudi

»Très bien – ein Vergnügen«, sagte der Deutsche und blätterte zwanzig große Scheine in die schwielige Hand. »Gute Arbeit. Und in ein paar Tagen telefonieren wir wegen des anderen Jobs, okay?« Der Franzose nickte stumm, steckte das Geld unter sein nach Benzin stinkendes Hemd, salutierte nachlässig und ging. Der Deutsche rieb sich die Hände. Alles lief wie geschmiert. In einer guten Woche würde er auf seiner Leiter ein gutes Stück weiter oben sein – ein Haufen Schotter unter der Matratze, seinen Traumjob unter Dach und Fach und ein paar gute Gründe, dem Alten gelegentlich ein paar schöne Daumenschrauben anzulegen. Er griff sich das Telefon auf der Theke und wählte.

»Was macht du denn so?« fragte er, als sich jemand meldete. »Aha. Ich hab' da was zu feiern – möchtest du mir nicht Gesellschaft leisten dabei? – Nein, nein, nix Großes. Ein, zwei Drinks ... – Und vielleicht noch ein Fläschchen auf dem Zimmer ... – Hm. Na, dann besorg' ich doch das Fläschchen und komme gleich zu dir, oder? – Nein, keine Angst, nur wir beide ... – Dann bis gleich.«

Er kaufte noch eine kleine Flasche Scotch und zwei Flaschen Cola, zahlte und ging pfeifend aus der Bar in den Sonnenuntergang hinaus; die Getränke unter einen Arm geklemmt, steckte er die andere Hand tief in die Hosentasche und spielte voller Vorfreude an sich herum. Vielleicht könnten sie mal zusammen duschen gehen, malte er sich aus und stellte sich ein paar Einzelheiten vor. Er ging schneller. Daß der Franzose ihm in einigem Abstand folgte, bemerkte er nicht.

39

»Wir hören Musik ja nicht nur mit unseren Ohren – wir können die Klänge in uns, um uns herum ja auch *fühlen*. Und *sehen* – es heißt ja nicht von ungefähr Klang*farben*, Farb*töne* ...«

Die beiden Violinenmädels, die aussahen wie Zwillinge, beide krause rote Haare, Unmengen von Sommersprossen auf jedem Flecken sichtbarer Haut, beide in dunkelblauen, weiten Hosenanzügen aus Samt, die ihre mageren Körper umschlotterten, wenn sie sich bewegten, was sie beide meist auch noch ziemlich synchron taten, hingen voller Aufmerksamkeit an Pieters Lippen. Sie saßen auf drei zierlichen weißen Rattanhockern neben dem Pool, nicht weit von der Bar, an der ich gelandet war, nachdem ich Cello und ihrem Jockey ihre Drinks gebracht und erfahren hatte, daß sie seit achtzehn Jahren verheiratet und seitdem nicht einen Morgen ohne den anderen aufgewacht waren, wobei ihr Blick mir sagte, daß ihr Männe wohl nie eine Ahnung haben würde, was so geschah, bevor sie nachts zu ihm in das eheliche Bett kroch. Ich gratulierte den beiden zu ihrem Glück und gab vor, Hunger zu haben.

Dann entdeckte ich die Violinen, bugsierte mich in ihre Nähe und merkte zu spät, daß sie da saßen, um auf Pieter zu warten, der ihnen gerade Drinks besorgte, ein gefährlich aussehendes giftgrünes Zeug, das sich als Escorial mit Limettensaft und Sekt entpuppte. Ich glaubte schon, daß sie beide schon einige davon gehabt hatten, denn sie hatten bereits einen ganz schönen Silberblick, bis mir klar wurde, daß sie den immer hatten – sie schielten ganz einfach von Natur aus. Und sie nippten nur gelegentlich mal an ihren Gläsern, als müßten sie bis nächste Woche damit auskommen.

Mein Verehrer hatte mich angelächelt, als fühlte er sich nicht im geringsten von mir düpiert, und mit einladender Geste einen vierten Hocker zu den dreien gestellt, aber ich hatte freundlich dankend den Kopf geschüttelt, ihm mit einer neuen Flasche Bier zugeprostet und war an der Bar hocken geblieben. Was ich sowieso am liebsten tue. *Der schönste Platz …*

Bis ich 'noh entdeckte, der auf der hüfthoch gemauerten Umrandung eines Blumenbeets saß und vor sich hin klimperte, während meine Klampfe einladend neben ihm an das Mäuerchen gelehnt stand. Da fiel mir auch erst auf, daß die Jazzband gar nicht mehr spielte. Die Sonne war schon ein gutes Stück den Hügeln hinter der Straße entgegengesunken und tauchte die ganze Party in ein wunderschönes, warmes Orangerot, das die Blumenmeere wie ein Gemälde von Monet, alle Männer äußerst gesund und alle Frauen zehn Jahre jünger und äußerst begehrenswert aussehen ließ. Ich ließ mir noch zwei Bier geben, schlurfte zu meinem Partner rüber und stellte eins neben ihn. *Dankeschön, Liebling, dankeschön,* spielte er. Ich nahm meine Gitarre, setzte mich an das andere Ende des Beets und versuchte, 'noh bei einem weichen Bossa Nova zu begleiten, ohne unangenehm aufzufallen.

Mir gelang das sogar einigermaßen, aber einem weit prominenteren Gast, als wir es waren, fiel das offenkundig um einiges schwerer. Jimmy Honnicker war da, der Sänger der gerade recht erfolgreichen englischen Hardrocker NIGHT MOVES, deren aktuellen Hit *Turn To Friends,* eine reichlich pomadige Ballade, mich in den letzten Tagen schon des öfteren aus den Kofferradios am Strand angeschluchzt hatte. Und jedesmal hatte ich mich fragen müssen, was der arme Bob Seger wohl davon hielt.

Honnicker war so privat hier, daß er nicht, wie üblich, von vier Bodyguards umringt war, sondern nur von seinem Manager Walt Wiggard begleitet wurde, einem untersetzten Fäßchen aus den Slums von Newcastle, der sich mit einer goldenen Nase und zwei eisernen Ellbogen nach oben gearbeitet hatte und bekannt dafür war, daß er selbst bei Veranstaltern ausverkaufter Stadionkonzerte jedes Ticket zählte und sich jede einzelne Presse- oder VIP-Karte mühsam entweder abringen oder bezahlen ließ.

Sein Gold-, nein, neuerdings Platinjunge war schon ordentlich knülle und vergnügte sich damit, ein paar junge Bikini-Schönheiten mit einer Schlagsahnespritze zu verzieren. Anfangs lachten alle noch darüber, aber als er einer von ihnen das Höschen herunterzog und ihren Hintern mit Sahne beschmierte, wurde der das zuviel, und sie scheuerte ihm eine. Er scheuerte zurück und schubste sie in den Swimmingpool. Daraufhin kam einer der Wellensittiche hinter der Bar hervor und ermahnte ihn. Honnicker lachte nur großspurig, stieß ihn beiseite und schüttete sich noch ein großes Glas randvoll mit Bourbon. Der Barmann kam hinter ihm her und packte ihn am Arm. Honnicker knallte ihm einen Ellbogen ins Gesicht und beförderte ihn mit einem Tritt in den Magen ebenfalls in den Pool, wo er auf dem Mädel landete, das gerade herausklettern wollte. Empört sprang Pieter auf.

»Stop that nonsense, Jimmy!« schrie er und stürmte auf den Popstar zu. Der gackerte höhnisch und zeigte Pieter den Stinkefinger.

»Up yours, poofter! Suck my pants!« Nahm noch einen guten Schluck von seinem Bourbon und kippte ihm den Rest über den Kopf. Sein Manager stand daneben und grinste nur.

»That is definitely enough!« Pieters Tante Ciss stand plötzlich hinter Honnicker. »This is disgusting!«

40

Jimmy Honnicker produzierte, was er für Kleinjungen-Charme hielt – kleines Schmollmündchen, schelmischer Blick von unten nach oben, einwärts gekehrtes Füßchen – die erste Reihe in der Mülheimer Stadthalle hätten sie jetzt ohnmächtig und mit klatschnassen Höschen raustragen müssen. Aber wir waren nicht in Mülheim – und Ciss van Ruym war schon lange kein Teenie mehr. Mit kerzengerade aufgerichtetem Rücken und erhobenem Kinn blickte sie zu seiner Hakennase empor.

»Junger Mann, I am not willing to stretch my hospitality any further and bear your bad manners. I am asking you to leave my house immediately. In other words: Get out of here!« Ihre immer noch schönen Augen sprühten vor Zorn, und die Knöchel ihrer feinen linken Hand glänzten weiß, als sie sie an ihrer Seite zur Faust ballte. Aber Mister Popstar war zu *far out*, um mitzukriegen, daß dies die letzte Chance für einen halbwegs geordneten Rückzug war. Er warf den Kopf in den Nacken, daß die wilden Locken auf seinen Arsch peitschten, und lachte schallend.

»Come on, Granny! Just lemme 'ave a li'l fun with this sweet li'l angel 'ere.« Er warf sein Glas in den Pool und griff Pieter zwischen die Beine. Ich sah, wie sich Pieters Gesicht verzerrte. Schmerz und Scham trieben ihm Tränen in die Augen. Ich saß immer noch auf meinem Mäuerchen und klimperte vor mich hin. Um die Szene herum war alles stumm erstarrt, darum brauchte ich meine Stimme nur ganz leicht zu heben – ich ließ sie nur ein bißchen klirren.

»Just go on, Bignose – if I do this to you, chances are *Rolling Stone* will elect you Girl Singer Of The Year '81! Well – next to Gloria Gaynor, maybe.« Wie von der Tarantel gestochen drehte er sich zu mir um.

»Who the fuck are *you*?«

»Call me *Sixteen Tons*«, schlug ich vor, spielte den passenden Akkord an und sang ihm die vierte Strophe:

»One fist of iron
One fist of steel
If the right one don't get you
The left one will ...«

Mit drei Schritten seiner langen Beine war er über mir und schlug mir mit dem Handrücken aufs Maul. Der Geschmack von Blut versaute die ganze *Beck's-Bier*-Herrlichkeit. Verstimmt ließ ich mein übergeschlagenes Bein hochschnellen und traf ihn sauber da, wo Mann's merkt. Er machte die ordnungsgemäße Verbeugung, und ich brauchte mich nur noch halb von meinem Sitz zu erheben, um ihm auf den Zinken zu nicken. Mit Genugtuung hörte ich sein Nasenbein knirschen. Er schlug die Hände vors Gesicht und tanzte von einem Bein aufs andere.

»My God! My nose! My God! My nose!« jaulte er, während ihm das Blut zwischen den Fingern hervorsprudelte.

»Make a decision«, sagte ich und klimperte weiter, »maybe you can't have both.« Der kleine dicke Walt kam herangestürmt, das Gesicht vor Empörung und Wut in Falten gelegt wie eine Karnevalsdienstagsmaske. Unterwegs nestelte er einen von diesen blöden Totschlägern aus seiner Jackentasche, mit denen sie einem immer die Handgelenke kaputthauen, wenn man seinen Schädel schützen will. Anscheinend hab' ich doch was von Pete Townshend – als er nahe genug ran war, stand ich auf und rammte ihm den Gitarrenhals auf den Punkt über dem Bauchansatz.

Sein Gesicht hätte jetzt jede Farbe verlieren und er zusammenfallen sollen wie ein angestochener Fußball. Aber ich hatte eine alte Regel aus den Zeiten vergessen, als man noch jung und dumm genug war, Fußballspiele und Rockfestivals zum Anlaß für Prügeleien zu nehmen: Unterschätz nie die kleinen dicken Engländer. Als wäre sein Bauch aus dem Zeug, aus dem sie die Sitzsäcke machen, tat er seinen Schritt zu Ende, und ich hatte nicht mal Zeit, ihm mein Handgelenk anzubieten – ich schaffte es gerade noch, den Kopf zur Seite zu rucken. Sein Scheiß-Totschläger traf mich aufs linke Schlüsselbein, und ich hörte meinen eigenen spitzen Schrei, bevor ich die Zähne zusammenbeißen konnte. Und er holte schon wieder aus. Mein linker Arm hing taub an meiner Seite, im Moment so nützlich wie ein seidenes Taschentuch, und in meiner Rechten klemmte die Gitarre so verdreht, daß auch sie nur Ballast war.

Aber sogar mein Lieblingsgitarrist, der sich eigentlich seit Jahren aus Schlägereien möglichst heraushielt, aus Angst um seine Künstlerfinger, hatte irgendwo unterwegs mal gelernt, wozu Flaschenbier gut sein kann. Er knallte Walt sein halbes *Beck's* aufs Ohr. Die Flasche brach mitten durch und Waltie vor mir zusammen. Ich stellte einen Fuß auf sein Totschlägerhändchen.

Dann hatten mich plötzlich zwei der Sittichgrünen in der Zange und drehten mir einen Arm auf den Rücken. Ich wollte gerade mit dem Absatz ein Schienbein knacken, als ein energisches »Halt!« ertönte. Ciss kam zu uns herübergeschwebt und befahl ihnen, mich loszulassen.

»Kümmert euch um diese beiden Gestalten! Gebt Ihnen ein paar feuchte Handtücher und setzt sie in ein Taxi! Schafft sie mir aus den Augen!« Koko und Hansi parierten. Ich schüttelte lockernd meinen verdrehten Arm. Sie streckte mir ihre Rechte entgegen. Ich nahm sie. Zart wie der Kanarienvogel, den meine Großmutter mal gehabt hatte, aber ihr Griff ließ vermuten, daß sie immer noch jeden Tag eine Stunde Tennis spielte. Im Gegensatz zu meiner Großmutter.

»Verzeihen Sie bitte, junger Mann, daß meine Jungens hier so langsam reagiert haben und Sie für uns diese unschöne Arbeit erledigen mußten. Das, wie ich finde, allerdings ganz ausgezeichnet. Ich möchte Ihnen danken.« Ihre meerblauen Augen funkelten vergnügt, und ein allerfeinstes Lächeln, der Hauch eines Lächelns, ließ die tausend winzigen Fältchen in ihrem schmalen Gesicht tanzen. Ich probierte eine galante Verbeugung. Zum Glück hielt sie immer noch meine Hand fest.

»Vielen Dank«, erwiderte ich brav, »aber ich finde, eine so gelungene Matinee auf einem so wunderschönen Anwesen einer so überaus reizenden Gastgeberin sollte man sauber und friedlich halten. Und ich bin gerne bereit, meinen bescheidenen Teil dazu beizutragen.« Sie nickte zufrieden, als hätte ich fehlerfrei das Gedicht aufgesagt, das sie mir letzte Woche aufgegeben hatte.

»Ich danke Ihnen«, entgegnete sie huldvoll und ergriff meine Hand auch mit ihrer linken. »Sie sind ein bemerkenswerter junger Mann. Mit einem bemerkenswerten Repertoire«, fügte sie nach einer kurzen Pause hinzu, in der sie zwischen meiner blutverschmierten Stirn und der Gitarre hin und her blickte, die an meiner Seite baumelte, bis sich das allerfeinste Lächeln in ein ausgesprochen schelmisches verwandelte. »Würden Sie auch *Greensleeves* für mich spielen?« *Greensleeves?! Bin ich Jeff Beck?* Verlegen grinsend blickte ich hilflos erst sie, zwei Köpfe unter mir, dann Veedelnoh an. Der wiederum grinste ein unverschämt überlegenes Grinsen, griff sich die Gitarre, nahm noch einen Schluck aus meiner Flasche und ließ diese dann über das Griffbrett klirren. Es folgte eine Slide-Version von *Greensleeves*, an der wohl sogar die Herren Beck ihre helle Freude gehabt hätten – der Gitarrist *und* der Bierbrauer. Unsere Gastgeberin klatschte vergnügt wie ein junges Mädchen in die Hände und drehte eine Pirouette.

»Komm, Pieter, mein Schatz! Tanz mit deiner alten Tante!« Und sie legten einen schulmäßigen, sanft schwingenden Walzer hin, daß die übrigen Gäste applaudierten. Die beiden sahen aus wie ein frisch verheiratetes Paar. Allerdings hatte in diesem Fall er die roten Wangen, und ich mochte wetten, daß sie führte. Irgendwo knallten schon wieder Sektkorken. Ich riß meinen Blick von der rührenden Szene, drehte mich zu 'noh um und hob in einer resignierenden Geste meine Arme.

»Die Party scheint gerettet«, meinte ich, »da geh' ich uns doch noch 'n Bier holen, wa'?« Er hob nur eine Augenbraue und wechselte übergangslos zu *Allons, enfants de la patrie,* das wiederum überging in *Es gibt kein Bier auf Hawaii.* Soo schlecht war der Sommer wirklich nicht.

41

Und unsere kleine Friedensstifteraktion war natürlich äußerst geeignet gewesen, um sich bei den Festgästen hier beliebt zu machen. Dadurch, daß die Prellung an meinem Schlüsselbein schmerzhaft pochte und ich den linken Arm kaum bewegen konnte, hatte ich den Rest des Abends frei und konnte mich ganz dem Essen und Trinken und dem Baden im allgemeinen Schulterklopfen und Lobhudeln widmen – solange sie mir nicht auf die linke Seite hauten. Nachdem ich mir das Blut abgewaschen hatte, hatte Pieter mir ein frisches Hemd aus seiner Sammlung aufgenötigt, taubenblauer Satin, der prima zu meiner Jeans paßte und sich wunderbar anfühlte, wie ich zugeben mußte.

Das mit dem Essen war schnell erledigt – eine Portion Krabbensalat und ein paar in Lachsstreifen gewickelte Spargel, ein Cognac zur Verdauung, und ich konnte mich wieder an die Kühltruhen halten. Da mittlerweile überall Hunderte von bunten Lampions in den Bäumen und Tausende von Kerzen auf allen Tischen leuchteten, waren die auch leicht zu finden. Nach der ersten großen Schulterklopfwelle wurde es etwas ruhiger um mich herum – mein Französisch war miserabel, und daß der gemeine Franzmann ein notorischer Fremdsprachenverächter ist, weiß man ja nicht erst seit Ludwig »Der Staat bin ich!« dem Vierzehnten. Reißt man allerdings so das Maul auf, muß man sich nicht wundern, wenn einem Madame Pompadour morgens beim Frühstück ein Loch in die Zeitung brennt und einem ein giftiges »Frankreich! Ihr Kaffee schmeckt beschissen!« um die Ohren haut.

Mir konnt's egal sein – ich brauchte keine französische Brühe zu trinken; die Kühltruhen wurden regelmäßig nachgefüllt, ich hatte drei Päckchen Tabak in meiner schönen Gitarrentasche, Gesellschaft zum Frühstück war allerdings noch keineswegs in Sicht. Ich hatte zwischenzeitlich zwar endlich mal Kontakt zu den Violinen-Zwillingen geknüpft, aber irgendwie kann ich einer Frau, die den ganzen Abend an einem einzigen Cocktail nuckelt, nicht recht über den Weg trauen – und dann noch zweien davon? Außerdem kannte ich mich doch – ich würde mich wieder die halbe Nacht nicht für eine der beiden entscheiden können, zum Schluß so besoffen sein, daß ich versuchen würde, sie beide abzuschleppen, was mir bei Geschwistern noch nie gelungen war, und am Ende säße ich dann da auf zwanzig leeren Bierflaschen, würde Vierlinge weggehen sehen und versuchen, aus ihren beiden Strohhalmen einen Weihnachtsstern zu basteln, mit Lippenstift und allem.

Also zog ich mich vornehm wieder zurück, was zumindest die eine von ihnen zu bedauern schien, wobei ich jetzt schon nicht mehr wußte, war es die linke oder die rechte? und änderte mein Programm. Ich versuchte, eine ordentliche Fachsimpelei von Schlagzeuger zu Schlagzeuger in Gang zu bringen, aber erstens sprach der dicke Kollege nur ein sehr rudimentäres Englisch, und zweitens hatte er sich schon so eingehend mit Rotwein beschäftigt, daß selbst das klang wie seine Muttersprache – er war Pole.

Ich ließ mich auf eine Partie Boule mit einer netten jungen Holländerin ein, aber jedesmal, wenn sie es in ihrem kicherigen Sektrausch schaffte, eine ihrer Kugeln zwischen ein Trüppchen Leute oder in eine Batterie Flaschen zu schleudern, was ihr bemerkenswert oft gelang, guckten mich alle Umstehenden an, als dächten sie: »Haben wir uns doch gleich gedacht, daß das ein Unruhestifter ist – wer so schnell mit Prügeln dabei ist!« Das Meisje zog sich dann selbst aus dem Verkehr, als ihr beim Bücken nach dem Schweinchen eine bunte Mischung vom kalten Büfett und ein paar Gläser Sekt hochkamen; ich führte sie hinter ein Gebüsch, hielt ihr den Kopf, wischte ihr mit dem Saum ihres Rocks das Gesicht ab und legte sie ein Stück weiter in eine Hollywoodschaukel. Was ein Fehler war – nachdem das Ding zwei-, dreimal hin und her gewackelt war, rannte sie wieder ins Gebüsch und ward nicht mehr gesehen.

»Sie hatten ja heute auch schon viel Glück im *Spiel*, oder nicht?« fragte Ciss van Ruym mich schelmisch von der Seite.

»Ich nehme an, Sie meinen nicht das Boule-Spiel?« Sie lachte ihr Kleinmädchenlachen.

»Nein, sicher nicht. Ich meinte die Partie mit den beiden Urianen.« Ich mußte erst ein paar quietschende Runden durch meine Kreuzworträtselbildung drehen, ehe mir einfiel, daß das der altmodische Ausdruck für unliebsame Gäste war.

»Na ja, man macht Punkte, wo man kann«, antwortete ich bescheiden. Sie nickte und spähte mit einem vergnügten Glitzern in den Augen hinter der Holländerin her, die immer noch im Gebüsch verschwunden war.

»Wenn man kann, ja.« Dann ruhte ihr Blick wie zufällig auf ihrem Neffen. Lange; ehe sie mich ansah, eine Spur ernster. »Und wenn es einem liegt, nicht wahr?« Was sollte ich jetzt darauf sagen, ohne mich in die gefährliche Nähe einer ganzen Batterie Fettnäpfchen zu begeben? Ich brauchte nichts zu sagen.

»Er ist einer der liebenswürdigsten jungen Männer, die ich kenne«, fuhr sie fort, »und ich glaube sagen zu dürfen, daß ich der Mensch bin, der ihn am längsten und besten kennt.« Sie seufzte. »Aber wie das so ist – wenn man glaubt, daß man einem andern kaum näher sein kann, muß man plötzlich feststellen, daß man ihn überhaupt nicht kennt. Der Wald und die Bäume ...«

»Das falschrum gehaltene Fernrohr«, schlug ich vor. Wieder lächelte sie, ein wenig wehmütig.

»Er hat seinen Vater verloren, als er fünf Jahre alt war – ein Bombenattentat in Bilbao, das niemandem im besonderen galt, vielleicht einem dummen spanischen Diktator oder einem korrupten Polizeipräsidenten, ein Päckchen Tod in einem Auto, irgendwo in einer Seitenstraße abgestellt, vor einem friedlichen Straßencafé ...«

»Fanatiker«, sagte ich und versuchte, es nach Zähneknirschen klingen zu lassen, »blinde Irre.« Aber sie schien mich gar nicht zu hören. Der Brandy war wunderbar. Irgendwo dahinten in ihrem Garten klang etwas nach *Donauwellenwalzer*.

»Als er elf war, starb seine Mama. Raste mit ihrem scheußlichen kleinen Flitzer in die Klippen, als seien es die Strohballen bei einem Go-Kart-Rennen. Nicht daß ich glaube, es sei Absicht gewesen!« beeilte sie sich ein wenig zu heftig zu versichern, »geschweige denn er ...«, ein Nicken zu Pieter hin. »Und deshalb ist er bei mir aufgewachsen – der einzige Mann im Haus, umgeben von lauter Frauen. Vielleicht ist er deswegen so – so geworden.«

»Was meinen Sie mit *so geworden*?« Ein langer Seufzer.

»Ich habe immer gewollt, daß er – anders wird. Anders als

sein Großvater, als sein Vater. Als seine Mutter sogar. Habe versucht, ihm das Schöne auf der Welt nahezubringen, das Gute zu erklären, seine Sensibilität zu wecken, zu wässern wie eine Blume. Er ist mit der Schönheit dieser Landschaft aufgewachsen –«, mit einer Geste umspannte sie den Park um uns herum, »mit all der Kunst in unserem Haus, seinem Zuhause … Schon als kleiner Junge hat er mir geholfen, die Sammlung zu pflegen, zu ordnen, für alles den richtigen Platz zu finden …« Unvermutet fröhlich klatschte sie in die Hände. »Und er war so – begierig nach Wissen, so neugierig! *Was ist das für ein Stein? Warum heißt der Lapislazuli? Was sind das für goldene Flecken darin? Wieso heißt der hier Rubin? Und der Onyx? Obsidian? Smaragd? Wie alt ist dies, wie alt ist das? Wo war Troja? Wer waren die alten Griechen, Römer, Hethiter? Wo sind die jetzt? Warum hat Rembrandt diese Frau so gemalt – und Picasso so – und Magritte so? Warum baut jemand einen klingenden Brunnen? Warum ist Gold so teuer? Wieso kann man all unser Gold nicht besser einschmelzen? Ist es dann nicht wertvoller?* Hach …« Ein wehmütiges Lächeln. »Und ich habe versucht, ihm zu erklären, daß der Wert von Schmuck und Kunst – und von vielem anderen im Leben – nicht allein von – Materialwert abhängt. Und daß auch der Mensch, die Seele des Menschen, einen Wert hat – den höchsten …«

»Und Ihr Mann? Sein Großvater?« Sie schnaubte und legte mir ihr Händchen auf den Unterarm.

»Walter van Ruym hatte nur im Sinn, all das zusammenzutragen, zu erobern, zu besitzen. Er hat in seinem siebenundsechzigjährigen Leben vierzehn Attentate überlebt, junger Mann, vierzehn! Und seinem Sohn nie verziehen, daß er sich gleich von seiner ersten Terroristenbombe hat erwischen lassen. Von da an hat ihn seine Familie nicht mehr interessiert – nicht, daß er vorher ein großer Familienmensch gewesen wäre. Daran war schon seine erste Frau gestorben – meine Schwester. Er war nur noch zwischen London, New York und Los Angeles damit beschäftigt, aus mir eine reiche Witwe zu machen.«

»Hat er seinem Sohn die eine Bombe nicht verziehen oder sich selbst nicht, daß er die anderen alle überlebt hat und trotzdem seinem Sohn nicht helfen konnte?« Sie sah an mir vorbei, in weite Ferne, in eine andere Zeit, in der sie noch eine fröhliche junge Ehefrau war und an das Leben und an so etwas wie Glück geglaubt hatte.

»Sehen Sie die Kate dort drüben?« Ich drehte mich um. Das, was sie eine Kate nannte, war beim besten Willen nicht zu übersehen – je drei hell erleuchtete Fenster zu beiden Seiten einer zweiflügeligen Glastür, hinter denen einige Pärchen zur Musik vom Plattenspieler Walzer tanzten. Darüber, in einer Art Runddach, vier halbrunde Luken, aus denen nur schwaches Licht drang. Ich bejahte ihre Frage. »Mir ist zu Ohren gekommen, daß Sie und Ihr Kollege am Strand in einem Auto – eh – übernachten. Das mag in jungen Jahren romantisch sein – oh ja«, lachte sie plötzlich wieder, »ich weiß, daß das romantisch ist, ich habe mit Walter einen Sommer lang ganz Kanada durchquert – in einem alten Postbus! Aber ich finde, es ist meiner Gäste nicht würdig. Ich möchte, daß Sie es sich, solange Sie in unserer schönen Gegend weilen, dort heimisch machen. Tun Sie mir den Gefallen!« Es klang nur halb wie eine Bitte. Ich schluckte.

»Das können wir nicht annehmen, Frau van –« Wieder griff sie sich meinen Arm.

»Papperlapapp!« Hatte ich auch schon lange nicht mehr gehört. »Jeder nennt mich hier Tante Ciss – da sollte der Retter meiner Party keine Ausnahme bilden.«

»Vielen Dank«, verbeugte ich mich, »ich heiße Bü – eh – Hubert, und mein Partner heißt – eh ...« Sie lachte lange und herzlich.

»Sie sind schon so lange mit ihm und seinem Kriegsnamen – wie heißt das: Veetelnoh –« ich korrigierte, »– Veedelnoh, pardon, zusammen, daß Sie seinen wirklichen Vornamen vergessen haben?! Und daß Sie von allen Büb genannt werden und Ihren Taufnamen nicht mögen, weiß ich auch bereits.

Und von Nicht-annehmen-Können will ich nichts hören – Sie werden doch Ihre alte Tante Ciss nicht kränken wollen?« Sie ließ mir keine Gelegenheit mehr zu protestieren.

»Bertrand!« rief sie einen der Wellensittiche herbei und gab ihm eine Latte schneller französischer Anweisungen, irgendwas mit Auto und Gepäck. Und sofort. Er trabte los. Sie hakte sich bei mir unter und zog mich in Richtung einer der Bars. »Mich fröstelt, mein Lieber. Machen Sie mir das Vergnügen, einen sehr guten, sehr alten Brandy mit mir zu trinken, ja?« Wie konnte ich ihr das abschlagen?

42

Außerdem war ich natürlich wider meinen Willen neugierig, was sie damit gemeint hatte – Pieter so lange und dann doch nicht wirklich kennen –, aber irgendwie wollte es mir nicht gelingen, sie auf das Thema zurückzubringen, ich hörte mir ein paar von ihren kanadischen Reiseabenteuern an, einen Vortrag über die Unterschiede zwischen gutem und schlechtem Brandy, mußte ihr von Köln erzählen, wo sie während ihres Ägyptologie-Studiums ein Jahr verbracht hatte – in den dreißiger Jahren! –, und mußte sie enttäuschen – das schöne Opernhaus am Rudolfplatz gab es nicht mehr, der herrliche *Edelweiß*-Tanzpalast war ein Touristen-Bumsschuppen, der jetzt *La Romantissima* hieß, »der charmante junge Herr Adenauer« hatte sich schon lange mit den Worten »Do jitt et nix zo kriesche!« von Köln und dieser Welt verabschiedet, und wer heutzutage, wie sie damals, im Sommer von den Rheinterrassen zur Flora schwimmen wollte, mußte einen Knall haben.

Währenddessen machte sich einer der Klavierspieler zusammen mit einem jungen Sopransaxophonisten am *Concierto de Aranjuez* zu schaffen, womöglich ein Grund mehr, daß immer wieder Gäste kamen, um sich von der Gastgeberin zu verabschieden. Andere schoben sich noch engumschlungen auf dem Rasen vor der Bühne herum, beleuchtet von all den bunten Lampions und einem buttergelben Beinahe-Vollmond, dessen Reflexe sich glitzernd und zitternd im Pool wanden wie goldene Seeschlangen, die mit einem einsamen Schwimmerpärchen spielten, und der meinem Freund den Weg heimleuchtete zu seiner Brunhilde, mit der er sich ein paar Tage nach Korsika verdrücken wollte (»Tschüs, Büb, bis neulich.« »Mach's gut, Siegfried!«).

Und ich blieb zurück, ein wenig neidisch und ein wenig einsam, die zarte Hand einer Zweiundsiebzigjährigen haltend. Nein, sie war nicht Maude, und ich schon lange kein Harold mehr, aber sie hatte mir gerade erzählt, wie ihr Walter ihr in einer Nacht auf dem Dach eines Postbusses unter dem hellen Stern des Nordens, während Wölfe heulten, Elche röhrten und Käuze schrien, gesagt hatte: »Klar kann ich auch ohne dich leben! So wie man ohne Augen oder ohne Beine leben kann.« Eine Träne war in ihren guten Brandy getropft, ihr zweiter, während mich mein vierter ebenfalls ganz rührselig stimmte, das spülte auch kein *Beck's* mehr weg.

»Jaa«, seufzte sie, »wir waren wohl glücklich – dachte ich damals. Heute weiß ich, daß wir glücklich waren, weil wir uns so einig waren. Wir waren uns einig, weil wir beide das gleiche wollten: nämlich, daß *er* glücklich war ... Ich kannte doch nichts anderes, ich dummes junges Ding.« Und sie schlürfte die Träne aus ihrem Schwenker, ich versuchte es mit noch einem kalten Bier und hielt traurig ihre Hand, die beiden Jungs im Pavillon bewiesen endlich mal etwas Feingefühl mit *Some Other Spring*, und der Tag rieselte seiner Neige entgegen, zäh wie Salz in einer feuchten Eieruhr.

Bis Bertrand von seiner Mission zurückkam und erklärte, daß von unserem Taunus da unten am Strand nur noch ein schwarzes Blechgerippe übrig war, das vor sich hin qualmte;

ein paar Nachbarn hatten zwar recht schnell versucht zu löschen, aber laut Gendarmerie war da wohl eine zu große Menge Benzin ausgelaufen – die Karre war reif für die Schrottpresse. *Das schöne Federballspiel* …

Ein bedauerlicher Unfall? Ungeschickte Grillfreunde? Dämliche Halbstarke? Oder hatten unsere amerikanischen Hippiefreunde etwa ein bißchen gekokelt, sauer, wie sie sein mußten? Die Kinder der Liebe?

Zu unserem Glück war es Bertrand gelungen, die Bullen mit der schützenden Gastfreundschaft seiner Chefin zu beeindrucken, was sie davon abgehalten hatte, uns gleich vorzuladen. Vielleicht hatte er ja auch für solche Zwecke ein extra Trinkgeldtäschchen in seiner grünen Weste.

Auf jeden Fall verwandelte das Ciss wieder in die quirlige, resolute alte Dame, die alles im Griff hat. »Da gibt es ja jetzt wohl überhaupt kein Können-wir-nicht-Annehmen mehr!« Sie klatschte in die Hände: »Pieter, *mien Jong!* Deine – unsere – jungen Freunde hier werden den Rest des Sommers unsere Gäste sein. Du wirst so nett sein und Büb zeigen, wo!« Sie legte mir ein Händchen in den Nacken, zog meinen Kopf zu sich herunter und legte kurz ihre Wange an meine. »Das wird ein schöner Sommer werden, junger Mann, glauben Sie mir«, raunte sie mir ins Ohr, »und wenn Sie Ihr Zimmer besichtigt haben, kommen Sie wieder herunter, und wir werden noch ein wenig am Kamin sitzen und einen Gute-Nacht-Tee nehmen, nicht wahr?«

Ihr Neffe kam auf uns zu, breit lächelnd – lächelnd *und* breit –, mit vergnügt blitzenden Augen, links und rechts einen kichernden Violinenzwilling im Arm.

»Am besten, ich zeige gleich allen ihre Zimmer«, rief er, »*come on*, Büb! Mir nach!« Aufmunternd und einladend schwenkten beide Zwillinge eine Flasche Sekt in der Hand und summten *Allons enfants!*

Davon abgesehen, daß ich Mühe hatte, nicht dem Mordsgewicht von Ciss' Hand nachzugeben und auf das Gesicht zu fallen, machte es bei diesem Anblick *Drrennggennnggg!* in meinem Kopf, als sei nicht eine weitere hohe, sondern die tiefe E-Saite durchgeknallt und mir um die Ohren geflogen, einer der Brandys flambierte mein Hirn, daß es mir heiß und flüssig das Rückgrat hinunterschoß, wo es in blau-roten Flämmchen in meinem Säckchen herumtanzte.

»Selbstverständlich, gerne«, brummte ich Ciss' Scheitel an. Sie ließ mich los und sah mir mit einem halb wehmütigen, halb schelmischen Lächeln in die Augen, als wüßte sie, daß ich so schnell nicht wieder auftauchen würde. Als wüßte sie, daß ich das auch wußte. Drehte sich um, küßte ihren Neffen auf die Wange und ging würdevoll ins Haus, während wir vier über den Rasen zur Kate tanzten und torkelten. Dort walzerte niemand mehr, vielleicht weil die Nadel des Plattenspielers sich stoisch in die Auslaufrille fräste, mit einem Geräusch, als zöge jemand mürrisch Speichel aus der Kehle hoch. *Mama told me not to come*, sang Randy Newman in meinem Kopf.

43

Merkwürdigerweise verbrannte sich keiner die Finger, als mir sechs Hände die Treppe hochhalfen, wobei sie mich an allen möglichen und unmöglichen Stellen hielten, stützten und aufwärts zogen. Niemand tat sich was, obwohl all der Brandy, den ich getrunken hatte, jetzt lichterloh brannte wie ein britischer Jeep voller Belfaster Molotows; sechs Hände bugsierten mich auf ein ausladendes französisches Bett, sechs Hände halfen erst mir, dann uns allen beim Ausziehen, dreißig Fingernägel folgten Hemdsäumen und Hosenbünden über nackte Haut, langsam, genüßlich kribbelnd und krabbelnd – die alte Spinnenarmee; sechs Hände – oder waren es nicht acht mittlerweile? – wanderten auf und ab, hin und her – *was gehört hier zu wem?* –, erkundeten, kniffen, wühlten, gossen eisgekühlten Sekt in weit offene, keuchende Münder, kneteten ihn in Grübchen am Ende von gänsehautüberzogenen Rücken, zwängten sich gierig zwischen harte, glitschige Bäuche, Pobacken, zitternde Oberschenkel und zuckende Hüften. Überall waren schnelle heiße Zungen, die Nacht war voller Luftschnappen und Seufzen und Stöhnen und Worte, die nichts bedeuteten außer *Ja. Ja, ja! Jaa!!*

Mit einem Mal war die Luft erfüllt von Mandeln, Zimt und Mandarinen, von Thymian und Marihuana – *wer war denn inzwischen weg gewesen, so was wie Massageöl holen? Welche der Hände hatten einen Joint gedreht?* Sie rieben mich mit dem körperwarmen Öl ein, meine Schultern, meinen Bauch, meine Hoden, eine Hand klatschte mir eine Ladung auf den Hintern, massierte meine Backen damit, rieb es schmatzend in meine Ritze, kreisend, tiefer, bis ein Finger, zwei Finger in mir waren, mich aufweichten – »*Entspann dich, Süßer, entspann dich!*« –, mich lockerten, sich quälend langsam und sanft wieder entfernten, und ich wußte, was jetzt kommen würde, und ich hatte Bammel davor, und ich wollte es, wollte es nicht, wollte es, und dann knallte ich mit dem Schädel gegen die Decke der Sixtinischen Kapelle und schrie, schrie vor Schmerzen, nein, vor Lust, Lust, tatsächlich Lust!

Aber es war noch lange nicht vorbei, es fing gerade erst richtig an, obwohl die Mädels plötzlich verschwunden waren – *seit wann eigentlich schon?* – oder *weil* die Mädels verschwunden waren, nur noch dieser Junge und ich, und er in mir, mitten in mir, und ich mitten in einem Feuerwerk, einem Funkenregen von widersprüchlichen Gefühlen, und dann krachte die ganze verdammte Sixtinische Kapelle über mir zusammen, Erzengel, Apostel, Jüngstes Gericht und alles, und ich verlor jeden Halt und holterdipolterte mit Getöse in eine tiefe, schwarze Gruft.

44

Kann halt die verdammte Kifferei nich' vertragen.

45

Mama told *me not to come ...*

46

Die Stimmen waren ätzend. Der Geruch war famos: all die Kräuter – in Öl oder in Zigarettenpapier –, der fischige Duft von Sex, abgestandener Rauch, herber Sekt, von draußen all die Blumen und das Meer, von Shampoo und Seife, denn nebenan rauschte und plätscherte eine Dusche, unter der ein gackerndes Mädchenduo *Funiculi Funicula* trällerte. Wieder einmal konnte ich feststellen, ein wie taugliches Katermittel guter Sex ist. Ich hatte das Gefühl, ich könnte sofort fröhlich aufstehen, mich auf einen Hocker klemmen und eine halbe Stunde Boogie trommeln, wenn auch mein Hintern sich anfühlte, als steckte noch ein Fieberzäpfchen drin.

Aber draußen die Stimmen klangen aufgeregt, wütend und nervös und machten die ganze wohlige Stimmung kaputt. Also stand ich auf, löste die verlegen kichernden, mittlerweile in Badetücher gewickelten Zwillinge unter der Dusche ab, zog mich an und ging rüber zur Villa. Wo ein paar der Wellensittiche, heute in überwiegend weißem Zivil, aufgeregt umeinanderschwirrten. In dem Salon mit den Schmuckvitrinen fand ich Pieter, der, bleich im Gesicht, seine Tante im Arm hielt, ihr beruhigend den Rücken streichelte und auf die Vitrinen blickte, deren Frontscheiben sauber herausgeschnitten auf dem Teppich lehnten. Mit zuckenden Wangenmuskeln starrte er auf die leeren Samtkissen und auf die herausgerissene halbe Seite einer französischen Zeitung mit der fetten Schlagzeile BONNES VACANCES!

Jemand hatte sich letzte Nacht in aller provenzalischen Seelenruhe für fünfzehn Millionen Klunker unter den Nagel gerissen. Dollar, wohlgemerkt.

47

»Französische Polizisten?« Ciss stieß ein verächtliches Schnauben aus. »Die sitzen doch bloß hier rum und trinken meinen Wein weg! Da verspricht es ja mehr Aussicht auf Erfolg, wenn ich ein Fähnlein *hollandse padvinders* alarmiere!« Wir saßen auf der Veranda, von einer weißen Markise vor der steil stehenden Mittagssonne geschützt, um einen reichgedeckten Frühstückstisch herum. Ciss, Pieter, Bertrand – anscheinend der Chef ihrer Angestellten –, die Zwillinge, die Hausdame Katharina, Miss Plant – Ciss' Privatsekretärin – und ich. Bertrand schüttelte mißbilligend seinen blonden Quadratschädel, aber mir war nicht ganz klar, ob er Ciss' abfällige Bemerkung meinte oder die Tatsache, daß ich der einzige zu sein schien, dem das Ganze nicht den Appetit verdorben hatte, denn ich klopfte mir gerade ein drittes Ei auf.

»Eiserne Regel«, sagte ich leise zu ihm hin, »vor dem Frühstück wird nicht geraucht. Und ohne Rauchen kann ich nicht nachdenken. Und ohne Nachdenken kommen wir wohl hier nicht weiter.« Aber er schüttelte weiter den Kopf. Vielleicht war das seine Art nachzudenken.

»Recht haben Sie, Büb!« warf Ciss herüber und kippte sich eine Ladung Cornflakes in eine Schüssel. Das war das Signal, und alle nahmen sich zumindest eine Kleinigkeit. »Pieter, wie hieß noch dieser Amerikaner, der im letzten Jahr für uns gearbeitet hat? Als dein Jaguar gestohlen wurde?«

»Spacek«, antwortete Pieter, »Byron, nein, Hiram Spacek. Privatdetektiv«, erklärte er uns Gästen, »hat keine zwei Tage gebraucht und das Auto in Nizza aufgespürt. Ein paar Minuten später, und es wäre auf einem Frachter nach Tanger oder Algier oder Neapel verschwunden.«

»Spacek, richtig, mein Junge. *Den* werden wir engagieren. Der taugte was.«

»Haben Sie denn schon die Versicherung benachrichtigt?« fragte eine der Zwillinge. Die linke. Pieter lachte trocken. Ciss warf ihm einen tadelnden Blick zu.

»Das hat wenig Sinn. Die Ringe waren nicht versichert.«

»Waas?« machte die rechte. »Nicht versichert? Schmuck für fünfzehn –« Ciss breitete resigniert die Arme aus.

»Walter mochte keine Versicherungen«, sagte sie fast vergnügt, mit einem Mund voller Cornflakes. »*Alles Gangster!* hat er zeitlebens gesagt. Ich wollte mich dann eigentlich immer mal darum kümmern, aber irgendwie ...«

»Und wenn es die Sorte von – eh – Banditen ist, die den Schmuck nur gegen ein – eh – Lösegeld wieder zurückverkaufen will?« fragte Miss Plant, ein rundlicher Bette-Midler-Typ mit toupiertem Blondhaar und einem rosafarbenen Jogginganzug, Mitte Dreißig vielleicht, und der nervösen Angewohnheit, sich ständig mit schiefem Mund die Mundwinkel zu lecken. »Das wird Sie doch ein Vermö-«

»Dann verkauft sie einfach einen der van Goghs – da kann sie die Klunker dreimal zurückkaufen«, unterbrach Pieter sie. Das klang ein wenig – abfällig? neidisch? böse? verächtlich? Auch seine Tante warf ihm einen zweifelnden, traurigen Blick zu.

»Das ist etwas, was mich an der Sache ein bißchen wundert«, mischte ich mich ein, »jemand packt in aller Ruhe all diesen wertvollen Kram ein – und sonst nichts? Kein Silber, keine der Perlenketten, keine goldene Uhr, nicht eins der Bilder? Nur ganz gezielt die antiken Ringe?« Bertrand klatschte mit der Hand auf den Tisch, daß die Tassen klirrten:

»Ein Auftrag! Ein Raub auf Bestellung!« Alle nickten. Ciss zündete sich einen schlanken Zigarillo an, was die dicke Katharina mißbilligend beobachtete. Pieter trank Kaffee mit abgespreiztem kleinen Finger. Die Zwillinge machten große Augen und guckten in vier verschiedene Richtungen, was sie sehr hilfreich machte – niemand würde sich ungesehen vom Grundstück schleichen können. Und ich war satt und fertig mit Frühstücken und durfte mir endlich eine drehen.

»Ein privater, krimineller Sammler«, sinnierte Miss Plant und leckte ihre Mundwinkel, »kein Verkauf auf dem freien Markt, kein Lösegeld ...«

»Keine Spuren«, ergänzte Pieter grimmig.

»Nicht ganz, *mien Jong*«, erwiderte Ciss, »ich finde, die Chancen sind ziemlich hoch, daß der Dieb einer von unseren Gästen war, oder nicht?« Was bei einigen am Tisch erschrokkene Gesten und Mienen auslöste. Aber einleuchtend fand ich das schon.

»Oder der Angestellten ...« – Pieter.

»Niemals!« – Bertrand, kategorisch. Katharina sprang auf, weißfleckige Empörung im zerfurchten Gesicht, und begann fahrig, den Tisch abzuräumen. Die Zwillinge liefen so rot an, daß man ihre Sommersprossen fast nicht mehr sehen konnte – verlegen erstens, weil sie zu den Verdächtigen gehörten, zweitens, weil sie ein ziemlich gutes, wenngleich ein wenig peinliches Alibi hatten. Aber hatten sie das wirklich? Ich würde gerade mal bezeugen können, daß sie eine ganze Weile in meinem Bett herumgeturnt waren, dazu ziemlich knülle, aber dann? Wann waren sie wohin verschwunden? Wie knülle waren sie tatsächlich gewesen? Wo sie doch vorher stundenlang an einem Cocktail genuckelt hatten? Obwohl mir das Bild, wie sie, eine Taschenlampe zwischen den Zähnen, Vitrinenfenster zerschnitten, nicht einleuchten wollte – eine klassische Geigerin und ein Glasschneider? Ich selbst war ja noch fein raus – schließlich war ich völlig weggetreten, und selbst wenn man mir Schlafwandelei zutraute, eine so präzise Arbeit hätte ich selbst ohne meinen Mordsrausch kaum hingekriegt.

Und Pieter? Was wußte ich denn, was er noch gemacht hatte, als ich schon im Koma lag? Aber das war ja völliger Blödsinn – er würde den ganzen Klumpatsch schließlich sowieso erben. Und es sah wahrhaftig nicht so aus, als würde es ihm bis zum Ableben seiner Tante an irgendwas fehlen. Jaguar, Klamotten, Haus, Boot, Schmuck, Taschengeld und alles. Ciss selbst kam eh nicht in Frage – wenn das Zeug nicht mal versichert war?

»Ich lege für alle Bediensteten meine Hand ins Feuer«, bekräftigte Bertrand noch einmal. Ciss ließ besänftigend ihren Zigarillo flattern.

»Natürlich, Bertrand. Aber ob es uns gefällt oder nicht – wir sind hier unerwartet mitten in einem Krimi gelandet, und da müssen wir alles bedenken. Ausnahmslos.« Sie streckte den Arm aus, um die Asche abzustreifen, und Katharina nutzte die Gelegenheit, ihr den Zigarillo aus den Fingern zu schnappen, und schleppte ihn samt einem Tablett Frühstücksreste ins Haus, was Ciss zu einem nachsichtigen Lächeln veranlaßte. »Aber wir werden fachmännische Hilfe brauchen, fürchte ich. Miss Plant, Sie kontaktieren diesen Mister Spacek und bitten ihn hierher. Und formulieren Sie bitte ein Inserat, in dem wir für die Wiederbeschaffung der Ringe eine Belohnung aussetzen. Eine hohe Belohnung.« Abgang Miss Plant. »Pieter, wir brauchen die Liste und die Fotos aller verschwundenen Stücke – weißt du, wo wir die vergraben haben?« Auch Pieter erhob sich und nickte.

»Ich glaube schon. Ich kümmere mich darum, Tantchen.« Abgang Pieter. Nicht ohne mir im Vorbeigehen kurz den Nacken zu kneten.

»Bertrand?« Auch er stand auf. Fast stramm. »Eine Liste der Einladungen haben wir doch sicher noch? Gut. Gehen Sie die bitte durch und kennzeichnen die, die tatsächlich da waren. Und versuchen Sie, die aufzulisten, die ohne Einladung gekommen sind.«

»Und wer wann gegangen ist, vielleicht?« schlug ich vor. Sie nickte ihm bekräftigend zu. Verbeugung und Abgang Bertrand.

»Tante Ciss, ich –, wir –, du –«, machten die Zwillinge synchron. Ciss hob eine Hand, als wüßte sie, was sie sagen wollten.

»Nicht eine Sekunde, meine Lieben. Und ich weiß, ihr habt heute abend ein kleines Konzert in Grasse. Und natürlich kommt ihr anschließend wieder hierher und bleibt meine Gäste. Nicht wahr?« Unvermittelt blickte sie mich an, als hätte ich da ein Wörtchen mitzureden. Ich hoffte, daß ich jetzt nicht rot wurde – die beiden wurden es jedenfalls schon wieder.

»Ja, dann werden wir uns mal fertigmachen –, zurechtmachen«, murmelten sie in Stereo und beeilten sich, zu unserer Unterkunft zu kommen. Was mir einen Vorwand gab, Ciss' Blick auszuweichen und hinter ihnen her zu schauen, in ihren längsgestreiften kurzen Frotteekleidchen – gelb-grün die eine, blau-rot die andere –, dünn und eng genug, deutlich erkennen zu lassen, daß ihre Unterwäsche noch über der Handtuchstange im Bad baumelte. Das und die warme Stelle in meinem Nacken ließen ein paar Fetzen vom gestrigen Film vor meinem inneren Spannerauge aufblitzen, und dann noch ein paar, was die kommenden Tage und Nächte anging, und ich mußte schnell einen Schluck von meinem Orangensaft nehmen, weil plötzlich mein Mund so trocken war.

»Verstehen Sie mich bitte nicht falsch, Büb«, sagte Ciss, freundlich, aber jetzt wieder völlig ernst, »ich kannte so ziemlich alle von meinen Gästen, die meisten seit vielen Jahren …« Sie beugte sich vor und hielt meine Augen mit ihrem Blick fest. Grau mit braunen Sprenkeln, immer noch dichte lange, wenn auch silbergraue Wimpern. Ich hätte gerne mal ein Foto von ihr gesehen, oder noch lieber einen Film, wie sie als Studentin auf dem Rasen der Kölner Uni-Wiese saß oder mit einem feschen jungen Burschenschaftler im *Edelweiß* einen Charleston aufs Parkett legte. Oder mit dem charmanten jungen Adenauer. Oder einen Walzer mit dem feurigen Willi Ostermann, der bekanntlich nichts hatte anbrennen lassen, und ihr dabei vielleicht *Na, du kleine Mösch* ins Ohr säuselte. Aber diesmal war sie noch ganz in der Gegenwart. Und noch nicht fertig: »Wie gut kennen *Sie* Ihren jungen Freund, der so schön Gitarre spielt?«

Da war ich platt.

48

Erst recht nach der kleinen Siesta, die am Nachmittag in der Kate mit einer heftigen Knutscherei unter der Dusche endete und damit, daß Büb Klütsch, der noch Mitte der Sechziger bei den wenigen Schwulen, die sich auf die Eigelstein-Kirmes wagten, gefürchtet war, weil er da unter dem Applaus und Gelächter seiner Lederjacken-Kumpels so toll mit seiner männlichen Härte angeben konnte, zum ersten Mal in seinem Leben seine harte Männlichkeit zwischen zwei glitschig eingeschäumte ebenfalls männliche, muskulöse Hinterbacken steckte, den zuckenden Ständer seines Vordermannes in der Faust, und auch noch einen Riesenspaß dabei hatte. Wie ein fröhlicher Ausflug nach Düsseldorf – wenn das Alt erst mal läuft, kannst du, sogar als Kölner, auch damit einen prima Abend haben.

Danach lagen wir auf dem Bett und rauchten, ein reizendes Liebespaar, wie es selbst in meiner zugegebenermaßen reichen und farbigen Phantasie noch nicht vorgekommen war. Ich lag quer, halb sitzend an einen Flickenteppich an der Wand gelehnt, während Pieters Kopf in meinem Schoß ruhte. Träge kraulte er in meinen Brusthaaren und atmete gegen meinen – eh – Bauch, und trotz aller Erschöpfung begann mein Zipfelchen sich schon wieder zu regen.

»Dieser Einbruch scheint dich nicht sehr aufzuregen,« stellte ich fest. Er nahm mir meine Kippe ab und tat einen langen, tiefen Zug.

»Es gibt Dinge im Leben, die sind eben noch aufregender«, grinste er, blies mir den Nabel voll Rauch und rieb sein

Ohr an meinen Schamhaaren. Ich fühlte mich, als hätte Marianne Faithfull mein Schlagzeugspiel gelobt. Ich fühlte mich überhaupt verdammt gut. Und arg verwundert deswegen. Das Leben überrascht einen doch immer wieder aufs neue. »Nein«, richtete er sich auf, »wenn ich das Schwein erwische, nagele ich seine Arme auf unsere Zufahrt und fahre mit dem Jaguar darüber.« Ich nahm ihm meine Zigarette wieder ab.

»Keine Winterreifen? Spikes?« Er lachte böse.

»Gute Idee! Mit Vergnügen!« Er setzte sich neben mich, einen Arm um meinen Oberschenkel geschlungen. »Seit ich bei Tante Ciss lebe, habe ich diese Sammlung mit ihr gepflegt, sortiert, kategorisiert, umsortiert, mit einem Riesenvergnügen all die Geschichten angehört, die jeden dieser Ringe begleiten. Schmuckringe, Siegelringe, Ritualringe. Weißt du, bevor es so was wie Metallkunst überhaupt gab –«

»Wann war das?«

»Ungefähr viertausend Jahre vor Christus? Also, schon davor hatten Menschen den Drang, irgendwie Einfluß zu nehmen auf die Dinge, die außerhalb von ihrem direkten Umfeld waren. Einen positiven Einfluß auf Boten, Schiffe, Karawanen, Waren, die sie in eine gefährliche Welt hinausschickten ...«

»Da draußen ist der Feind.«

»Genau. Deswegen erfanden sie das Siegel – entweder als Namenszeichen seines Besitzers oder als Glücksbringermotiv, das mit seiner Persönlichkeit verbunden war. Und die praktischste Möglichkeit, dieses Zeichen mitzunehmen, daß man es immer bei sich tragen konnte und benutzen, ohne es abzunehmen, war, es in einem Fingerring zu verarbeiten. Aber damals glaubten die Menschen noch an dunkle Mächte, und wenn ein Zeichen auf einem Ring dessen Besitzer verkörperte, gab ihm das eine Art magische Kraft – der Ring ist das Zeichen, das Zeichen ist der Name, und der Name ist der Mensch, ob Bote oder Krieger, Kaufmann, Priester oder König.«

»Ist doch heute noch was von übrig: Jeder ärgert sich, wenn sein Name falsch geschrieben oder falsch ausgesprochen wird – als sei's ein Angriff auf seine Person. Oder?«

»Jaja! Auf seine *Identität.* Und dadurch entstand noch eine ganz andere Entwicklung: Aus Symbolen und Zeichen wurden Namenszeichen, und daraus entwickelte sich –«

»Hieroglyphen.«

»Yep – Schrift. Und das hat doch erst unsere kulturelle Entwicklung richtig in Gang gebracht! Und es ist ganz bestimmt kein Zufall, daß sich die Kunst der Metallverarbeitung und die des Schreibens gleichzeitig entwickelten, sich gegenseitig inspirierten, in Mesopotamien, in Ägypten! Mit erstaunlich verfeinerten Ergebnissen schon innerhalb von ein paar hundert Jahren! Goldschmiede arbeiten doch heute noch fast genau so wie vor viertausend Jahren! Und dann die Assyrer, die Hethiter –«

»Shuppidingens.«

»-liliuma, richtig. Und die Babylonier, die Phönizier, die Etrusker, bis zu dem, was wir das klassische Altertum nennen, den Griechen und Römern.«

»Bloß die tumben Germanen hatten wieder nix auf'm Zettel.«

»Täusch dich nicht, *rotmoff* – die Kelten waren schon ein halbes Jahrhundert vor Christus ziemlich weit, und die Goten und Merowinger haben wenig später auch schon Erstaunliches geleistet.« Das mußte ich zu Hause in der Südstadt unbedingt mal den lallenden Hohlköpfen im *Merowingerhof* erzählen. Aber die würden es wahrscheinlich schaffen, innerhalb eines halben Bieres von den Siegelringen der Merowinger zurück zu den Rolex-Imitaten zu kommen, auf die sie so stolz waren. Aber mich interessierte noch etwas anderes:

»Woher kommt eigentlich diese ganze Sammlung?«

»Unsere? Ich meine, von Tante Ciss?«

»Jau.«

»Das muß ich dir heute abend erzählen, Büb. Hey«, drehte er

sich abrupt zu mir und sah mir tief in die Augen, »wir sehn uns doch heute abend, oder nicht? Du bleibst doch?« *Gute Frage.*

»Gute Frage.« *Gute Antwort, Büb.* Er hob mein Kinn an und küßte mich. Zart erst, dann gründlich.

»Natürlich bleibst du.« Als sei das damit geklärt.

»Na ja – erst mal vielleicht. Ich möcht' ja deine Tante nicht kränken.« Das Romy Schneider-Lachen.

»Das ist seeehr kultiviert von Ihnen, Herr Klütsch.«

»Was hast *du* denn jetzt vor?«

»Ich muß jemanden treffen, in St. Raphaël. Wegen einer Ausstellung im Herbst. Und wegen ZEUS.«

»Zeus?« Er grinste – leicht gekränkt, aber nachsichtig.

»Schon vergessen? Mein Zentrum zur Erklärung –«

»– des Universums«, ergänzte ich schnell, »klar, jetzt fällt's mir wieder ein. Kann man eigentlich nicht vergessen. Und – etwa schon Fortschritte?« Er wackelte mit dem Kopf und signalisierte optimistische Skepsis. Aber wie jemand, der sich des Erfolgs sicherer ist, als er sich anmerken lassen will. Wie Büb Klütsch mit vierzehn zum Beispiel, mit Margret an der Kirmesschießbude: »Könnte sogar klappen ...« *Mußt ja nicht wissen, daß ich gestern schon mal hier war und beim Aufbauen geholfen habe, damit ich für hundert Schuß üben und die Streuung dieses Gewehres kennenlernen durfte.*

»Ich glaube, es sieht ganz gut aus«, sagte Pieter.

Er stand auf und zog sich an. Heute war Piratenlook angesagt – hautenge schwarze Drillichhose in schwarzen Stiefeletten, breiter roter Schlangenledergürtel, weites, weißes Hemd mit Plisseefalten.

»Keine Augenklappe?«

»Muß doch fahren«, grinste er. Küßte mich noch einmal, flüchtig, wie Vati, der zur Arbeit fährt.

»Mutti wird auch gleich aufstehn. Und den Staubsauger anwerfen. Oder den Briefträger vernaschen?«

»Was?«

»Ach, nix.« Er ging zur Tür. Aber nicht mehr wie Vati, sondern mit wiegenden Hüften, die Haare mit einem Kopfschwung zurückwerfend. Doch eher Mutti, auf dem Weg zum Briefträger. »Pieter?« Im Durchgang drehte er sich um, lehnte sich an den Türrahmen, jeder Zentimeter eine Schönheit.

»Ja?«

»Lüg keinen an.« Das kokette Lächeln machte einem großen, empörten Fragezeichen Platz. »Wenn dir jemand nahesteht, kann eine Lüge alles verderben. Wenn dir jemand fremd ist, warum solltest du ihn belügen?«

»Warum sagst du das jetzt, Büb?« Ich zuckte mit den Schultern.

»Weil's mit das Beste ist, was ich je aus Hollywood gehört habe. Willie Nelson hat's gesagt, nicht ich.« Er schüttelte pikiert den Kopf und ging die Treppe runter. Ich drehte mir eine neue, zog mich an und ging auch nach unten, setzte mich auf die Stufen zum Eingang und rauchte. Der hellrote Jaguar fuhr die Auffahrt runter und ließ ein bißchen Kies durch die Gegend spritzen. Alleine das Umlackieren vom originalen Jaguarrot auf dieses Lamborghinirot hätte mir wahrscheinlich ein halbes Jahr Urlaub in Saus und Braus finanziert. Tja, wer hat je behauptet, das Leben sei gerecht? Aber der Sonnenuntergang war sehr schön.

Für einen Augenblick, vielleicht auch zwei, wünschte ich mir, aus dem roten Kofferraum würden jetzt ein paar mythische Klunker kullern und alles auflösen – dann hätten wir womöglich alle ein paar Probleme weniger.

Eine Bewegung, ein kurzes Aufblitzen, lenkte meinen Blick rüber zur Villa. Auf der Veranda saß Tante Ciss in einem schaukelnden Korbstuhl, ein Glas Portwein in der Hand, beobachtete mich und sah aus, als könne sie meine Gedanken lesen. Und würde dies sehr bedauern. *I was there to steal her money,* ging es mir durch den Kopf, *take her rings and run / then I fell in love with the lady / got away with none.*

Hiram

Er starrte auf die Listen, die ausgebreitet auf seinem Schreibtisch lagen, und massierte mit beiden Händen die Stoppeln auf seinem schmalen Schädel. Dann zündete er sich eine weitere Menthol-Zigarette an und verzog angeekelt das Gesicht. Aber die Warnung seines Arztes war sehr deutlich gewesen: noch ein, zwei Jahre dieses schwarze französische Kraut, immerhin achtzig Stück am Tag, und auch sein zweiter Lungenflügel würde schlappmachen.

Ein Auftrag wie dieser kam gerade genau richtig – er könnte für ein paar Wochen in diese Klinik in Kalifornien gehen und sich dieses dumme Laster ganz abgewöhnen lassen. Fünfzehn Millionen ...! Wieder einmal kam die Wut in ihm hoch, Wut darüber, wie ungerecht doch Glück und Geld in dieser Welt verteilt waren. Hundertvierzehn Ringe, die noch nicht mal jemand trug, weil sie nur so zum Angestarrtwerden auf Samtkissen herumlagen, wie eine Briefmarkensammlung oder wie aufgespießte Schmetterlinge oder so was, waren fünfzehn Millionen George Washingtons wert! Und selbst das war nur ein kleiner Teil des ganzen Reichtums einer einzigen runzligen Witwe, und diese kleine Schwuchtel würde das alles einmal erben, bald womöglich, ohne je in seinem beschissenen verwöhnten Leben einen einzigen Handschlag dafür getan zu haben!

Andere Leute hatten in Vietnam den Arsch hingehalten und die Rübe und die Lunge, hatten mit Ach und Krach die Gefangenschaft überlebt und die verdammten Folterungen des verdammten Victor Charlie, und waren halbtot, halb zerbrochen nach Hause gekommen, wo ihre Frauen mit irgendwelchen Drückebergern in der Kiste lagen und ihre langhaarigen Kinder sie mit Verachtung straften! Wo die einzigen Jobs, die sie für einen hatten, Taxifahrer oder Bulle oder Müllkutscher waren! Ein *Purple Heart* – na toll! Eine Scheiß-Schubkarre voll *Purple Hearts* war nicht so viel wert wie auch nur einer dieser verfickten Klunker! Rubine! Saphire! Smaragde, Karneole, Achate! Und die Helden der *Western Civilization*, die Verteidiger des *American Dream*, der FREIHEIT, saßen hier in Froschfresserland auf durchgewetzten Plastikstühlen und mußten Menthol-Zigaretten rauchen, Jesus *fucking Christ*! Menthol-Zigaretten! Wie eine gottverdammte Hollywood-Tucke! Und mußten ihr Scheiß-Geld damit verdienen, hinter diesem verschissenen Glitzerkram herzulaufen, konnten mit einem pfeifenden Lungenflügel in verpißten französischen Spelunken herumhängen und zu verstunkenen Villen hochklettern und wie ein verdammter Nigger am Dienstboteneingang stehen, bis sich jemand herabließ, die Fragen zu beantworten, die beantwortet werden mußten, um herauszufinden, ob Konsul Dupont oder Madame Minestrone oder Doktor Scheiß-Schiwago ein paar fünftausend Jahre alte Klunker an den vornehmen Fingern kleben geblieben waren!

Das Leben war zum Kotzen. Aber seine Rechnung würde verdammt saftig ausfallen, saftiger als Joan Collins' verdammte Muschi, und die Spesen, die er machte, würden sich gewaschen haben! Apropos Spesen, die Scheiß-Flasche war auch schon fast wieder leer, er mußte runter, sich ein paar neue holen. Und was essen, so besoffen würde er sein Geld nur schwer verdienen können.

Er zuckte zusammen, als das Telefon ihn schrill aus seinen Gedanken riß.

»Yeah? – Ja, bin ich. – Ja, tue ich.« Er hörte eine Weile zu, machte sich mit der Linken ein paar Notizen. »Um zehn. Ich werde da sein. Okay. Bis dann.« Er legte auf, knallte den Kugelschreiber an die Wand und stieß mehrmals die Faust in die Luft, als habe er einen Elfmeter verwandelt. Das könnte der Durchbruch sein. Für die Höhe seiner Rechnung eigentlich schon viel zu früh, nach nur sechs Tagen, aber er mußte ja nicht sofort losziehen und der Alten schon morgen beichten gehen, die konnte ruhig noch ein wenig schwitzen, bevor sie ihre verkackte Unterschrift unter seinen Scheck setzen durfte.

Er kippte den Rest aus der Flasche in ein dickes Glas, mixte sich einen kräftigen Gin-Tonic, trat an das kleine Fenster neben seinem Schreibtisch und genoß mal wieder seine Aussicht, den fünf Meter weiten Blick auf eine grüne Neonreklame – BAR BANAL –, mit dem erloschenen R von BAR und dem flackernden N von BANAL, über dem der bekloppte Papagei von Madame Sablon festgekrallt in der zerfetzten grauen Gardine hockte und auf sein Spiegelbild einhackte.

49

Das Licht der Morgendämmerung war klar und gleichzeitig spröde. Wie der Marmorsockel an der Fassade der kleinen Kirche vor dem Friedhof – glatt, glänzend, fast spiegelnd. Aber wenn du hingehst und mit der Wange daran entlangstreichst, hast du anschließend ein paar Schrammen im Gesicht.

Ein Licht, als könnte man es trinken, wie einen Gin-Tonic, durchscheinend und funkelnd wie Quellwasser, mit einem leichten goldenen Schimmer von den Zitronenscheiben – nimm einen guten Schluck, und dein Geist wird lebendig und wach und unerschütterlich, und dein nächster Song wird ein Sommerhit von der Leichtigkeit eines *In The Summertime.* Nimm fünfzehn gute Schlucke, und der Song wird so was wie *Jumping At Shadows,* hau fünfzehn Gläser weg, und du schreibst vielleicht *Ace Of Spades.*

Oder machst so Sachen wie am Grab von Blandine Liszt sitzen und mit nassen Augen auf die nach Oma Klütschs Kleiderschrank riechenden blauen Blüten glotzen (Lavendel?), die eine unbekannte Hand dort wieder abgelegt hatte, fragst dich wieder einmal, wessen Hand das wohl war und warum sie das tat, und was Blandine denn wohl für ein Mädchen gewesen war. Fragst dich weiterhin, was Pieter für ein Kerl ist, der dir in den letzten Tagen so vertraut geworden und doch gleichzeitig so fremd geblieben ist, und nicht zuletzt, was du selbst eigentlich für eine komische Type bist. Fragst dich, wieder mal, wahrscheinlich zum dreitausendsten Mal in deinem Leben, was Glück ausmacht, was Liebe sein soll, was der Mensch für ein merkwürdiges Wesen ist und die

Welt für ein merkwürdiger Ort. Nimmst ab und zu einen Schluck aus der halbleeren Flasche *Gordon's Dry Gin* neben dir und erzählst Blandine, wie gut sie es habe, da unten, in ihrer Kiste aus Zedernholz, auf ihrem bestickten blauen Kissen aus chinesischer Seide, ihre einzige Gesellschaft die Würmer, die das von ihren Knochen nagen, was eh ein ganzes Leben lang nur eine Last ist, das Fleisch, das schwache Fleisch.

Hast du dich auch besoffen, Blandine, als du entdeckt hast, daß dein Richard mit deiner Schwester im Heu liegt? Gab es schon Gin damals? Oder hast du Marillenschnaps genommen? Trappistenbier? Absinth? Klosterfrau Melissengeist? Oder hattest du das große Glück, so etwas wie Eifersucht nicht zu kennen, wie die gute Françoise, und hast ihnen noch eine Decke gebracht und ein Täßchen Tee, ein paar Mozartkugeln vielleicht (ob Wagner Mozartkugeln mochte?), ein paar Kirschen oder Weintrauben?

Hast dich vielleicht gar dazugelegt, um wenigstens die Hälfte von dem abzukriegen, was du für die Liebe deines Geliebten hieltest, mit geschlossenen, naßgeweinten Augen dir gnädig ein paar Almosen der Liebe schenken lassen, ein paar Resttropfen seiner Leidenschaft, Fantasien von schreienden Walküren in seinem Kopf? Einer Leidenschaft, die doch nur ihm selbst galt, wie Cosima dir verraten hat, viele Jahre später, als du schon Blutklümpchen hustend auf einer Terrasse über der Bucht des Canoubiers lagst, in dicke Decken eingewickelt, und mit deinen durchscheinenden Händen die rosige, fleischige Hand deiner Schwester hieltest, während der Tod über das Mittelmeer gekrochen kam wie einst das Boot mit dem kopflosen Leichnam von Torpes. Den Nero hatte foltern und köpfen lassen, weil er partout nicht seinem christlichen Glauben abschwören mochte, und den man zusammen mit einem hungrigen Hund und einem Hahn in einem Boot ausgesetzt hatte, das hier in dieser Bucht an Land getrieben wurde, der Leichnam völlig unversehrt – ein Wunder! –, weswegen er hier sein Grab bekommen hatte und die kleine Kapelle vor dem Friedhof und heiliggesprochen wurde, Sankt Torpes, woraus dann im Laufe der Jahrhunderte Saint-Tropez geworden war.

Was gut so war, wie hätte das denn sonst geklungen, Peppino – *Sankt Torpes-Twist?*

Ach, Blandine, warum bist du keine Heilige, die jetzt vielleicht aus ihrem Grab geklettert kommen könnte, mir eine kühle Hand auf die Stirn legen und mir den ganzen Scheiß erklären, mir vielleicht beibringen, wie ich den Schalter in meinem Schädel umgelegt kriege, damit ich endlich über den Dingen stehen könnte, abgeklärt, weise, unverwundbar? Und, wo du schon mal dabei bist, wie wär's mit noch einem kleinen Wunder – könntest du mich nicht auch noch gleich immun machen gegen die Wirkung von Alkohol? Vielleicht nicht völlig immun, nur gerade so, daß ich ab einem gewissen Pegel, bei dem ich einfach nur gut drauf bin, nicht immer noch besoffener und blöder und sentimentaler und wackliger – oder gar aggressiver – werde? Wäre mir glatt den einen oder anderen Rosenkranz wert, *Baby*.

Ich kicherte betrunken vor mich hin, nahm noch einen guten Schluck, und als sie sich nicht rührte, verabschiedete ich mich von ihr und torkelte in meine Bucht, rollte mich zwischen zwei roten Felsen im Sand zusammen, dämmerte in einen unruhigen, schweißnassen Schlaf und träumte von einem weißen Flügel, an dem ein nackter Wagner saß und mit fliegenden Haaren und verzücktem Blick den *Liebestraum* von Liszt spielte, in einem irrwitzigen Tempo, *moltissimo fortissimo*, das Haltepedal bis zum Anschlag durchgetreten, während seine Gattin und seine Schwägerin ihm fortwährend Mozartkugeln in den schokoladenverschmierten Mund stopften, aus denen die Maden in Knäueln hervorkrochen.

Rudi

Der Ältere kam aus dem Bad, mit tropfenden Haaren, ein weißes Handtuch um die Hüften geschlungen, und trocknete sich mit einem zweiten Handtuch die Ohren ab.

»Mir schien es nicht, als wüßte er auch über dich Bescheid. Aber hundertprozentig ...?«

Der Jüngere lag auf dem Bett, nur mit einem offenen Hemd bekleidet, rauchte und starrte an die Zimmerdecke, als sei sie mit irischen Schlafliedern beschriftet. *Tura-Lura-Lural ...*

»Wenn schon«, sagte er gelangweilt, »das einzige, was den interessiert, ist Geld. Amerikaner! Davon kriegt er ein bißchen, und dann ist Ruhe.« Der Ältere schnaubte.

»Dann ist Ruhe!« äffte er den anderen nach. »Du glaubst doch nicht im Ernst, daß du den jemals wieder los wirst, wenn du ihm einmal was bezahlt hast?«

»Was schlägst du vor, Einstein? Ihn ertränken? Willst du dir auch noch einen Mord an die Backe hängen?«

»Ich doch nicht. Natürlich werden wir uns erst einmal anhören, was er uns anzubieten hat, abchecken, was er tatsächlich alles weiß. Gib mir auch mal eine Zigarette! Aber dann sollten wir uns was überlegen, das uns sein Stillschweigen garantiert.« Der Jüngere warf ihm die Packung zu. Als er sie auffing, rutschte ihm das Handtuch von den Hüften.

»Könntest ihm ja drohen, ihn damit zu verhauen«, sagte der Jüngere mit anzüglichem Blick. »Oder ihm gleich das Maul damit stopfen. Ich wäre fast dran erstickt eben.« Der Ältere grinste und schnippte dem Liegenden Zigarettenasche auf den nackten Schoß.

»Tja, mon ami, die einen haben eben ein großes Maul, und die anderen ...« Für den Bruchteil einer Sekunde fiel ein Schatten über den Jungen. Er sprang auf, als hätte ihn nicht Asche, sondern Glut getroffen, raste zu dem großen Fenster, zog die halboffene gelbe Lamellenjalousie hoch und riß die Tür zum Balkon auf. Grell landete die Mittagssonne im Zimmer wie ein Schwall kochender Milch. Draußen blickte er nach beiden Seiten, aber da war nichts außer einer alten Dame in einem Liegestuhl, sieben oder acht Zimmer weiter, die ihn empört anstarrte. Sonst niemand. Niemand *mehr?*

»War hier gerade jemand am Fenster?« rief er der Alten zu. Er versuchte es in vier Sprachen, aber als der nackte Ältere auch noch auf den Balkon trat, kämpfte sie sich aus ihrem Liegestuhl und flüchtete nach drinnen. Die beiden Männer konnten hören, wie sie ihre Balkontür abschloß. Zweimal. Sie sahen sich an.

»Paranoia?« fragte der Ältere spöttisch. Unwillig schnaubte der Jüngere.

»Wo ist eigentlich dein – eh – Begleiter?«

»Den habe ich zum Schwimmen geschickt, keine Panik.«

»Na hoffentlich tritt er nicht in eine Qualle. Okay, ich muß los. Wir sehen uns heute abend.« Der Ältere nickte nur und schlang sich sein Zweithandtuch um die Hüfte. Aber zwischen seinen Brauen hatte sich eine tiefe Falte gebildet. *War der kleine Scheißer wirklich schwimmen?* Er ging zu dem Fenster neben dem seinen und blickte in das Nachbarzimmer, die Augen abgeschirmt. Es war leer, und die Sporttasche mit den Badesachen stand nicht am gewohnten Platz.

»Keine Panik«, sagte er noch einmal, als er in sein eigenes Zimmer zurückging. Aber auch das war bereits leer.

50

Und sie ist doch *eine Heilige! Gute Blandine!* war das erste, was mir in den Sinn kam, als ich beim Aufwachen den kleinen Sonnenschirm über mir sah, grün mit weißen Punkten. Aber dann hörte ich das Glucksen neben mir, und als ich mich herumdrehte, sah ich Kläusjen Merck in einer FC-roten Badehose neben mir sitzen und meinen mindestens lauwarmen Gin trinken. Fast hätte ich mich übergeben.

»Gibt's auch noch was anderes zu saufen? Ohne Alk?« Er griff in eine riesige blaue Tasche und drückte mir eine eiskalte Büchse Cola in die Hand. »Na, das ist doch auch schon fast einen Rosenkranz wert«, sagte ich zu ihm, öffnete sie zischend und leerte sie in vier, fünf gierigen Schlucken. »Und was sagt das Essen auf Rädern?« Wieder griff er wortlos in die Tasche und brachte ein Schinkensandwich zum Vorschein, in schwitzendes Cellophan gewickelt. Er selbst nahm noch einen Schluck aus der Flasche und schüttelte sich. Dann besann er sich, fischte noch eine Cola hervor und goß sie zu dem Gin in die Flasche, wobei er höchstens die Hälfte verschüttete. Nahm noch einen Schluck.

»Das ist besser«, rülpste er. Ich kaute den letzten Bissen meines Sandwiches.

»Zufällig hier?« Er sah mich eine ganze Weile stumm an, mit schon leicht glasigen Augen, studierte mich, als sei ich eine unbekannte Quallensorte, von der er nicht wußte, ob sie giftig war oder nicht. Dann ein Kopfschütteln. »Nicht giftig oder nicht zufällig?« Wieder schüttelte er den Kopf und gab mir noch ein Sandwich. Käse diesmal. Und noch eine Cola.

Damit beschäftigte ich mich eine Weile und drehte mir zum Abschluß eine Verdauungskippe. Er würde schon irgendwann reden. Besonders, wenn er so weitertrank. Es sei denn, er würde mir vorher wegschnarchen. Und wenn schon – ich hatte seinen Sonnenschirm und wußte, wo seine Tasche war.

»Du bist nicht schwul«, sagte er plötzlich.

»Genausowenig wie du«, bestätigte ich.

»Aber es hat was.«

»Aber es hat was«, konnte ich ihm wieder nur recht geben.

»Und die treiben es wild durcheinander.« Durcheinander bereitete ihm schon leichte Schwierigkeiten, aber auch das konnte ich ihm aus meiner Sicht bestätigen. »Am liebsten würd' ich ihm in die Eier treten.«

»Betziger?«

»Na, wem denn sonst?«

»Weil er mit Pieter in die Kiste gehüpft ist?« fragte ich leichthin. *Cool, Büb – genau deswegen hast* du *dir doch gestern nacht die Kante gegeben!*

»Woher weißt du das?« fragte Kläusjen entgeistert.

»Kenn' mich aus mit den Weibern«, gab ich an. »Und mit den Hähnchen im Hof.« Fragezeichen. Gin. »Tun, als könnten sie kein Wässerchen trüben, können aber gar nicht anders, und wenn auch nur unterbewußt, als dich spüren zu lassen, daß sie auf deine Henne gehüpft sind. Ein Blick zuviel, ein falsches halbes Grinsen zur falschen Zeit, eine anzügliche Bemerkung in eine scheinbar unverfängliche Richtung.«

Kläusjen kippte noch einen gierigen Schluck. Stand auf, ging hinter einen der Felsen und gab alles lautstark wieder von sich. Ansonsten war es schön ruhig hier, wie meistens. Ein Motorboot draußen war weit genug weg, und die Wellen plätscherten träge und gemütlich an den Strand, etwa zwanzig Meter vor meinen Füßen. Ich drehte mir noch eine. Kläusjen kam zurück, ließ sich in den Sand neben mir plumpsen und setzte sich unbeirrt die Pulle wieder an den Hals. Ich überlegte, ob ich sie ihm wegnehmen sollte. Aber da war sie schon leer, und mir fiel niemand ein, dem ich eine Flaschenpost hätte schicken können.

»Wieso machst du das?« fragte er, mit einem weinerlichen Unterton.

»Beruhigt meine sensiblen Künstlernerven.« Ungeduldig verdrehte er die Augen.

»Nicht *Rauchen!* Das alles – auf der Straße sitzen und uralte Lieder singen, die hier keiner hören will!«

»Erstens ist es nicht so, daß die *keiner* hören will, sonst stände ich schon lange pleite an der *Route National* und würde den Daumen in den Wind halten. Zweitens würde ich die auch singen, wenn sie tatsächlich keiner hören wollte, nur vielleicht nicht eben hier. Drittens –«

»Glaubst du, daß du ein guter Musiker bist?«

»Glaube ich. Mein Stolz würde es nicht zulassen, mich als schlechter vor ein Publikum zu stellen. Egal welches.«

»Glaubst du, daß ich ein guter Fußballer bin?«

»Nach allem, was ich über Fußball weiß, und das paßt in

diese Büchse hier, sogar zusammen mit dem, was ich über Blandine Liszt und Doppelkopf-Regeln weiß, bist du ein sehr guter.« Er nickte bedächtig.

»Ich bin achtzehn.« Jetzt war ich mit Nicken dran. »Du bist ...?«

»Zweiunddreißig.« Jetzt er wieder.

»Zweiunddreißig. Wenn ich zweiunddreißig bin, werde ich mindestens zehnfacher Millionär sein.«

»Wie schön für dich.«

»Wieso machst *du* nicht mehr aus dir? Wenn es stimmt, daß du ein guter Musiker bist, könntest du doch auch Karriere machen?« Ich zuckte mit den Schultern.

»Gibt ziemlich viele gute Musiker.«

»Es gibt auch ziemlich viele gute Fußballer! Aber ich arbeite hart daran, einer der besten zu werden.«

»Mit lauwarmem Gin?« Jetzt wieder Kopfschütteln. Heftiges.

»Was ich wissen will, ist, wieso jemand wie du nicht härter arbeitet, um was für sich zu tun.«

»Weil jemand wie ich das für Quatsch hält. So wie ich das sehe, gibt es nicht wirklich eine Belohnung für harte Arbeit. Bloß – vielleicht! – mehr Geld, aber dafür hast du viel weniger Zeit, das Scheißgeld überhaupt auszugeben.« Wieder Kopfschütteln. Verständnisloses.

»Geld interessiert dich wohl nicht sonderlich?« Nun durfte ich auch mal. »Und was is' mit Erfolg?« Da mußte ich eine Weile überlegen.

»Es gab schon den einen oder anderen Erfolg in meinem Leben, Kläusjen. Nix Spektakuläres, keine Pokale, keine Schlagzeile in der BILD AM SONNTAG, keine Einladung von Joachim Fuchsberger, aber genug, um zu dem Schluß zu kommen, daß Erfolg für mich bloß bedeutet, die Meßlatte meiner Ziele nicht hoch genug gelegt zu haben.«

Das schien er überhaupt nicht zu verstehen.

»Die Erde is' rund«, sagte ich.

Zwei steile Falten über seiner Nasenwurzel starrten mich ungeduldig an. Also erzählte ich ihm Peter Bichsels Geschichte von dem Mann, der ausprobieren wollte, ob die Erde wirklich rund sei, und ob er wieder an seinem Küchentisch landen würde, wenn er immer geradeaus ginge, einmal um die Erde herum. Und der fast an seiner Liste der Dinge verzweifelt wäre, die er brauchte, um diese Reise machen zu können, bis hin zu dem Kranschiffwagenzieherkleiderwagenzieher.

»Denn hinter *jedem* Haus liegt ein Wald, hinter *jedem* Wald ein Fluß, hinter *jedem* Fluß ein Gebirge, hinter *jedem* Gebirge ein See und so weiter, und selbst wenn man die Reise schafft und wieder an seinem Tisch ankommt, ist der einzige Erfolg der, daß man dann weiß, daß die Erde tatsächlich rund ist. Und wenn sie nicht alle gelogen haben, von den Zeichnungen Galileis bis zu dem Fotoapparat von Neil Armstrong, dann wissen wir das doch auch so schon – warum also all die Mühe?«

»Du meinst also, es ist völliger Stuß, wenn ich versuche, eine Fußballkarriere zu machen?«

»Das meine ich überhaupt nicht. Ich bin nicht Kläusjen Merck. Ich weiß nicht, was ich tun würde, wenn ich Fußballer wäre. Vielleicht würde es mir reichen, meine Tore bei Grün-Weiß Vogelsang zu schießen oder bei den Kreuzberger Anarcho-Kickern, aber vielleicht würde ich auch mein Geld damit verdienen wollen, viel Geld, und versuchen, bei Real Madrid unterzukommen. Vielleicht würde ich glauben, ich bräuchte ein schnelles Auto und eine protzige Armbanduhr und ein Appartement in Monaco und würde um Riesengagen verhandeln – keine Ahnung. So wie es jetzt, in meinem Leben, aussieht, brauche ich nicht nur keine teure, sondern überhaupt keine Armbanduhr. Wenn es hell wird, kann ich mir überlegen, wann ich aufstehen will, und wenn man mich aus meiner Stammkneipe schmeißt, muß es zwischen eins und drei sein – was soll ich da mit 'ner Uhr?«

»Dir ist ziemlich viel scheißegal, wie?«

»Ich glaub' nicht, Kläusjen. Mir ist im Gegenteil ziemlich

viel gar nicht egal in der Welt, wie sie ist, ich sehe nur nicht, was ich groß daran ändern kann. Ich versuche einfach nur, seit ich angefangen habe, einigermaßen geradeaus zu denken, aus mir selber was zu machen, dem ich im Spiegel in die Augen gucken kann.« Kläusjen legte mir eine Hand auf den Arm. Sah mich mit wäßrigen Augen lange an. Sein Bibelkinn mahlte. Dann brachte er so was wie ein Lächeln zustande.

»Du bist ein komischer Typ, Büb. Aber ich glaub', du bist okay. Und PENNER'S RADIO fand ich echt klasse. Nach eurem Konzert bin ich unheimlich gut gelaunt nach Hause gegangen und hab' in der Nacht beschlossen, das Beste aus meinem Talent zu machen.«

»Dann hab' ich doch schon was erreicht im Leben, oder?« Er drückte meinen Arm und nickte lächelnd.

»Woll'n wir 'ne Runde schwimmen?« Ich guckte ihn skeptisch an.

»In deinem Zustand? Ich bin kein Rettungsschwimmer.«

»Deshalb will ich ja ins Wasser – ich will wieder nüchtern werden. Ich muß dir was erzählen, Büb Klütsch. Was Interessantes.«

Das schaffte er denn auch. Alles. Nicht abzusaufen. Nüchtern zu werden. Und mir was Interessantes zu erzählen.

51

Weswegen auch ich jetzt stocknüchtern war, als stabile Unterlage eine Thunfisch-Pizza im Magen hatte, meine dunkelsten Klamotten trug und mir seit über einer Stunde das Rauchen verkniff, während ich angestrengt versuchte, noch etwas anderes zu hören als das Rauschen und Klatschen des Meeres, das Heulen des *Dreckfressers* oder irgendeines unverhofften Sommersturms, der heute abend ziemlich heftig, schlecht gelaunt und unangenehm von den Bergen runterkam, und das Trippeln, Rascheln und Quieken eines ganzen Rattenfestivals um mich herum. Ich saß auf den Trümmern einer Theke, inmitten eines Haufens anderer Trümmer, und starrte angestrengt durch ein Loch, das früher einmal der Notausgang des *Revanche à Trois* gewesen war, einer Anfang der Siebziger anscheinend ziemlich beliebten Diskothek. Aber manchmal zahlt eine gute Versicherung wohl doch ein bißchen mehr als noch so viele Möchtegern-Travoltas. Jedenfalls hatte es in dem Laden eines Sonntagmorgens eine genügend kräftige Explosion gegeben, um alle Fensterscheiben in Millionen kleiner Splitter in die Umgebung zu pusten, das Dach abzuheben und so den sich schnell ausbreitenden Flammen genügend Durchzug zu verschaffen und Nahrung zu geben. Wovon es reichlich gegeben hatte – Kunststoff-Teppichböden, die ein deutsches Ordnungsamt nicht mal einem Friseur genehmigt hätte – außer Klaus Meyer vielleicht –, dicke Molton-Vorhänge, eine Tanzfläche aus billigem Parkettboden, hölzerne Klotüren, gepolsterte Sitzecken, eine Schallisolierung, die wegschmolz wie Picknickbutter, ein paar Kilometer Schnellschmorkabel, jede Menge gut brennender Spirituosen und eine Regalwand voller Langspielplatten, die zu einem schwarzen Klumpen eingeschmolzen waren, der nicht größer war als Suzi Quatro. Als die Feuerwehrleute endlich kamen, zwei Stunden nach dem ersten Knall, konnten sie nur noch den Qualm wegwedeln.

Seitdem stand der Kasten leer, einsam in dieser kleinen Bucht hinter St. Raphaël gelegen, ein Geisterhaus ohne Dach, mit geschwärzten Wänden und vollgeschissenen Ecken, einer eingestürzten Seitenwand und ein paar leeren schwarzen Fensterlöchern, durch die man am Ende eines trümmerübersäten Hofes das Meer schimmern sehen konnte. Auf dem ehemaligen Parkplatz an der Vorderseite stand ein ausgebrannter Citroën-Lieferwagen, an dem klingelnd ein kaputter Seitenspiegel baumelte und in dessen Hohlräumen der Wind merkwürdig pfeifende Klänge produzierte, als handele es sich um ein Frühwerk von Tinguely.

Womit wir wieder bei Kunst und Musik waren. Und bei meinem hübschen Lover, der mir auch heute nachmittag wieder erzählt hatte, er müsse wegen dieser Ausstellung nach St. Raph'. Aber ich mochte nicht glauben, daß der Citroën da eins der Kunstwerke war, um die es ging. *Aber worum ging es dann?*

Irgendwas von »Stillschweigen kaufen, jemanden loswerden, in einen Mord verwickelt werden« wollte Kläusjen gehört haben, als er seinen und meinen Sexualkundelehrer belauscht hatte. Offensichtlich hatte er einen Mordsschiß vor Betziger (»Der ist zu allem fähig!«), und diese Angst und verletzter Stolz, seine Eifersucht und die erschrockene Wut darüber, *daß* er eifersüchtig war, wegen einem Kerl, der ihn in seinen Augen zu einem schmutzigen kleinen Strichjungen gemacht, sein ganzes junges Gefühlsleben auf den Kopf gestellt hatte, und natürlich nicht zuletzt die Ratlosigkeit – was geht denn da eigentlich ab? – und die Angst, in irgendwelche finsteren Machenschaften zu geraten, hatten ihn erst in eine Flasche Wein und dann zu meinem Gin und mir getrieben. Und dann hatte er beschlossen, mir zu vertrauen, und mir von dem Treffen erzählt, und daß sie ihn fast entdeckt hätten, aber es war ihm gerade noch rechtzeitig gelungen, sich mitsamt seiner Badetasche in einer Wäschekammer auf dem Hotelflur zu verkrümeln.

Natürlich hatte er mitkommen wollen zu diesem Stelldichein, aber ich hatte ihn im *Honi Soit* mit ein paar weiteren Gin-Tonics abgefüllt und ihn da sitzenlassen, den Kopf auf der Theke. Nicht daß ich mich für Parker hielt, den coolen Einzelgänger in Richard Starks Krimis – ich selbst hatte ziemliche Mühe, mir nicht zuviel Mut anzutrinken –, aber dafür war Kläusjen mir viel zu nervös und ängstlich und unbeleckt – der hatte doch höchstens mal ein paar Rangeleien vor irgendwelchen Strafräumen durchgestanden. Was ich davon hatte, war, daß ich jetzt hier hockte, mir fast in die Hosen machte, obwohl sich gar nichts tat, und mir sehnsüchtig eins dieser neumodischen Nikotinpflaster wünschte, die gerade in Kalifornien zum Bestseller wurden. Es müßte auch nicht größer sein als ein Monopoly-Spielfeld.

52

Vielleicht sollte ich mir überhaupt mal einen Stapel von diesen Ereignis- oder Gemeinschaftskarten wünschen, oder wie sie hießen, ordentlich mischen und die oberste umdrehen, um einen Tip und ein wenig Lebenshilfe zu bekommen. *Ihre sexuelle Orientierung ist durcheinandergeraten. Gehen Sie in das Gefängnis. Gehen Sie nicht über LOS. Ziehen Sie nicht viertausend Mark ein.* Was heißt hier »Orientierung durcheinander«? War ich halt zur Abwechslung – in meiner, was das angeht, an Abwechslung nicht armen Laufbahn – mal nicht mit einem der üblichen Mädels in der Koje gelandet, sondern mit einem Mädel mit Klöten. Was mich immer noch ein gutes Stückchen von Helmut Berger unterschied, der in einem Interview mal gesagt haben soll, er ficke alles, was atme. *Und was ist mit Ihrem Gefühlshaushalt? Ein einziger Schlamassel. Gehen Sie in – sich ...* Ja gut, wie einer aus Kläusjens Branche sagen würde, da war dieses blöde Gekränktsein. Wegen eines dummen Seitensprungs. Dabei war ich doch nicht einmal verliebt in den Jungen. Mein Herzklopfen galt immer noch Dubravka. Und Vera. Und Margret. Kathrinchen. Selbst wenn ich an Resi dachte, war da noch so ein kleines schmerzhaftes Ziehen. Von mir aus auch Chrissie Hynde und Miou-Miou und Claudia Cardinale – aber Pieter? Klar war der ein äußerst attraktives Mannsbild, höchst intelligent, gebildet, sensibel, hatte Humor, war ein zärtlicher und leidenschaftlicher (und unermüdlicher) Liebhaber, hatte makellose Manieren und einen Ring von Shuppidingens und einen Jaguwagen – aber verlieben? Mich auf meine alten Tage in einen Kerl verlieben? *Sie scheinen sich über vieles nicht im klaren zu sein. Machen sich vielleicht selbst etwas vor. Gehen Sie in ...*

In Deckung vor allen Dingen. Über meiner Nabelschau hätte ich beinahe verpaßt, daß zwei Scheinwerferkegel in die Einfahrt zum Parkplatz einbogen. Ich konnte mich gerade noch wegducken, ehe sie über mich hinweghuschten. Ein schwarzer Wagen rollte mit ausgeschaltetem Motor hinter das Citroën-Wrack, die Scheinwerfer erloschen. Genau wie die Sterne, vor die sich mittlerweile dichte Wolkenbündel geschoben hatten, schnell ziehende Bündel, vom heftiger wütenden Sturm über das Meer hinausgetrieben, nur gelegentlich und kurz das Aufblitzen eines einsamen Sterns erlaubend. Trokkenes Gestrüpp wurde über den Parkplatz geblasen, knakkend und knisternd, daß man das gedämpfte Klappen einer Autotür fast hätte überhören können. Jemand ging über den Platz. Von meinem Versteck fort. Ich richtete mich auf. Eine dünne Gestalt eilte mit wehendem Jackett zum Strand runter, verschwand zwischen den Platanen. Am Ufer dahinter blitzte ein Feuerzeug dreimal auf. Irgendwo am Ende des Saales hinter mir schlug etwas dumpf gegen Metall. *Hinter mir?* Ich mochte nicht recht glauben, daß da irgendwo noch eine Toilettenfrau ihren Dienst tat. *Ich war zwei Stunden vor der Zeit hier und trotzdem erst der vorletzte? Jemand hatte mir die ganze Zeit im Genick gehockt und sich über mich und meinen Nikotinschmacht beömmelt …?*

53

Für ein paar Atemzüge war es vollkommen ruhig. Die Ratten stellten sich tot. Das Meer fror ein. Der Wind hielt die Luft an. Vielleicht hatte ich aber auch eine ganze Reihe Atemzüge vergessen, und es war eine halbe Stunde lang so still und dunkel wie in Jonas Wal. Dann platzten dem Wind die Lungen, die Ratten sausten in ihre Löcher, die Wolken schickten einen mächtigen, kalten Regenguß fast quer in die Landschaft, und als hätte jemand einen gigantischen Tauchsieder in das Meer geschmissen, überschlug es sich, genau wie die Ereignisse, und warf sich schäumend gegen den Strand.

Auf dem von irgendwoher mit bösem Knattern das einsame Scheinwerferlicht eines Geländemotorrads auftauchte. Stimmen brüllten unverständliche Fetzen, Schüsse fielen, zwei, drei, das Motorrad heulte auf, jemand schrie, ich riß mich selbst hoch und wollte gebückt zu dem Wagen rennen, als mich etwas Hartes in den Nacken traf, das mich vom Hals abwärts vollkommen lähmte. Und so stand ich da, steif wie ein Voigtländer Nußknacker, und genau wie der konnte ich nur hilflos mit dem Unterkiefer klappern und zusehen, was da draußen passierte. An mir vorbei war eine gedrungene, breite Gestalt gehuscht, die mir entfernt bekannt vorkam; eine Waffe in der Hand, rannte sie geduckt von links unter die Platanen, als auch schon auf der rechten Seite eine andere, dünnere Gestalt aus dem Gehölz brach, in seltsam verrenkten, unrhythmisch torkelnden Sprüngen bis zu dem schwarzen Wagen lief. Dort schlug sie hart auf die Motorhaube auf und rührte sich erst mal nicht mehr.

Dafür konnte ich mich wieder rühren. Vielleicht war es der kalte Regen – meine Lähmung ließ nach, meine Beine funktionierten wieder, wenn auch staksig, und ich trabte hinüber. Und erkannte den kurzrasierten, eisgrauen Schädel von Hiram Spacek, dem Privatdetektiv, den Ciss van Ruym engagiert hatte. Der mich letzte Woche zweimal fast eine Stunde lang einem scharfen Verhör unterzogen hatte, wobei ich immer noch besser weggekommen war als Veedelnoh und Bruni, denen er viermal massiv und unangenehm auf die Zehen gestiegen war, als sei 'noh sein Lieblingsverdächtiger.

Er lag mit dem Gesicht auf der Kühlerhaube, mit einer Hand an einen Scheibenwischer gekrallt. Er trug eine braunmelierte Jacke, die schon seit Perry Como aus der Mode und da schon billig gewesen war. Und jetzt war sie völlig ruiniert – links über seinem rechten Schulterblatt begann ein tiefer Riß, an dessen Ende, ungefähr Zweifingerbreit über der Niere, inmitten eines dunklen Flecks der Griff eines Messers aus Spaceks Rücken ragte, sich im Rhythmus seines schwer gehenden Atems auf und ab bewegte, was den Fleck bei jedem Ab größer werden ließ.

Er hörte mich herankommen und hob mir das Gesicht entgegen. Erkannte mich. Schüttelte langsam den Kopf. Ich hob meine Hände, um ihm zu zeigen, daß ich harmlos war. Dann nickte er. Öffnete den Mund, als wollte er mir was sagen, aber heraus kam nur eine dünne rote Blase, die der Regen allerdings sofort wieder wegwischte. Dann kam seine andere Hand zum Vorschein. Mit einem häßlichen kleinen, stupsnasigen Trommelrevolver. Ich wollte etwas Heldenhaftes tun – ihm den aus der Hand treten oder mich unter das Auto schmeißen oder hinter dem Bus nach Nizza herrennen, aber anscheinend hatte die Lähmung wieder eingesetzt – ich stand da und starrte abwechselnd den Revolver an und in seine Augen. Nicht, daß ich völlig hilflos gewesen wäre – mein Nußknackerunterkiefer funktionierte noch. *Vielleicht sollte ich ihm seinen Arm einfach abbeißen?*

Und mein Gehirn tat's auch noch. Gleichzeitig lief vor meinem inneren Auge die Filmszene ab, in der Woody Allen eine Bank überfällt und der Kassierer ihm weismachen will, daß auf dem Zettel mit der Überfalldrohung nicht *Waffe* stehe, sondern *Waffel.*

Spacek legte seine Waffe – denn das war sie, eindeutig keine Waffel oder sonstwas – auf das Blech der Haube und schob sie zu mir herüber.

»Trapped«, verstand ich sein Flüstern – eine Falle. Das war so anstrengend für ihn, daß ihm ein paar neue Bläschen aus dem Mund quollen. Nicht mehr so dünn wie die erste. »*One goddamned fuckin' purple* –« brachte er hervor und rutschte ein Stückchen abwärts. Nahm noch mal einen mühseligen Anlauf, etwas loszuwerden, wobei noch mehr Blut aus seinem Mund quoll. »Kairo …«, flüsterte er, »J-Joe … Kai –« Dann knickten seine Knie völlig ein, er klatschte noch einmal mit dem Gesicht auf das Blech und verschwand mitsamt Scheibenwischer vor der Stoßstange des Wagens.

Gerade rechtzeitig, daß ich noch einen alten Bekannten hinter ihm auftauchen sehen konnte – einen der drei Franzosen, die Blondie vor ein paar hundert Ewigkeiten am Hafen auf uns hetzen wollte und denen wir dank Bérats Hilfe entkommen waren. Und zwar der mit dem Messer. Das wohl jetzt in Spacek steckte und rote Bläschen produzierte wie Seifenblasen.

Franzmann grinste, denn er hatte einen Mordsvorsprung *(hat er allerdings, Büb – offensichtlich einen Mord Vorsprung!)* – in seiner Linken, neben seinem Oberschenkel, baumelte lässig etwas, das für einen Amateur wie mich wie eine abgesägte, doppelläufige Flinte aussah – während Spaceks Revolver noch auf der nassen Motorhaube lag, im Regen glänzend, weit, weit weg, mir so nützlich, als läge er hinter dem Panzerglas im Schaufenster von Kettner, dem großen Laden für Jagdzubehör in der Kölner Innenstadt.

Aber selbst bei Kettners war schon mal was aus dem Fenster verschwunden. Ich warf mich an die Fahrertür, grabschte mir mit der Linken die Knarre, ließ mich in die Hocke fallen, hörte einen ohrenbetäubenden Knall und wurde von einem weiteren Regen überschüttet, diesmal aus Glassplittern. Nahm das Ding in die rechte Hand, hoffte, daß mir nicht so ein dämlicher Klassiker wie *Nicht entsichert* den schönen Charles-Bronson-Auftritt versauen würde und sprang hoch.

Franzmann war allerdings auch nicht blöde – er hatte drei große Schritte um die andere Wagenseite gemacht und tauchte hinter dem Kofferraum wieder auf, seine Stummelflinte im Anschlag. Er grinste immer noch. Ich wirbelte herum, rutschte auf dem nassen Schotter aus, segelte auf ihn zu, mit instinktiv nach vorne ausgestreckten Armen, riß einfach nur reflexartig meinen Abzug durch, zwei Schüsse krachten, drei, ich bekam einen Vorschlaghammer in die Seite, sah noch, wie sich Franzmanns linkes Auge in einen sprudelnden roten Pudding verwandelte, knallte mit dem Kopf auf einen Kotflügel und versank – *endlich!* – in den weichen Polstern der letzten Bank im Bus nach Nizza. Wo ich zusammengerollt lag, mich vom Brummen des Motors und den quietschenden Stoßdämpfern in den Schlaf schaukeln ließ, und das letzte, was mir durch den Kopf ging, war noch *Was mag denn Spacek gemeint haben mit seinem abgerissenen »Purple –«? – Haze? Heart? Veil? Schulz …?*

Und wer zum Teufel war Joe aus Kairo?

54

Der Regen hatte aufgehört. Das Unwetter hatte sich satt zu einem Verdauungsschläfchen in das *Massif des Maures* verzogen, das Mittelmeer war nicht viel lauter als der Rhein unter der Südbrücke, und das Pochen in meinem Schädel nicht schlimmer als die letzte Runde im Großen Preis von Baden-Baden. Der Speichel in meinem Mund schmeckte nach angelaufenen Silberlöffeln. Der Schotter zwischen meinen Zähnen schmeckte nach Öl und Salz. Und mein Zustand schmeckte mir überhaupt nicht.

Ganz offenkundig hatte ich soviel Durchblick wie der Pudel in der Wäscheschleuder – was wurde hier gespielt? Irgend jemand – Kläusjen hatte nicht sagen können, wer, aber sicher kein Amerikaner – hatte sich mit Betziger hier verabredet. Den hatte ich aber nirgendwo entdeckt. Dafür war Spacek hier – hierher gelockt? In einen Hinterhalt? Und ein französischer Gangster war auf Blut aus. Warum? Wer hatte *den* geschickt? War er das gewesen, auf dem Motorrad? Und wenn ja, wer hatte dann hinter mir gelauert? Und wenn hier irgend jemand, warum auch immer, ein Großreinemachen veranstaltete, wieso war ich noch am Leben? Die Wäscheschleuder surrte auf Stufe drei. Der Pudel jaulte. Ich mag keine Pudel. Mein Gehirn wimmerte. Mein Puls wummerte wie ein nasses Standtom. *Scheißmucke.*

Dann hörte ich auch noch ein unruhiges Summen. Und ein ächzendes Stöhnen. Ich öffnete die Augen. Das war leicht. Hob den Kopf. Auch leicht. Dann den ganzen Oberkörper. Auch nicht schwieriger als hundert Liegestütze auf einem schwimmenden Baumstamm. Lehnte mich gegen ein schmutziges Wagenrad. Guckte mich um. Stellte fest, daß die Sonne bald aufgehen würde und der Rest des Wolkenbruchs auf dem Parkplatz und auf der Ruine des *Revanche à Trois* schon anfing zu verdampfen. Stellte fest, daß außer mir niemand da war. Niemand, der noch lebte, jedenfalls. Das Stöhnen war mein eigenes gewesen. Franzmann hätte vielleicht mehr Grund dazu gehabt – in seiner zermatschten Augenhöhle trampelte ein Dutzend grünflügeliger fetter Fliegen herum. Das Summen. Aber er merkte nichts mehr davon.

Das erinnerte mich an Schüsse und einen Vorschlaghammer. Vorsichtig tastete ich meinen Körper ab. Eine schmerzende Rippe. Kein Blut. Eine weitere Beule an meiner Schläfe, die andere Seite diesmal. Wenn ich nach Hause kam, würden sie mich Prinz von Homburg nennen. Ich rappelte mich auf, schlich um den Wagen herum wie ein vierundachtzigjähriges Rheumaopfer. Spacek hatte das Messer immer noch im Rükken, war immer noch tot. Jede Menge Fliegen auch hier.

Ein paar tausend Vögel begannen zu zwitschern, als die Sonne strahlend über die Hügel kletterte, unberührt von Blut und Fliegen und Tod einen herrlichen neuen Tag in der Provence einläutend, an dem Segel knattern, Fahnen flattern, *Café au lait* und *brioches* köstlich schmecken, sich Menschen treffen, Paare sich verlieben und Kinder gezeugt würden. Ich schaffte ein paar Schritte und kotzte in ein Gebüsch. Fand in Spaceks Handschuhfach einen lederumwickelten Flachmann, der nach Gin roch. Spülte mir den Mund damit aus. Trank vorsichtig einen Schluck. Behielt ihn im Magen. Fand seinen Revolver und schleppte mich zum Strand. Zog mich aus und ging in ein wunderbar kühles, frisches Mittelmeer, schwamm ein Stück raus, warf die Waffe in hohem Bogen in noch tieferes Wasser, schwamm zurück, lief ein paar Minuten hin und her, um mich zu trocknen, zog mich wieder an, ging noch einmal über das ganze Gelände, um nachzusehen, ob es irgendwo irgendeinen Hinweis auf mich gäbe, fand nichts und machte mich, am Strand entlang, auf den Weg Richtung St.-Tropez.

Eine Weile machte ich mir vor, die Reifenspuren im Sand, mit dem breiten Profil einer Geländemaschine, würden mich geradewegs zu einer Erklärung für das alles führen, aber nach einem Kilometer bogen sie auf einen Schotterweg, der sich hoch zur Straße schlängelte, und dort verschwanden sie, wie die Hasenohren in einem Schattenspiel, wenn jemand die Taschenlampe ausknipst.

Mir selbst ging allerdings ein unschönes Lämpchen auf. Sie würden die Leichen finden, eventuell auf die Idee kommen, daß Spacek den Franzmann noch selbst erwischt hatte. Und den Fall zwar mit einem Haufen fetter Fragezeichen, aber abschließen und zu den Akten legen – wenn nicht Büb Klütsch, der mehr Kriminalromane gelesen hatte als Schulbuchseiten, so ausgesprochen dämlich gewesen wäre, die Waffe verschwinden zu lassen. Was selbst einem rotweinbedröhnten Flic sofort klarmachen mußte, daß außer den beiden Toten da hinten noch jemand beteiligt gewesen sein mußte. Er würde ein paar *commissaires* und *inspecteurs* alarmieren, die vielleicht etwas weniger Rotwein tranken und eine mächtige Fahndungsmaschinerie in Gang setzten, schon weil einer der Toten ein amerikanischer Staatsbürger war, sie würden Taucher ins Meer schicken und womöglich Fingerabdrücke an Spaceks Handschuhfach finden – nein, halt, meine hatte ich abgewischt, und den Flachmann hatte ich in der Tasche. Daraus nahm ich mir jetzt noch einen kräftigen Zug.

Du bist zu blöde, einen Eimer Wasser umzukippen, Hubert! sagte ich zu mir. *Dämlicher als die Olsen-Bande! Selbst Oma Klütsch an ihrem sechzigsten Hochzeitstag hätte das geschickter angestellt!* »Ich traue jedem in Uniform –«, war einer ihrer Standards gewesen, »– alles zu.«

Ich wanderte mit dumpfem Schädel, sich überschlagenden finsteren Gedanken und fortwährenden Selbstvorwürfen bis zu meiner Bucht, kroch unter Simons Boot, das kieloben auf eine Weinkiste gelehnt lag, und fiel wieder einmal in einen äußerst unruhigen Schlaf, in dem ich in einem Traum in *Eastman-Color,* von dicken grünen Schmeißfliegen umschwirrt durch die Gassen von Kairo lief, einen Revolver in der Hand, aus dessen Lauf fortwährend Blut tropfte, in Riesentropfen mit unüberhörbarem Klatschen auf die Straße platschte, woraufhin das Gewusel von Beduinen, Bauchtänzerinnen, Männern in Taucheranzügen und Pfeife rauchenden Maigrets um mich herum dichter wurde, einen enger werdenden Kreis um mich bildete. Der mich wütend anbellte, bedrohlich auf mich zukam, rhythmisch mit den Füßen stampfend, Staub aufwirbelnd, in die Hände klatschend *Ho-hä* bellte, brüllte, *Ho-hä,* ohne Unterlaß *Ho-hä, ho-hä,* den Klang von Hendrix' Gitarre imitierend, E-Bb, E-Bb – das Anfangsriff von *Purple Haze, ho-hä, ho-hä, ho-hä* ... Und hoch oben auf einem Minarett stand Jimi, eine Gitarre aus glänzendem schwarzen Marmor im Nacken, und schrie: *Is this tomorrow or just the end of time ...?*

55

Die Aussteuerungsanzeige an Mampernods Kassettenrekorder flackerte nervös zu *Roxanne*, bei jeder Bassdrum flammten die beiden Reihen auf wie Mündungsfeuer, und was mich wahnsinnig machte, war, daß in der linken Reihe sechs Birnchen aufleuchteten und in der rechten nur zwei. Mein Symmetriegefühl war so gestört, daß ich schon ganz schief auf meinem Hocker hing, beide Ellbogen zum Abstützen in die Theke gerammt, in der rechten Hand ein hohes Glas Pastis, das ich mir zum Kühlen an die Schläfe hielt, in der anderen Hand eine Kippe.

Mein Kopf lungerte immer mehr nach links hin, für den Fall, daß ich mal wieder an der Kippe ziehen wollte, aber er konnte sich auch schlecht von dem kühlenden Glas trennen – man mußte ja zwischendurch auch mal 'nen Schluck trinken. Und schließlich waren da die beiden armen roten Pünktchen, die gegen die protzigen sechs ankämpfen mußten wie Stan und Ollie gegen ein Rudel *keystone cops. Das ist nicht fair!*

»Das is' nich' fair!« schrie ich in die verqualmte Runde. Aber niemand achtete auf mich. Nur schwadronierende Franzmänner um mich rum.

»C'est ne pas – eh ... fair!« versuchte ich es noch mal mit weltläufiger Geste, was aber auch niemanden beeindruckte. Also nahm ich noch einen Schluck und kümmerte mich wieder um meine beiden roten Schützlinge, die mittlerweile irgendein landsmännischer Chansonnier arg ins Schwitzen brachte mit seiner Rotweinfleckenentfernerverkäufer-Rhythmik. *Haltet durch, Jungs! Allons, enfants!* feuerte ich sie an, und sie zwinkerten mir keuchend zu, als wollten sie sagen: »Nein, Büb, wir geben nicht auf, wir nicht!«

Und dann kamen mir meine Erinnerungen entgegengepurzelt – kreischende Kinder auf einer Rutschbahn, an einem klaren Novembermorgen in die letzte Herbstsonne gescheucht, damit sie nicht beim Plätzchenbacken im Weg waren; mit hellen kleinen Wölkchen um die offenen Münder und Stimmen, die lauter hallten, als sie es den ganzen Sommer getan hatten; in rote Schals, gestreifte Strickmützen und zu große Anoraks gepackt und geflickte Hosen, die den Reif von dem eisigen Metall wischten. Mit all ihren Gummistiefelchen landeten sie platschend in der schlammigen Pfütze genau vor meiner Nase, ließen sich mit grimmiger Freude auf dem Hosenboden hineinplumpsen, um sie leerzuspritzen, warfen ihre lästigen kleinen Fäustlinge beiseite, griffen in den Matsch, schmissen sich gegenseitig und mir das Zeug um die Ohren und versauten mir endgültig den Abend.

Mit dem nassen Boden meines Glases malte ich olympische Ringe auf die Theke, prostete ihnen zu und dachte über meine eigenen fünf Disziplinen nach, kam aber nur auf drei – Schlagzeug spielen, sechssaitige Gitarren verkrüppeln, ein bißchen singen … halt! vier: Ich konnte ein anständiges Bier zapfen und drei Reihen Besoffene an einer zehn Meter langen Theke bei Laune halten. Wenn ich selber nüchtern genug war – ob Saufen auch als Disziplin zählte? Und Kettenrauchen? Oder ein paar Mädels glücklich gemacht zu haben – für ein paar Stunden, Tage, Monate? Bis das Glück abbrach, abgebrochen wurde – weil der Bus weiterfuhr oder weil die Kirschen in Nachbars Garten so süß leuchteten; oder weil es eines Morgens schal wurde wie das schäumende Bier vom Abend vorher; oder weil es sich verstolperte, verdrehte und verkantete und zu einem galligen Knoten aus Überdruß, Eifersucht, Reue, Haß und Gleichgültigkeit wurde, der das Miteinanderreden so unmöglich macht wie das Miteinandersein, einem die Erinnerung verstopft an das, was man einmal als Glück empfunden hat.

Bis man sich eines Tages wiedertrifft und sich wehmütig anlächeln kann: Ach, was waren wir zwei doch blöd, damals – guck, wie gut wir uns verstehn! Und es folgt womöglich noch eine warme, zarte Nacht, wo man nicht weiß, ob Wehmut Leidenschaft entfacht oder Leidenschaft Wehmut verbergen soll oder Wehmut gar eine Leidenschaft ist. Auf jeden Fall bringt einem so eine Nacht das Glück nicht wieder, sondern höchstens die Erkenntnis, daß auch Glück ein Verfallsdatum zu haben scheint wie Eifelmilch und Thunfisch in Dosen und Rosenblüten, wie Lemminge und Keith Moon und Janis Joplin. *Get it while you can …!*

Und irgendwo in Köln saß Vera, voll zärtlicher Zuneigung für mich und voll Leidenschaft für rothaarige Frauen in schwarzen Lederhosen, und irgendwo in Ingendingenhingen saß Dubravka, die es zweimal mit mir versucht hatte und es vielleicht sogar ein drittes Mal versucht hätte, wenn ich nicht der wäre, der ich war – ein pausenlos Besoffener, torkelnd vor Angst.

Angst, irgendwas zu verpassen von diesem herrlichen, komischen, chaotischen, rätselhaften Leben; ein paar schwerelosen Tagen einer Kindheit, die du nicht aufgeben willst, und den zergrübelten Nächten des Erwachsenen, der du nie werden wolltest; dem quellklaren Gezwitscher des Landlebens und dem heiseren Gelächter um einen zugequalmten Kartentisch; dem übermütigen Schreien in der schäumenden Brandung und dem Pfeifen im finsteren Wald, dem Geflüster unter seidenen Laken und dem *one, two, three, four*, bevor du gleichzeitig auf die Bassdrum trittst und mit beiden Armen auf die Becken drischst, daß du das Knacken in deinen Schultergelenken hörst, obwohl dir gleichzeitig vier *Marshall*-Türme ins Kreuz springen und dir zweitausend Kehlen YEAAAH! entgegenschreien.

Die Räusche und die Kater, die richtigen Fragen und die falschen Antworten. Die ungeliebten richtigen Antworten auf die falschen Fragen. Die Tränen der Hoffnung und die Tränen der Hoffnungslosigkeit und die Träume und die Lieder und die Tomtomwirbel und das Peitschen der Hi-Hat und die Stille zwischen dem letzten Akkord und dem ersten Applaus. Die lächelnden Augen und die fordernden Fingernägel, die trockenkehligen Kilometer zum Kühlschrank und der schwerfüßige halbe Meter zum Versöhnungskuß und die lächerlich leichten Millimeter zum Tod.

Ein Besoffener, dessen ewige Disziplin es ist, hinter seinem eigenen Schatten herzurennen; ein nicht enden wollender Anlauf: endlich einmal den Sprung darüber hinweg zu schaffen … *Da hammer doch die fünfte Disssipling! – Mampernod, noch'n Passsiss!*

Und hier saß ich, im berühmten St.-Tropez, trank eine Plörre, die ich nicht mochte, hatte einen verliebten Schwulen am Hals und einen Menschen umgebracht, und im Augenblick schien mein dringlichstes Problem eine schlecht ausgesteuerte Kassette zu sein.

Drängende Probleme soll man nicht aufschieben. Ich löste es, indem ich dem Rekorder einen Schluck von der gelben Plörre spendierte. Er bedankte sich mit einem qualmenden Zischen, ließ Françoise Hardy, die inzwischen an der Reihe war, noch einmal kurz gurgeln, und löste einen Kurzschluß aus, der Mampernods Bistro in Dunkelheit und wütende nasale *Rööröös, pläng schängs* und *merde alors! merdes!* tauchte.

Ich schnappte mir noch eine von den Rotweinflaschen aus dem Regal und quetschte mich nach draußen, wo mich nach ein paar hundert Schritten Richtung Wasser die mediterrane Stille traf wie das Intro einer Ballade von Scott Walker. Ich setzte mich auf einen Poller und versuchte, die Namen der Schiffchen um mich herum zu entziffern – *Beneteau* und *Vanyssa*, *Miss Piggy* und *Cyrano*, *Volupté* und *Atalante, Prélude, Waikiki* und *Giulia II, Starwatcher, Marjorie* und *Diablesse*, und sie alle verschwammen zu *DubravkaVeraDubravkaVeradubravkaveradubrararara* – …

Ich rutschte an dem Poller entlang zu Boden und heulte ein paar Minuten Rotz und Wasser, daß es mich nur so schüttelte. Dann schniefte ich mir die Nase frei, schlug der Pulle den Hals ab und schaffte es, den *vin de table* in mich hineinlaufen zu lassen, ohne mir die Fresse aufzuschneiden. *Sweet wine / Hay makin' / Sunshine / Day breakin'* …

56

Jemand nahm mir die Flasche aus der Hand und hockte sich neben mich auf den Boden.

»Der hat der wirklick verdient, Boob – der war eine Sweinehund. Irgend jemand hätt' ihm bestimmt diese Jahr nock de' Kopf weggeschossen. But that was not you.« Ich traute meinen Ohren nicht.

»Twiggy ...? Twiggy! Verdammter Drecksack! Wo – was – wie –« *Wer schreibt hier eigentlich meinen Text?*

»Ick bin seit der afternoon hinter dem, Boob. Hinter die crazy french gorilla, der hät ängeben mit sein Super-Job hoyt abend, fur der German asshole, und ick bin dahin, und ick war auck hinter dir. Du hast ihm garnickt getroffen. Das war mein' Magnum.« Vor lauter Erleichterung fing ich wieder an zu heulen. *Niemanden getötet! Twiggy wieder da!* Twiggy, der ehemalige Los-Angeles-Bulle, der Fels in so mancher ungemütlichen Brandung in den siebziger Jahren, als wir zusammen das eine oder andere Abenteuer erlebt hatten, bis er sich hierher abgesetzt hatte. Absetzen hatte müssen.

Ich fühlte mich wie als Fünfjähriger – der Mann in dem stinkenden Eisbärkostüm auf der Hohe Straße hielt mich im Arm, aber ich wußte nichts von einem Mann und einem Kostüm, für mich war ich das Opfer eines richtigen, riesigen Eismeerungeheuers, ich sah nur den aufgerissenen Fang, die mörderischen Zähne, hörte das Grollen und Fauchen aus seinem Inneren, und das verständnislose, höhnische Gelächter der Umstehenden machte es auch nicht besser, und ich machte mir fast in die Hosen vor Angst, schrie wie am Spieß, bis meine Mutter mich wieder an sich nahm, mich im Arm hielt, mir den Kopf streichelte, ausnahmsweise meine Angst mal ernst nehmend, und ich verbarg mein Gesicht an ihrem Hals, spürte ihren Puls, roch ihr Puder, ihr Kölnisch Wasser, ihre Sommerhaut – geborgen, daheim, in Sicherheit.

So wie jetzt. Auch wenn das viereckige Muskelpaket neben mir kein bißchen nach Puder oder Kölnisch Wasser duftete, schon gar nicht nach Mutters Haut – er roch eher wie einer, der gerade eine Runde mit einem See-Elefanten getanzt hatte. Ich guckte ihn mir etwas genauer an.

»Gut siehst du aus, Alter.« Dunkelbraun gebrannt, kein Gramm Fett am Leib. Die Augen klar, als hätte er seit Jahren keinen Alkohol angerührt, geschweige denn einen seiner ewigen Haschischklumpen gekaut, ohne die man ihn früher kaum je gesehen hatte. Aber meine eigenen Augen schienen nicht mehr so klar zu sein – er kippte mit einem Schluck ein Viertel von dem Rotwein weg, gab mir die Pulle, griff in die Hosentasche und wickelte einen der bekannten Silberpapierklumpen auseinander.

»I'm fine, Boob«, grinste er vergnügt. »Mir gäiht gut.«

»Ja«, nickte ich, »wie schön für dich.« Er musterte mich von oben bis unten, nickte dann auch.

»Bouillabaisse«, sagte er. Es klang ziemlich französisch.

»Soo schlimm seh' ich aus?« Er lachte.

»Come on, Boob. Let's go.«

»Wenn du's sagst.« Also gingen wir.

57

Der Laden lag auf der Ostseite des Hafens, weit hinter den Parkplätzen, dem Gebäude, in dem Hafenmeisterei und Zollstation untergebracht waren, noch hinter dem Stück Kai, wo die teureren Yachten vertäut waren, ein einstmals dunkelblauer Holzschuppen, von dem die Farbe abblätterte wie die Schale von einer heißen Marone. Keine Außenbeleuchtung, keine Reklame, keine Pflanzenkübel vor dem Eingang, keine uniformierten Türsteher. Nur zwei gelangweilte quadratische Fremdenlegionärs-Typen an einem quadratischen Tisch in einem finsteren quadratischen Vorraum, mit weiten Jacketts und schmalen Augen, einer Thermoskanne, zwei Plastikbechern, einem Kartenspiel und einer Telefonanlage auf einem Büroschrank mit sechs Schubladen. Die oberste Schublade stand halb offen, ich konnte ein paar Fächer voller Spielchips in verschiedenen Farben erkennen.

An der Wand ihnen gegenüber hingen vier Monitore, in denen sich die Außenwelt abspielte. *Film Noir*. Die Fremdenlegion hob lässig eine halbe Hand, um Twig zu grüßen; der eine drückte auf einen Knopf an der Anlage. Ein hohes Summen ertönte, anders, angenehmer als das der Fliegen, eine schmale Tür schwang auf, Gemurmel und Musik rannen in den Vorraum wie Wasser unter einer Badezimmertür. Drinnen gab es eine glitzernde Bar über die ganze Länge eines gemütlich beleuchteten Saales. An der Bar bestimmt zwei Dutzend Hocker, dahinter vier gutbeschäftigte Mädels in schwarzen, straßbestickten Oberteilen. Die sich gut machten vor grob verputzten Regipswänden, auf denen in dieser neumodischen Wischtechnik ein dunkles Rotorange mit gelborangenen Schlieren vermischt war.

Der Raum war zweigeteilt. In der Hälfte vor uns gab es ein paar Tische mit Karten- und noch mehr Backgammonspielern und mittendrin einen großen Roulettetisch. Drumherum Menschen in Abendgarderobe und Uniformen, in abgerissenen Fischerklamotten und Tenniskleidung, in Straßenanzügen, Lederjacken und Jeans und T-Shirt. Es herrschte eine heitere, aber angespannte, ruhige Atmosphäre, wie in jedem Spielclub, in dem es um mehr geht als eine Rolle Markstücke. Fast alle Spieltische waren besetzt. Aus versteckten Boxen klangen gedämpft Chansons aus den vierziger, fünfziger Jahren.

Hinter einer hölzernen Balustrade gab es die andere Hälfte, einen halben Meter erhöht, mit vielleicht fünfzehn, sechzehn kleinen Tischen, die mit weiß-gelb karierten Tischtüchern gedeckt waren, auf denen Kerzen in leeren Ballonflaschen schimmerten. Hier war alles besetzt. Die meisten Leute aßen, unterhielten sich leise, als wollten sie die Konzentration der Spieler nicht stören.

Wir gingen an der Bar entlang, zwei Stufen hoch, und Twiggy steuerte auf einen Ecktisch zu, an dem drei Typen saßen, die aussahen, als kämen sie gerade vom Belmondo-Doppelgänger-Wettbewerb. Gold, Silber und Bronze. Er klopfte zur Begrüßung zweimal auf die Tischplatte und nickte zur Theke hin. Sie nahmen ihre Pastis-Gläser und ihre Flasche und standen auf, wobei sie mir ein paar neugierige Blicke zuwarfen. Bronze zog den Rechnungsbon unter dem Wasserkrug hervor, aber Twiggy nahm ihm den wieder ab, zerriß ihn und streute die Schnipsel in den Aschenbecher. Wir setzten uns.

»Aaah«, machte er, »*green, green grass of home.*« Mir fiel die Kinnlade runter.

»*Home?*« Er grinste breit, machte eine ausladende Bewegung mit der Hand, Ben Cartwright, der seiner fünften Braut (sechsten? siebten?) die Ponderosa vorführt.

»Eine Drittel davon is' meine. Yep.« Ich sah mich um. Ein guter Tisch. Der volle Überblick. Über etwas, das schwer nach Goldgrube aussah. Ich deutete Applaus an. Von einem der Backgammonplätze unter mir winkte mir Bérat freundlich grüßend zu. Vor ihm lag ein Berg Chips so hoch wie ein Gänsebraten. Ein Kellner trat an unseren Tisch, weiße Jeans, schwarzes T-Shirt mit Straßverzierungen, Lidschatten. Twig hob zwei Finger, der Junge ging wieder.

»Legal?« fragte ich. Er wiegte den Kopf hin und her.

»More or less.«

»Aber es läuft.«

»Es lauft.«

»Wie lange schon?«

»Swei Jahren? In Sommer ick mäck Charterboat-Fahren – for de legale Seite. Aber meisten ick fahr de boat aus de Hafen, ein assistant kommt mit de motorboat un ubernimmt de Kundschäft un ick fähre wieder näck Hause, bis is time for change. Sometimes ick ubernehme andere Jobs – vor diese Laden hier mehr –« Der Straß-Junge stellte eine dampfende blaue Schüssel auf den Tisch, ein zweiter einen Korb mit Brot, Teller und Besteck, ein dritter goß uns Rotwein ein. Schwupps, waren sie auch schon wieder verschwunden. Wir ließen die Weingläser klingen, nickten uns stumm zu und bedienten uns dann selbst aus der Schüssel. »Wie hast du fruher immer gesäggt, Boob – *hau rein?*« Ich nickte. »Okay – hau rein! Wenn du kommst äls Tourist hier essen Bouillabaisse, eine Teller kostet dir hundertfumssigg fucking Francs.«

»Hundertfün -? *Ein* Teller?? Und die zahlen das?«

»Klar – is' Nätionalfood. Der teuerste, wäs gibt – alle Abfäll von de Fischer in ein pot, bischen ruhren, bischen wurdzen: Bingo.«

Also haute ich rein, bis mir der Schweiß die Wangen runterlief. Es war das Beste, was ich seit langem gegessen hatte. Der Wein war auch nicht schlecht.

Die Zigarette danach ein Genuß.

Die Kugel rollte. Die Spieler spielten. Die Chansons dudelten. Die Straß-Jungs und -Mädels malochten und wuselten herum. Die hölzernen Steuerräder an der Rückwand standen still und zeigten stur geradeaus. Der Rauch stieg hoch. Die Kerzen brannten runter. Ich fühlte mich ähnlich – jetzt ein weiches Bett und ein Wecker, den man auf September stellen könnte ... Aber da hingen noch ein paar Fragen in meinem Kopf herum wie Fliegenfänger. Dauernd blieben meine halbwachen, tranigen Gedanken an ihnen kleben.

»Und wen meinst du mit *deutsches Arschloch?* Und wieso warst du eigentlich da? Und überhaupt –« Er winkte einem seiner Jungs mit der leeren Flasche.

»Boob, du siehs' aus wie Pony-Express nach six hundred miles. Ick jetz' geb' dir ein Sofa, du mäck for swei Stunde de Auge ssu, ick mäck mein Job, dann wir gäihn talk a little, okay?« Na ja – Augen zu klang gut. Er führte mich durch eine Tür am Ende der Bar, eine klapprige Stahltreppe hoch. Ein Büro mit zwei Schreibtischen, einem riesigen Safe und einer Sitzecke, bestehend aus einem niedrigen Nierentisch und einer Ledergarnitur. Er zeigte auf die Couch, ging zu einer Art Spind und kam mit einem Pelzmantel zurück. »Here, boy – du kännst slafen unter eine Million Rubel«, griente er und warf den Mantel über mich.

»*Ich bin der Dreck unter deinen Walzen*«, brummte ich, während ich mich in eine Million Rubel wickelte.

»What?«

»*Und du bist mein Sofa*«, murmelte ich, sah ihn noch kopfschüttelnd die Tür öffnen, aber hörte sie schon nicht mehr zuklappen.

Kläusjen

Der Junge kam in das Hotelzimmer, warf den Schlüssel auf die Kommode, lief nervös auf und ab. Drei Schritte bis zum Schrank. Drei Schritte bis zum Bettrand. *Was war hier nur los?* Dann hörte er ein Geräusch im Nebenzimmer. Leise öffnete er seine Balkontür, schlich zur nächsten. Sie war nur angelehnt. Er stieß sie auf und sprang in den dämmrigen Raum hinein. Genau in den Scheitelpunkt eines waagerecht in Magenhöhe geschwungenen Frisierhockers. Die Luft wurde ihm mit einem gurgelnden Keuchen aus dem Leib geschlagen, und er stolperte zusammengekrümmt auf das Bett zu. Dann kam der Hocker noch einmal und traf ihn in die Nieren. Er plumpste auf das Bett, mit dem Gesicht auf die Tagesdecke. Jemand sprang auf seinen Rücken, drückte ihm ein hartes Knie zwischen die Beine, riß ihm beide Arme schmerzhaft auf den Rücken, schlang ihm einen ledernen Gürtel um die Handgelenke, so stramm, daß ihm nach wenigen Sekunden die Fingerspitzen kribbelten. Er versuchte, sich herumzuwerfen, aber ein zweites Knie stieß ihm ins Genick, hielt seinen Kopf unten, drückte sein Gesicht in die Decke, daß ihm kein Raum mehr zum Atmen blieb. Es gelang ihm, den Kopf so weit zu drehen, daß Luft in seinen weit aufgerissenen Mund strömen konnte. Sein Gegner nahm das Kissen vom Kopfende, riß den Überzug ab, packte ihn an den Haaren, bog seinen Kopf zurück und stülpte ihm den Bezug darüber. Zog die Ecken um seinen Hals zusammen und verknotete sie in seinem Nacken. Schlug ihm mit dem Handballen auf den Hinterkopf, daß sein Gesicht wieder auf das Bett prallte. Er begann zu schluchzen. Biß sich auf die Lippen. *Nein, nein – den Gefallen würde er ihnen nicht tun!* Er würgte, es schüttelte ihn durch und durch.

»Hört auf!« schrie er dumpf in seine undurchsichtige Maske, »Aufhören! Bitte!!« Jemand lachte. Eine Hand zog das Hemd in seinem Rücken aus seiner Hose, schob es nach oben, langsam, fast zärtlich. Dann spürte er, zwischen seinen zuckenden Schulterblättern, eine kalte, scharfe Metallspitze, die ebenso genüßlich sein Rückgrat entlang nach unten wanderte.

»Wo ist es?« fragte eine Stimme, freundlich, als erkundigte sie sich nach dem Weg zum Strand. Dann bohrte sich das Metall kurz in seine Haut. Er schrie auf, zuckte hoch, das Metall bohrte sich tiefer. »Wo sind sie?« flüsterte die Stimme, dicht neben seinem Ohr.

»Was? Ich weiß nicht, wovon –« Die Spitze – *ein Messer?* – wanderte weiter nach unten, zog den Gummibund seiner Hose mit sich, bis zum unteren Rand seiner Badehose, gab wieder nach und ließ den Bund nach oben schnellen. Wieder schrie er auf. Dabei tat es gar nicht weh. Nein, es war schlimmer.

Eine Hand griff unter den Bund, auch unter den der Badehose, und zog beide hoch. Ein Ratschen, ein Reißen – *ja, mein Gott, ein Messer!* –, und er lag da mit nacktem Hinterteil, zitternd, wimmernd.

»Wo sind sie?« Wieder nah an seinem Ohr. Die Messerspitze landete wieder zwischen seinen Schulterblättern, zog eine dünne Linie seinen Rücken hinab, nahm sich alle Zeit der Welt, erreichte seinen Hintern, wanderte weiter, über seine gefesselten Handgelenke. Er kniff die Pobacken zusammen, aber die Klinge wurde gedreht, schnitt ihn ins Fleisch, er mußte nachgeben, so ritzte sie nur seine Haut, die heftigste Gänsehaut seines Lebens – als würde er nackt Schlittschuh laufen. Sein Wimmern schlug um in ein Kichern – nackt auf dem zugefrorenen Weiher hinter der Schule! Aber es wurde schon dunkel. Essenszeit. Mama ruft! MAMA! schrie es in ihm, als die Spitze seinen Hodensack erreichte, aber es schrie nur in ihm, denn er biß die Zähne zusammen, biß sich auf die Lippen, auf die Zunge, schmeckte sein eigenes Blut, metallisch, als würde er an dem Messer lecken.

Das jetzt so weit war, daß er die Faust spüren konnte, die es hielt, die Klinge an seinen Hoden, die Faust in seiner Poritze, spüren konnte, wie die Faust sich drehte, linksherum, rechtsherum … Und dann von unten nach oben, und er spürte, wie die Faust sich verlagerte und ihm den Griff des Messers in den After schob, behutsam erst, aber mit jeder Silbe heftiger und tiefer: »Wo – sind – sie – Sü-ßer? – Na? – Wo? – Sag's – mir! – Wo?« Sein Bauch wurde heiß, als er merkte, daß seine Blase sich entleerte. *Warum konnte er nicht das Bewußtsein verlieren? In ein schwarzes Loch fallen, weit, weit weg von hier …?*

»Mama«, kam es aus seinem blutigen Mund. Das Messer verschwand mit einem schmerzhaften, reißenden Ruck.

»Wie bitte?« fragte die Stimme, fast in seinem Ohr.

»D-der – Am-ameri-kaner«, stieß er heraus, und die Tränen in seinen Augen brannten schlimmer als sein mißhandelter Hintern.

»Der Kurier?« Er nickte nur noch – *Ja ja ja! Jetzt wißt ihr alles – geht weg! Geht weg!* Die Stimme lachte leise an seinem Ohr, wieder freundlich, fröhlich, unbeschwert, als habe er einem kleinen Jungen ein schönes kleines Geschenk gemacht, ein Eis gekauft, einen richtigen Fußball.

»Das ist schön, Süßer. Da hat er sich aber eine hübsche Belohnung verdient, oder nicht? Eine hübsche Belohnung für ein hübsches Stück Hintern, nicht wahr? Entspann dich, Süßer, entspann dich!« Und er hörte, spürte, sah, ohne zu sehen, wie der andere sich seiner Hosen entledigte, wie er sich zwischen seine Beine kniete, die Messerspitze mitten in seine Kniekehle gedrückt, damit er nicht anfinge, um sich zu treten, und Galle stieg ihm die Kehle hoch, er warf noch einmal seinen Kopf herum, hörte noch sein Genick knacksen, und fiel endlich in Ohnmacht, während ihm sein eigenes Erbrochenes in die Nase schoß wie nach einer Explosion …

58

»A li'l fresh air, Boob?« Twiggy saß in einem der Sess
te eins seiner Klümpchen und zählte den letzten von ungefähr dreißig Stapeln Geldscheinen. Ich brauchte eine Weile, bis ich wußte, wo ich war. Und wer ich war. Nur das Warum ließ noch auf sich warten.

»Normaler Tag?« nickte ich zu der Kohle hin.

»Nee. Wockenende's bischen besser.«

»Nich' schlecht, Alter. Weißte noch, was du damals im *Session* verdient hast?« Er lachte und nahm zwei Scheine von einem Stapel.

»Yeah. Däs hier.« Er kicherte, schüttelte nachdenklich den Kopf. »De *Session* – shi-it! Un däfur ick hab' dreimal de Messer abgekriegt, sweimal de Arme gebrocken, vier Ssähnen weg an' about a fuckin' million – eh – blaue Flecks!«

»Und jeden Abend 'ne Flasche *Jack Daniel's.*«

»Yeah. Almos' killed me.« Er griff neben seinen Sessel und holte eine Flasche Rotwein hoch. »Da's besser. Fur de Gesundheit un älles.« Nahm einen guten Schluck und gab sie mir rüber. Ich bediente mich, während er das Geld in dem Safe verstaute.

»Wie lange hab' ich gepennt?«

»Drei Stund'. Jetz' is' ein Uhr, de Lade' is ruhig hoyte un wir can go outside, get some air.«

Also gingen wir ein bißchen frische Luft schnappen, verließen die Goldgrube wieder, wanderten ein paar Schritte aus dem Hafengelände raus und hockten uns auf ein Mäuerchen, das den Hof eines alten Schuppens begrenzte, an einer der letzten Molen, an der ein paar kleinere Kähne und schäbige Segelbötchen knarrend vor sich hin dümpelten. Der Himmel hing hoch über uns, ein marineblauer Baldachin, mit einer Trillion weißgoldener Heftzwecken an die Decke der Welt getackert. Darunter streckte sich das unruhige Laken des Wassers bis an einen schwarzen Saum, der es von dem Baldachin trennte. Auf dem Wasser tanzten winzige Surfer aus weißem Schaum, tauchten auf, tauchten unter, flitzten hin und her wie Labormäuse, wenn das Essensglöckchen klingelt. Das Meer roch nach Meer. Der Rotwein schmeckte nach Rotwein. Das Schweigen klang, wie wenn alte Freunde schweigen. Aber der Fliegenfänger, die Fragen …

»Und was ist aus dem Schuß geworden, mit dem du damals die Biege gemacht hast?« Twig stand auf und sammelte ein paar Steine ein. Ließ sie eine Weile über die Wellen hüpfen. Setzte sich wieder. Trank.

»Wenn ick komm näck Germany, Boob, ick denke ick häb sweimal in mein Leben de Kopf verloren. De erste Mal, wenn ick treff Linda, my wife …, un de sweite Mal, wenn ick treff de suckers that killed her …« Es entstand eine lange Pause, in der er über das Meer blickte. Es war zwar nicht der Atlantik, aber ich wußte, daß er weit jenseits des schwarzen Saumes Los Angeles sehen konnte, ein schäbiges Motel am Highway nach Santa Monica, ein Zimmer voller Marihuanaschwaden, in dem er Nummer drei und vier die Quittung gegeben hatte. Aber auch die hatte Linda nicht wieder auslösen können.

»Un dann de dritte Mal, wenn ick treff de Susan. Is eine Seite wie de Double von Marylin Monroe, is ande Seite Linda in blonde. Ick bin – I was fuckin' not my fuckin' self anymore, Boob! Sie gibt mir ihre sportscar un ihre Augen un ihr pussy – aber sie nimmt my goddam brain un älles. Ick bin so blind wie Ray Charles, nur er is clever un ick bin as dumb as Dumbo's ass, un wir leben in Nizza un Monte Carlo un hauen älles auf de Kopf, äll meine – hey: unsere Scheisegeld. Well – fäst älles; es gibt ein Bang! wenn ick werd wieder klar un seh sie mit de verdammte Italian prince oder conte oder marchese – fuck it! – un ick nehm noch ein klein Rest un geh weg. Will weit weg gäihn, aber is nur kleine Rest un ick häb bad feelings wegen dein Teil von de Geld un ick krieg ein Job hier un nock ein Job da –«

»Was für Jobs, Twig?«

»Oh, ick mäcke ein bischen hier, ein bischen da; Geld kässieren, Backgammon-Turnier, Pakete uber de Grenze hin, Leute uber de Grenze her, so Dinger.«

»He, du warst mal ein *Cop!*«

»Yeah. De best. Before Linda was …« Ja. Bevor sie seine Frau in Fetzen geschnitten hatten. Bevor seine ganze Welt in Fetzen gegangen war – vier mit abgedrehten Drogen zugedröhnte Typen von nicht mal zwanzig Jahren und ihre beschissene, gefühllose Bandenmutprobe, die ihm sein einziges Glück geraubt hatte. Ihm, der doch selber nicht mal dreißig gewesen war, froh, seiner eigenen Gang-Laufbahn entkommen zu sein, dem ganz alltäglichen Wahnsinn von L. A.; der es auf die andere Seite geschafft hatte, auf die Seite der *Guten* – die ihm allerdings in Vietnam auch nichts anderes beigebracht hatten, als noch härter, noch brutaler zu sein als die anderen. Und dann diese Frau, seine Liebste, die so stolz auf ihn war, so stolz, *daß* er es geschafft hatte …

Wir tranken ein paar Gedenkminuten lang schweigend. Die Flasche wanderte langsam hin und her, bis sie leer war, im Meer verschwand und Twiggy die zweite öffnete, aus dem klirrenden Beutel, den er mitgenommen hatte.

»Und gestern?« nahm ich den Faden wieder auf. *Deutsche Gründlichkeit.*

»Weiter ssuruck, Boob. Letzte Woche ick krieg ein telephone call. Fremde Männ, deutsche accent: Will ick mäcken ein Zehntausend-Dollar-Job? Bring ein klein Packet von hier näck Cologne, Germany? Ick sägg ihm, ick mäck kein Job mehr wie diese. Er säggt, wenn ick mäck de Job, ick häb de zehntausend, wenn ick mäck nickt, ick häb ein Hauf Problemen. *Ein gänse cottage voll Problemen!*« Ich sah ihn stirnrunzelnd an. Er nickte nach hinten zu seiner Goldgrube rüber.

»De Laden heißt *cottage*, gibt nur wenige Leute, nennen ihm so. Insiders.«

»Also sagst du erst mal ja.«

»Älso ick sägg ja – erst mal. Erste Gedänke is: treffen de Männ. See what happens. Zweite Gedänke is: Gehe maybe näck Cologne, näck all die Jahren, sehe Boob un ssahle ein bischen von mein Schuld.«

»Also triffst du ihn.« Kopfschütteln.

»Treffe nur ein french gorilla, der is ein klein messenger. Erssählt ein Haufe shit. Säggt, ick häb kein alternative denn mäcke de Job. Säggt, ick krieg ein wertvoll Packet, gehe näck Cologne in ein Hotel – eh – *Rheinländ,* rufe an ein Nummer – ick häb auf ein paper in de office. Treffe Männ, geb de Packet gegen mein Dollars. Job Ende. Ruhe. Roger. Over. Aber ick kenne de gorilla, so ick sägg ein paar Freunde: Geh Augen aufmäcken auf ihm. Gestern ick höre, er mäckt große Reden in sein Lokal, däß er hät big hit un kriegt big money. Ick geh sprecke mit sein Mäidchen, die mäckt vor Ängst in de Hose un säggt mir de *Revanche à Trois*-Rendezvous. Säggt mir, sein Job is kill de american detective un kill de kraut. Un kriegt *fifty-thousand Dollars* von de princess!«

»Welcher Kraut? Un' was'n jetzt für 'ne Prinzessin? Ich blick' überhaupt nich' mehr durch, Mann! Gib mir mal was Denkwasser!« Er reichte mir den Wein.

»Päß auf, Boob ...«

59

... und dann explodierte die Flasche. Zersprang einfach mit einem scharfen Klirren in tausend Scherben, Rotwein spritzte durch die Gegend, als sei jemand beidbeinig in eine Pfütze aus Blut gesprungen, und erst nach dem Klirren registrierte ich den Nachhall eines anderen Knalls, eines dünnen *Peng,* als hätte irgendein bekiffter Vorstadtgaragen-Schlagzeuger mit einer Kuchengabel auf eine Snare geschlagen, deren Fell einen Riß hat.

Bevor noch das Geräusch in meinen Ohren verklungen war,

hatte Twig mir einen heftigen Schlag gegen die Schulter gedonnert und »*Move it, Boob!*« geschrien, sich zweimal nach rechts von mir weg überschlagen und hockte bereits hinter dem kleinen Mäuerchen, plötzlich seine riesige Magnum in der Faust, woher auch immer. Dann explodierte die ganze Welt, als das Ding losging. Ich hatte keine Ahnung, worauf oder wohin er feuerte. Aber ich kam zu dem Schluß, daß es vielleicht tatsächlich nicht verkehrt wäre, mich auch mal ein bißchen zu bewegen. Also rollte ich mich nach links rüber, landete mit den Knien in einem Haufen Glassplitter, kam unwillkürlich wieder halb hoch. Und dann explodierte auch noch mein Rücken.

Wir saßen jetzt hinter dem Schuppen, vor meinen Augen tanzten glühende blaue und weiße Sternchen durch einen roten Nebel, und Twiggy – heftig atmend, weil er mich dreißig Meter weit hierher getragen hatte, im Zickzack rennend – riß mir das Hemd vom Leib.

»He!« protestierte ich, »Das hab' ich schon bald zwanzig Jahre! Das is' Veras Lieblingshemd!«

»Yeah«, knurrte er, »äber maybe nickt for dein Beerdigung!« Er nahm es zwischen die Zähne und riß es in Streifen. Drückte mir ein Knäuel auf die heftig blutende Wunde in meiner linken Hüfte und wickelte mir Streifen um den Leib. Dann nahm er meine Linke und preßte sie darauf. »Halt hier imme' fest, Boob, du verlierst ssuviel Blut!« Hinter dem Schuppen klapperte ein Stück Holz. Twiggy nahm seine Magnum wieder auf, hielt sie um die Ecke und schoß zweimal. Sofort ratterte die Maschinenpistole wieder los, die eine ganze Weile geschwiegen hatte. Twig sah sich um. »Wir nehmen diese da«, nickte er zu einem grauen Citroën ID 19 hinüber. Er lud die Magnum nach und drückte mir das Ding in die Hand. »Ick geh de Wagen holen. Du mäck bang näck hinten alle vier Sekunde, okay?« Ich nickte. Mühsam – der rote Nebel war dichter geworden, legte sich drückend um meine Stirn wie ein Autoreifen.

Twig nestelte ein komisches Werkzeug aus seiner Lederjakke und rannte los. Ich hob die Waffe, schwer wie ein Kranz voller Kölsch, hielt sie um die Schuppenecke und drückte ab. Der Rückstoß fuhr mir durch den rechten Arm, die Schulter, den ganzen Leib bis in das Loch in meiner Hüfte und warf mir die Kanone aus der Hand. Keuchend kroch ich zu ihr hin, während Kugeln aus der MP über mich hinwegzischten, zählte brav und verbissen von einundzwanzig bis vierundzwanzig, nahm sie wieder an mich und schoß noch einmal. Zweimal. Weiß-nicht-wie-oft-mal. Dann hielt der ID quietschend vor meiner Nase, die Beifahrertür schwang auf, und die Kavallerie zog mich hinein. Twig setzte zurück, zwang den Wagen in einem engen Bogen herum, während er gleichzeitig sein Fenster herunterkurbelte. »Shoot, Boob!« schrie er, als wir mit kreischenden Reifen aus der Deckung des Schuppens katapultiert wurden, und beugte sich vor, also schoß ich an seinem Nacken vorbei blind in die ungefähre Richtung der MP.

»Shit! Get down!« Ich blickte nach vorne. Auf der Zufahrt zur Straße stand breitbeinig ein Typ in einem schwarzen Ledermantel, eine schwarze Wollmütze mit Augenschlitzen über das Gesicht gezogen, mit beiden Händen eine Pistole haltend, die er mit ausgestreckten Atmen auf uns richtete. Siebzig, achtzig Meter entfernt. Ich rutschte in meinem Sitz herunter. Twig fummelte unter dem Lenkrad herum. Vierzig Meter. Dreißig. Er ruckelte am Lenkrad, wir fuhren in heftigen Schlangenlinien. Zwanzig. Die Pistole ruckte, und in der Mitte unserer Windschutzscheibe war ein gezacktes Loch. Twig schnappte mir mit rechts die Magnum aus der Hand, mit links zog er an einem Hebel. Gleichzeitig stieg er auf die Bremse. Die Motorhaube sprang auf, stand zitternd senkrecht vor der Windschutzscheibe. Ich rutschte vollends in den Fußraum und knallte mit der Stirn gegen das Armaturenbrett. Twig schmiß die Tür auf, ließ sich aus dem Wagen fallen, schoß zweimal dicht hintereinander, sprang wieder hoch, knallte die Motorhaube zu, warf sich wieder auf den Fahrersitz und raste los. Der Ledermann kniete vor uns, beide Hände an seinen Hals gepreßt, aus dem in einer hohen Fontäne helles Blut spritzte. Seine Augen traten fast aus den Schlitzen seiner Mütze. Sie wirkten sehr erstaunt, ungläubig. Twig machte noch einen Schlenker, aber wir erwischten ihn noch mit dem Kotflügel, schleuderten ihn gegen einen Pflanzenkübel, über dem er rücklings zusammensackte, Räuber Hotzenplotz ohne Marionettenfäden.

Der Citroën sprang über eine Bodenwelle auf die Straße, zum Glück war sie leer, schleuderte herum und landete in der gegenüberliegenden Hecke. Rückwärtsgang. Noch ein Schleudern. Dann bellte hinter uns die Maschinenpistole wieder los, unsere Heckscheibe regnete auf den Rücksitz, neben mir explodierte der Rückspiegel. Aber schon waren wir außerhalb ihrer Reichweite. Ich zog mich wieder halb auf den Sitz hoch, die Hand auf meine klopfende Wunde gepreßt. Der schöne rot-grau karierte Flanell war völlig durchnäßt, das Blut sickerte zwischen meinen Fingern hervor.

»Twig?« *Ist das meine Stimme? So piepsig?*

»Hm?«

»Ich verblute.«

»Cool it, Boob«, knurrte er zwischen den Zähnen hervor, »tonight is mehr Rotwein denn Blut.« Er schaltete in den Vierten. »In dzäin Minuten wir sind in de hospital.« Und gab noch mehr Gas. Mit hundertfünfzig bretterten wir in einen weiteren dieser wunderschönen, heiteren provenzalischen Sonnenaufgänge.

60

Von wegen zehn Minuten. Von wegen Hospital. Sie waren natürlich mit dem Auto gekommen. Mit dreien sogar. Zwei tauchten nach einer knappen Minute hinter uns auf, und einer hatte es geschafft, parallel zu unserer Straße durch das

Hafengelände zu rasen und schob sich gerade die Auffahrt zur Straße hoch, um uns zu blockieren, ein schwerer weißer Mercedes, ohne Heckflossen. Hinter ihm, aus der Gegenrichtung, tauchte ein Reisebus auf der Straße auf und hupte wild.

»Yep«, machte Twiggy und drückte das Gaspedal bis zum Anschlag durch. Der Mercedes ließ sich zurückrollen, um den Bus vorbeizulassen, der Bus machte einen Schlenker um die Schnauze des Mercedes herum, und unser Citroën schlidderte über den Randstreifen auf den Radweg, rasierte drei, vier Begrenzungspfähle um, zum Glück schon die modernen aus Plastik, und dann waren wir an dem Bus vorbei, hinter dem der Mercedes herausstieß wie eine Bulldogge und uns von unserer hinteren Stoßstange trennte. Wieder wurden wir herumgeschleudert, drehten uns zweimal um uns selbst – und sahen uns am Ende den drei gegnerischen Wagen gegenüber, der weiße Mercedes, ein dunkelblauer BMW und ein schwarzer Renault Kombi, die auf uns zurasten. Twiggy gab mir die Magnum und knallte wieder den Rückwärtsgang rein. Mühsam drehte ich mein Fenster runter und ballerte los.

Und gewann den Teddybären. Die Windschutzscheibe des Renault war plötzlich Milchglas, von einem grauen Spinnennetz durchzogen. Er brach nach rechts aus, knallte dem Mercedes in die Seite, verlor ein Vorderrad, einen Kotflügel; die Felge schrammte mit einem gräßlichen Kreischen über den Asphalt, funkensprühend, die Funken fanden ihren Weg in den Motorraum, und mit einem Wummern schlug eine Flamme heraus und blies den Renault gegen einen Telegraphenmast. Er flog in die Höhe, prallte noch einmal ab, landete auf der Haube des Mercedes, riß dem das komplette Dach weg, und beide landeten mit ohrenbetäubendem Geschepper im Vorgarten eines großen gelben Gebäudes. Dem BMW gelang es so gerade noch, an ihnen vorbeizurutschen. »Shit!« schrie Twig.

»Was is'?«

»Däs war de fuckin' Kränkehouse.« *Shit.*

»Ich hasse Krankenhäuser«, sagte ich. Der BMW kam näher.

»Geht nock, Boob?«

»Muß ja wohl. Ich glaub', es fließt weniger heftig. Vielleicht gerinnt es schon. Aber es tut verdammt weh. Was mußt du auch wieder fahren wie eine gesengte Sau.« Er nickte mit einem grimmigen Grinsen.

»Like fuckin' Burt Reynolds. Wir muß erst de verdammte bitch loswerden, Boob.« *Bitch?* Mit einiger Anstrengung drehte ich mich um. In dem Wagen hinter uns saß eine einzige Person. Am Steuer. Eine Frau mit wilden blonden Locken, wie Dolly Parton. *Wo, zum Teufel, kommt die denn jetzt her? Wer* ist *das? Die Prinzessin??*

»Cherchez la femme«, sagte ich schläfrig. *Wieso war ich auf einmal so müde?* Mit großer Mühe drehte ich mich wieder um, lehnte mich aus dem Fenster und drückte ab. *Klick. Klack. Scheiße.* Ließ mich ächzend wieder zurückfallen

»Hast du noch?«

»Nope.«

»Müssen wir sie wohl einfach nur übers Knie legen, was?«

»Yep.«

»Weck mich, wenn's soweit ist«, murmelte ich noch, dann klappte mir der rote Autoreifen über die Augen, und die Magnum fiel mir aus der Hand.

61

Als ich wieder zu mir kam, fuhren wir gerade unter einem grau-weißen Felsbogen hindurch. Ein paar Sekunden Schatten, dann knallte uns die Morgensonne wieder auf das Dach. Es schien ein schöner Sommertag zu werden. Die Blutung hatte zwar anscheinend aufgehört, aber in meiner Hüfte hockten ein paar Bergarbeiterzwerge und bearbeiteten mich mit Spitzhacken.

»Wie lange?«

»Ein Stunde. Und nickt mehr länge – unse' gasoline geht älle.«

»Dolly noch hinter uns?«

»Sure. Hät schon sweimal versuckt, mir dzu rämmen. Und einmäl schießen. Schießt nickt gut.«

»'s ja 'n Trost.«

»Hmm.«

Die Imbißbude, die uns schon auf der Herfahrt ins Auge gefallen war, Veedelnoh und mir, als wir fröhlich singend hier durchgefahren waren, lange her, verdammp lang her, stand immer noch an ihrem Platz – ein alter Straßenbahnwaggon auf einer Lichtung am Hang, auf einem Zwanzig-Meter-Stück Schienen festbetoniert, die halb in den Hang eingegraben waren, davor drei runde Tische aus unbearbeitetem Holz, ein paar grobe Bänke. Der Waggon war unter den Fensterreihen leuchtend rot lackiert, die Rahmen knallweiß, zugezogene dunkelrote Vorhänge verdeckten, was hinter den Fenstern war. Das Dach war hellgrau, und fast über die ganze Länge des Wagens erstreckte sich ein ovales weißes Blech, auf dem in wiederum roter Schrift *UN TRAMWAY NOMMÉ DÉSIR* prangte – Endstation Sehnsucht, mitten in den französischen Alpen.

Und immer noch war die mit grauem Kies bestreute Zufahrt mit einer roten Kette versperrt, an der ein gelbes *FERMÉ*-Schild baumelte. Und auch heute war kein Mensch zu sehen – selbst Stan Kowalski macht Urlaub.

Vielleicht war er das ja sogar, der uns da viel zu schnell entgegenkam, eine langgezogene Steigung herunter, in dem weißen Peugeot, mit dem hellblauen Wohnwagenanhänger, der hinter ihm herschlingerte, als wüßte er nicht, ob er rechts oder links überholen sollte. Als wir fast auf einer Höhe waren, schon den Fahrer sehen konnten, der schwitzend und mit hochrotem Kopf versuchte, sein Gespann in der Spur zu halten, während seine grauhaarige Beifahrerin wild gestikulierend auf ihn einkreischte, entschied der Hänger sich endlich, die Verkehrsregeln einzuhalten und links zu überholen. Twiggy versuchte auszuweichen, hatte aber nicht viel Platz dazu, weil uns rechts eine stabile Leitplanke aus Doppelrohren von einem steilen Abhang trennte. Der Wohnwagen erwischte mit seinem Hintern noch unseren hinteren Kotflügel, wir hingen plötzlich quer auf der Straße, schlidderten links ein Stück den Hang hoch, brachen durch ein Gebüsch, landeten hart wieder auf der Straße, tschüs Ölwanne, tschüs Auspuff, touchierten die Leitplanke und verabschiedeten uns auch von der Beifahrertür. Und wenn Twig mich nicht mit eisernem Griff festgehalten hätte, wäre auch ich in der Schlucht gelandet.

Dann donnerte der BMW in unsere Heckklappe.

Schob uns an der Leitplanke entlang, die unsere halbe Seite wegscheuerte, fast einen Kilometer weit den Hang hoch, einen rettenden Kilometer, denn erstens wurden wir langsamer, zweitens war hier der Abhang nicht mehr so steil und felsig, eine fast sanft abfallende Böschung tat sich auf. Weniger sanft war der runde Stein am Straßenrand, nicht viel größer als ein Basketball, weiß gestrichen, mit schwarzen Zahlen bemalt. Wir donnerten mit dem Vorderreifen dagegen, der platzte mit einem Knall, der Citroën ging vor Schreck hoch wie ein Rodeogaul, landete mit der Vorderachse auf der Leitplanke, kippte ächzend über sie hinweg, überschlug sich in der Luft, schleuderte mich aus der fehlenden Beifahrertür, landete auf dem Dach, rutschte ein Stück den Abhang hinunter, ein paar Büsche mitreißend, landete an einer Kiefer, knickte sie um, landete wieder auf den Rädern und wurde von einem weiteren Baum gestoppt. Seine Motorhaube segelte durch die Gegend wie ein Frisbee. Dann schlug eine Stichflamme aus dem

Motorraum. Die knochentrockenen Äste darüber entzündeten sich im Nu, flogen brennend herum, fielen in den offenen Wagen, der innerhalb von zwei Minuten in Flammen stand.

Ich lag kopfüber auf dem Rücken in einem Busch – *Haselnuß? Tollkirsche?* –, wie gelähmt, sah das Ganze seitenverkehrt – wie einen viel zu schnell rückwärts laufenden Acht-Millimeter-Film, andererseits sah ich ihn auch in Zeitlupe, als hätte ich ein Kommunen-Kawumm alleine geraucht, und der Soundtrack klang dumpf und sehr weit weg, als sei der Tonkopf völlig verdreckt. Und der Filmkomponist hatte sich einen sehr lauen Job gemacht – das einzige Instrument war eine Autohupe, stur auf einem einzigen Ton verharrend. *Wo ist Twiggy? Hängt der etwa noch in dem brennenden Wagen?*

Ich drehte mich, zog mich an ein paar Zweigen hoch, strampelte, bis ich in der Horizontalen hing, ließ mich einfach von dem Busch herunterrollen, auf den moosbewachsenen Boden fallen, küßte einen Haufen Hasenköttel. *Zurück zur Natur.*

Meine Wunde blutete wieder. Es gelang mir, mich aufzurichten, mich an einem Ast hochzuziehen, mich zu dem Citroën herumzudrehen, ein Stück zu ihm herunterzuschliddern und zu stolpern. In seinem Inneren loderte das Feuer so heftig, daß ich nicht näher als auf ein paar Meter herankonnte. *Twig. Twiggy, alter Hund ...*

Dann hatte der Vorführer ein Einsehen. Die verdammte Hupe verstummte. Als sie still war, bemerkte ich, daß sie die ganze Zeit irgendwo über mir gewesen war. Ich wandte mich um und guckte hoch.

Der BMW hing über der Schlucht auf der Leitplanke, die beiden Vorderräder in der Luft. Bedrohlich wippend. Die Räder drehten sich, der Motor lief noch. Viel zu hochtourig, als sei das Gaspedal festgeklemmt. Dann verstummte auch dieses Geräusch. Nur das Feuer prasselte noch. Irgendwo weiter unten im Tal blökten ein paar Schafe. Hoch oben brachte ein Jet eine Herde Urlauber an die Côte d'Azur. Spielbankbesucher. Prinz-Albert-Verehrerinnen. Mädchenaufreißer. Vielleicht ein paar besoffene Politiker in den Nahen Osten. Oder ein paar Bomben über den Vatikan. Ein großer gelb-brauner Schmetterling flatterte an mir vorbei, spürte die Flammen, kam zurückgeflattert, setzte sich auf eine Distel vor mir, machte Pläne für den Rest des Tages, den Rest seines Lebens, dachte über das Leben an sich nach, über das Sterben, über das Jenseits vielleicht, einen Schmetterlingshimmel voller Rosen und Maiglöckchen und Alpenveilchen, ohne Frost und ohne Autoabgase, ohne Schmetterlingsjäger und Stecknadeln. Überhaupt ohne Menschen – Touristen, Terroristen, Förster, Straßenbauarbeiter, Filmstars, Hausfrauen, Soldaten, Schlagzeuger, Polizisten, Ex-Polizisten …

Ein rasselndes Schluchzen übertönte das Tosen der Flammen und das Knacken der brennenden Kiefer. Es kam aus meinem schmerzenden Brustkorb und schien doch nicht zu mir zu gehören, wie die Stimme aus dem elektrischen Stimmwandler eines Kehlkopfkranken. Dann stockte mir der Atem für eine endlos lange Sekunde. Durch die Tränen, die mir unaufhaltsam über das Gesicht liefen, sah ich eine blonde Perücke über dem Schiebedach des BMW auftauchen, ihr folgte Pieters Gesicht, von Haß, Wut und Panik verzerrt und doch noch hübsch wie immer. Er zwängte erst den rechten, dann den linken Arm auf das Dach des Wagens, wobei dieser bedenklich auf und ab schaukelte. Pieter kroch nach hinten auf das Dach und schaffte es, sich auf die Kofferraumhaube zu schlängeln und von ihr herunter zu wälzen, ohne daß der Wagen sich dramatisch rührte. Als er neben dem BMW stand, sah er zu mir herunter und schüttelte eine blutende Faust in meine Richtung.

»Du kannst nicht Fis singen und violett malen!« schrie er mit irrem Blick. Dann explodierte sein Benzintank und blies ihn gegen eine Krüppelkiefer, von der er abprallte wie ein Altkleidersack und sich mehrmals überschlagend den Abhang hinunterkullerte. An einer weiteren Kiefer riß es ihm einen Arm aus der Schulter, der Rest von ihm knallte in den brennenden Baum und entfachte noch mal eine Stichflamme, deren Hitze ich bis zu mir hin spüren konnte.

Ich würde wohl nie wieder ein Fis hören, geschweige denn spielen oder singen, ohne dieses Bild vor Augen zu haben. Und diesen Geruch in der Nase. Gnädig schenkte mir mein Gehirn eine Ohnmacht.

62

Heiii-maat, wann werd' ich dich wiederse-hen? war das erste, was ich hörte, irgendwo hinten in meinem Kopf, auf knisterndem Schellack, das Lied von dem Johnny, der durch die Welt zieht und für Geld singt, aus der Operette *Blume von Hawaii*. Und das erste, was ich sah, war die dicke Frau Schmeling, schwitzend in ihrem Bretterverschlag unter dem heißen Dach im sechsten Stock sitzend, neben dem Trockenspeicher, wie immer nichts an als einen ihrer beiden geblümten, verwaschenen Kittel mit den kurzen Ärmeln, den obersten und den untersten Knopf offen, und überall quollen ihre drei Zentner hervor.

Der kleine zehnjährige Büb war mal wieder in der Leihbücherei für sie gewesen, wo es für fünfzig Pfennige drei dicke Schmökerbände auszuleihen gab. Unser Deal war, daß sie zahlte, ich ihr den strapaziösen Weg abnahm, sie zwei ihrer triefenden Liebesromane bekam und ich einen Band *Tom Prox* oder *Billy Jenkins* oder, die Krönung, *Sun Koh. Sun Koh*, der letzte Prinz von Atlantis, schön wie ein Gott, klug wie Old Shatterhand und Sherlock Holmes zusammen, stark wie Herkules, ausdauernd wie Tarzan und gut wie Jesus von Nazareth – der Held meiner frühen Jugend.

Der war eigentlich auch der Anfang dieser Assoziationskette gewesen, die bei Frau Schmelings 78er-Schellackplatten und der *Blume von Hawaii* geendet hatte – *Sun Koh* wäre jetzt aufgewacht, hätte all seine magischen atlantischen Kräfte gesammelt, sich in eins seiner Mantras versenkt, all seine Wunden wären im Nu verheilt, all seine Kraft wäre auf wundersame Weise in ihn zurückgekehrt wie ein Heiliger Geist; er wäre aufgestanden, hätte sich seine beiden verwundeten Gefährten auf den Rücken gebunden und mit ihnen die tödliche Schlucht überquert, nur mit den Fingerspitzen an einer Felsspalte hängend, während um ihn herum die Geschosse seiner Feinde wirkungslos an den steilen Abhang prasselten und fünfhundert Meter weiter unten in den reißenden Fluß kullerten, aus dem schweflige Dämpfe in giftigen Schwaden nach oben stiegen. Aber *Sun Koh* hielt einfach eine Viertelstunde den Atem an und brachte seine Freunde in Sicherheit.

Natürlich hatte auch ich ein paar Mantras. Aber irgendwie schienen sie nicht diese Wirkung zu haben. Das erste war *Wo bin ich?*, ein anderes ging *Wie komm' ich hierher?*, wieder eines *Leb' ich noch …?* Egal, wie oft ich sie wiederholte, es tat sich nichts.

Als ich dann endlich doch die Augen geöffnet kriegte, konnte zumindest Nummer Eins beantwortet werden – das war ziemlich eindeutig die Matratze in Françoises' VW-Bus, auf der ich da lag. Na immerhin. Und ein Hemd hatte ich auch wieder an. Unter dem Hemd war ein frischer Verband fachgerecht um mich herumgewickelt. Daß mein Schädel schmerzte, als hätte er ein paar Tage im Handschuh von Frau Schmelings Namensvetter gesteckt (immer, wenn sie nach Eierlikör roch, behauptete sie allerdings, sie seien tatsächlich verwandt), war doch eigentlich auch ein gutes Zeichen – er war noch dran, und ich lebte noch. *Aber wie war ich nun hierhergekommen?* Johnny hörte auf zu singen und übertönte damit auch nicht mehr das Gitarrenspiel draußen vor dem Bully. So, wie da einer mit dem *St. Louis Blues* umging, konnte das nur Veedelnoh sein. Ich ließ den Kopf wieder sinken – es tat gut, Freunde um sich zu haben. Beruhigend. Tröstlich.

Bis mir ein anderer Freund einfiel. Twiggy …

… und in meiner Erinnerung überschlug sich der Citroën noch einmal, flog ich aus dem Wagen, sah ich die Flammen, wickelte sich die ganze Szene noch einmal ab, eierig wie feiner Lötzinn, der schon einmal ab- und schlampig wieder aufgewickelt worden war. *Lötzinn, Blödsinn!* pochte ein fieberglühender Schlagzeuger von innen gegen meine linke Schläfe, vor Grippeschüben schwitzend, albern fuchtelnd von dem glühendheißen Grog gegen die Erkältung, hämisch gackernd von dem Koks gegen den Alkohol, schwindlig grinsend von dem Gras gegen den Koks-Speed – *Lötzinn, Blödsinn!*; ein Opfer der in allen C&A-Farben glitzernden Disko-Kugel, die von einem blau-weiß umwickelten Stützpfeiler des Schützenzelts hing, sich gleichzeitig gleichgültig und bedrohlich drehte, herausfordernd, heimtückisch; und die jetzt auch noch anfing zu schwingen, von ihm weg, auf ihn zu, eine bunte Strahlen verschießende Abrißbirne; die Vollstreckerin eines Räumungsbefehls, der monatelang auf dem Küchentisch liegengeblieben war, ungeöffnet, aber unausweichlich; selbst verschuldet, selbst geschrieben, an sich selbst adressiert; ein cleverer Trick, sich selbst zu überlisten: nur ja keinen Gedanken zu Ende denken – das könnte ja Konsequenzen haben. Ungute Konsequenzen. Bewegung, Veränderung, Verlust, ein Tritt in den faulen Arsch. Eine neue Aufgabe, eine Prüfung, ein Idiotentest. Ein mögliches Versagen. Eine Niederlage. Schmerz. Selbstmitleid. Suff. Aufgabe. *Und sein Atem rollte in die Gosse. Lötzinn, Blödsinn.*

Was würde ich jetzt darum geben, jetzt in diesem verhaßten Schützenzelt im Durchzug auf einer wackligen Schalbretterbühne zu sitzen, einen verhaßten Schlips um den Hals, eine verhaßte Polka trommelnd, dreihundertfünfzig Besoffene im

Takt haltend, damit sie nicht umkippten bei dem prestigeträchtigen Versuch, gleichzeitig zu tanzen, ihrer Partnerin in den Ausschnitt zu stieren, ihr an den Arsch zu packen und lauwarmes Bier aus Halbliterkrügen zu trinken, ohne es zu verschütten. Was wäre ich jetzt froh, auf den durchgeschwitzten Rücken der – natürlich weinroten – Weste des Blödmanns dort am Mikrophon zu starren, der mich für achtzig Mark und acht Bierbons hierhergeschleppt hat und der sich da vorne gebärdet wie Elvis, während er zum vierten Mal ein heiseres *Ein bißchen Spaß muß sein* in sein speicheltriefendes Mikro bellt, unterstützt von tumbem Händeklatschen auf den Beat beziehungsweise haarscharf dahinter, und einem billigen, zwanzig Jahre alten Bandechogerät, das klingt, als sänge er in eine umgestülpte Zinkbadewanne – wobei er selbst fest davon überzeugt ist, daß er damit noch mehr klingt wie Elvis, dä King.

Und wie gerne sähe ich jetzt diesem Bierglas zu, nullkommafünf Liter, nach langem Schlangestehen erobert, eingetauscht gegen einen der wertvollen Bierbons, wie es neben meiner »Charleston-Maschine« auf den Bohlen herumzittert, mittanzt, der Schaum schon zerfallen. Mit jedem Bassdrumkick verabschieden sich ein paar Kohlensäurebläschen mehr, und als endlich der letzte Beckenabschlag von *Ein bißchen Spaß* getan ist und du die Stöcke fallen läßt, um gierig nach dem Glas zu greifen – kippt es um, die Plörre bildet kurz eine Pfütze und versickert durch tausend Ritzen, tropft vergeudet in den Schotter unter dem Zelt; weil wieder irgendeine Dumpfbacke bräsig auf die Bühne gesprungen ist, »Und jetzt alle!« brüllend oder »Hossa!« oder auch einfach nur »Ijanijajeijaahm?!« (was ich, wenn ich selbst besoffen und besser gelaunt bin, sehr wohl als »Isdasnicheinjeilerabend?!« verstehen kann) und mit einem Zehner wedelt, weil er noch mal *Hound Dog* hören will oder *Auf der Reeperbahn nachts um halb eins.* Am liebsten würdest du aufstehn, kurz dein Nietenbecken abschrauben und es ihm auf den blöden roten Bauernschädel hämmern, bis Hirn aus seinem grünen Schützenhütchen sikkert – falls er überhaupt welches hat.

Aber wie heißt es so schön, Opa Klütsch? – *Derliebejott versperrt nie eine Tür, ohne eine andere aufzuschließen?* Dumpfbacke mag kein Hirn haben, aber er hat ein großes Herz – in der anderen Hand hält er einen Kranz Frischgezapftes, und da wir alle »bombisch, eh!« und seine »Frrünnde« sind, kriegen wir jeder zwei ab, und dann müssen wir auch noch reihum an seinem Flachmann nuckeln, groß wie eine Wärmflasche, gefüllt mit etwas, das einem die Pisse in die Augen treibt und dreißig Sekunden den Atem verschlägt – verschlagen würde: Denn alle zwanzig Sekunden kriegst du eine flache Hand ins Kreuz: »Bombisch, eh! Escht, eh!«

Ja ..., ja und, Herr Lieberjott – jetzt hast du wieder mal eine Tür zugeschlagen, der Fall Spacek ist vom Tisch – wo ist jetzt die andere, meine offene? Wo das verdammte Fenster, durch das ich mich verdrücken kann, weit weg, irgendwohin, wo ich dich einen guten Mann sein lassen kann, wo die Luft rein ist wie nach einem klärenden, begründeten Streit, wo man anschließend vielleicht etwas verschämt lacht? Wo Schüsse nur aus dem Fernseher kommen und Blut allenfalls etwas ist, das in kleinen Klümpchen an dem Stück Rinderherz klebt, das man für die Katze kleinschneidet. Wo ich mich hinlegen und zusammenrollen kann, vielleicht langsam und sanft einschlafen kann, vielleicht in den Schlaf gewiegt von einer alten Donovan-Platte, vielleicht – ich wag' es kaum zu wünschen – in den Schlaf gekrault, in den Arm genommen von – irgend jemandem. Vielleicht träumen, vielleicht vergessen. Vielleicht aufwachen und wissen, daß sowieso alles nur ein Traum war, ein böser zwar, aber ein Traum.

Aber nein – die Verstärkerröhren scheppern, die Reste der Boxenbespannung flattern, das Schlagzeug scheppert wie ein Unterwasserzusammenstoß, der Baß wummert, als käme er aus einer Tiefgarage, und Herr Lieberjott denkt nicht daran, auch nur ein klitzekleines Zeichen zu geben, daß er überhaupt zugehört hat. Überhaupt interessiert ist. Überhaupt da ist. *What's goin' on? Can you correct my vision? Help with my decision?*

63

Soon I'll be standing on a chair / my hands are wavin' in the air … Es war gar nicht Rory Gallagher, der da sang, in meinem Fieberwahn, sondern 'noh, draußen. Ich bollerte von innen gegen die Blechwand. Fand das doof, weil es so herrisch klang, und rollte mich zur offenstehenden Seitentür. Draußen war immer noch Sommer. Sand. *Summer holiday* …

Ich ließ meine Beine hinausfallen und zog mich in eine halbwegs sitzende Position. Versuchte einigermaßen ruhig durchzuatmen, bis das Schwappen in der Wasserwaage meines Schädels sich beruhigte. Dauerte 'ne Weile.

»Aah – Arnim Dahl is' wieder fit!« grinste 'noh anerkennend und wandte sich an eine unsichtbare Crew: »Aber schließt die Spiegel weg, Kinners! Wir wollen doch nicht, daß der Elefantenmann einen Schock kriegt!«

»So schlimm?« Er wiegte den Kopf hin und her.

»Kannste dich an *Für ein paar Dollar mehr* erinnern? Als Eastwood aufgeflogen ist und sie ihn durch die Mangel gedreht haben?«

»Kaum. Hab' den Film höchstens sieben- oder achtmal gesehn.«

»Na ja. Wenn ihr beide jetzt bei 'nem Schönheitswettbewerb gegeneinander antreten würdet, würd' ich mein Pfündchen auf Eastwood setzen.«

»Schöner Freund.«

»Ich ja.« Er verschwand aus meinem Gesichtsfeld. Ich guckte mir den Strand an. Ein älteres Ehepaar spielte Federball. Ein Pärchen lag schmusend auf einer Luftmatratze. Drei

Halbstarke saßen um ein Kofferradio herum, schnipsten mit den Fingern und kämmten sich die nassen Haare, während die TALKING HEADS *Take Me To The River* sangen. Ein Vierjähriger winkte mir fröhlich aus seiner Sandburg zu. Das Meer glitzerte. Die Welt drehte sich. Leider war sie nicht zentriert, drehte sich in elliptischen Bahnen mal um meine Birne, mal um meine Magengrube. Drehte sich schneller, geriet aus der Bahn, sauste auf mich zu, mitsamt dem ganzen Strand, und ich landete mit dem Gesicht im heißen Sand.

»He«, sagte 'noh nach einer Woche, setzte mich wieder hin und wischte mir den feuchten Sand aus dem Gesicht. »Wir sind Popstars, wir müssen doch keinen Sand fressen. Hier.« Er hielt mir eine kalte Flasche an den Mund und flößte mir süßen Orangensaft ein. Dann hielt er mir ein Schinkensandwich an die Lippen. Ich schüttelte vorsichtig den Kopf.

»'noh?«

»Hm.«

»Twiggy war da.«

»Hmm.«

»Jetzt isser tot.« Er faßte mich unters Kinn und zwang mich, ihn anzusehen.

»Quatsch, Büb! Was glaubst du denn, wer dich hier abgeliefert hat, hä?« Ich starrte ihm ungläubig in die Augen.

»Willst du mich verarschen?«

»Nich' in deinem Zustand, Junge. Ich weiß ja nich', was passiert is' in den letzten drei Tagen, aber als wir vorgestern von unserem Ausflug nach Korsika zurückkamen, war der Taunus weg, und du lagst hier im Bus, einen vollgebluteten Verband um den Bauch, und an deiner Hose hing dieser Zettel hier. Er holte ein Stück Papier aus dem Handschuhfach und hielt es mir vor die Nase. *Out for Ciggies. C.U. soon. – Twig.*

Mir schossen die Tränen in die Augen. 'noh nahm mich in den Arm, und während meine Anspannung und Erleichterung sich in einem minutenlangen Schluchzen auflösten, das mich durchschüttelte wie ein Seifenkistenrennen, wiegte er mich vor und zurück wie ein Kind, besänftigend *okay, Büb, okay* murmelnd, und *laß es raus, ja, laß es raus*. Ich schlief in seinen Armen ein, als sei er Oma Klütsch in ihrem Ohrensessel neben dem gekachelten Wohnzimmerofen.

64

»Satt?«

»Mhmm.«

»Heut mittag hol' ich dir mal was Warmes. 'n ordentliches Stück Fleisch oder so.« Ich rülpste. Drei Sandwiches mit Thunfisch, Tomaten und Mayonnaise.

»Willste dich ruinieren?«

»Nö. Dich.«

»Hä?« Wieder machte er sich in der Fahrerkabine zu schaffen. Tauchte mit einem Päckchen wieder auf. Groß wie eine halbe Aktentasche, in dickes braunes Packpapier gewickelt.

»Gestern abend hast du so tief und fest gepennt, daß ich dachte, ich kann mal wieder 'n Stündchen anschaffen gehn. Ich sitz' an der Mole und klimpere und hab' schon fast dreißig Ocken im Hut und überlege schon, gleich Feierabend zu machen, kommt ein Typ wie aus 'nem Fuffziger-Jahre-Gangsterfilm an. Büb? fragt er. Ich nich', sag' ich. Er nickt, als wüßte er das selber. Partner von Büb, sagt er. Jau, sag' ich. Gruß von Twiggy, sagt er und gibt mir das hier, dreht sich um und verschwindet wie *Der Dritte Mann*. Ich will das nicht vor all den Arschgeigen aufmachen, also komm' ich wieder her. Rat mal, was hier drin is'?« Ich guckte das Päckchen an. Guckte ihn an.

»Falsch, 'noh.« Er guckte mich an, verständnislos.

»Du mußt erst fragen: Welches Schweinderl hätten s' denn gern?« Er verdrehte die Augen und warf mir das Päckchen in den Schoß. Ich wickelte das Papier auseinander, mehrere Lagen. Und staunte nicht schlecht. Zwischen meinen Beinen lagen mehrere Bündel mit Dollarnoten, viele Hunderter, ein paar Tausender. Keine Nachricht. Ich guckte 'noh wieder an.

»Fuffzehntausend«, sagte er. »Dollar. Echte, soweit ich das beurteilen kann.«

»Dat sind –«

»Fast dreißigtausend Mark.«

»Dreißig Mille.« Eine ganze Weile saßen wir still da, glotzten auf das Geld, als würden wir beide überlegen, was wir damit anfangen könnten, und ich wußte, daß wir beide Sachen sahen wie neue, funktionierende Gitarrenverstärker, funkelnde Schlagzeuge, einen Bandbus, der nicht mehr als – na ja, sagen wir fünfzigtausend Kilometer auf dem Buckel hat; sahen vor unserem geistigen Auge ein Tonstudio, das größer und moderner war als die letzten drei, in denen wir aufgenommen hatten, zusammen. Wir grinsten uns an – soo viel waren dreißig Mille auch nicht, nicht mal im Jahr 1980. Ich packte alles wieder ein, bis auf einen Hundertdollarschein.

»Auf jeden Fall müssen wir nicht nach Hause trampen, mein Lieber.«

»Oder zo Fooß noh Kölle jonn«, ergänzte 'noh.

»Und, mindestens genauso wichtig – ich kann mir wieder ein Päckchen Tabak leisten. He – kann das sein, daß ich seit drei Tagen nicht rauche?« 'noh gab mir das Päckchen, das im Bund seiner Jeans-Shorts steckte. Mit einem zufriedenen Seufzer drehte ich mir eine. Tat er dann auch, und wir saßen schweigend da, rauchten und sahen den Wellen beim Wellenschlagen zu. Auf, ab. Auf, ab. Egal, wen die Mami nach Hause ruft, das Universum, das Leben wippt weiter.

»Aber jetzt erzähl mal, Meister – wie hast du den Ami wiedergetroffen? Und wo? Und wo is' unser Scheißauto abgeblieben? Und wieso hast du eine Schußverletzung – ach so, zur Beruhigung: da steckt keine Kugel mehr drin. Ich glaub', Françoise hat dich ganz gut verarztet.«

»Sie hat mir die Kugel rausgeholt?«

»Nö, war gar keine drin. Durchschuß. Aber sie hat dich saubergemacht und desinfiziert und verbunden.«

»Ein Hoch auf Miss Nightingale.«

»Tja, Krankenschwestern haben nicht nur ihren Ruf«, grinste er, »sie haben auch noch andere Qualitäten.«

»Offensichtlich.«

»Allerdings ist sie schwer dafür, daß du zu einem richtigen Arzt kommst, einem guten.«

»Apropos: Wo ist die denn überhaupt?«

»Hat 'nen Komparsenjob bei 'ner Filmcrew drüben in Juans-les-Pins. Und wieso siehst du überhaupt so aus, als seist du die Eiger-Nordwand runtergekegelt? Und was mich auch wundert: Wieso hat Twiggy dich nicht zu Tante Ciss gebracht? Wo sie dich richtig amtlich hätten verarzten können?«

Ich drehte mir noch eine und erzählte es ihm. Zumindest, soweit ich überhaupt eine Ahnung hatte.

»Meine Fresse«, stöhnte er, als ich fertig war, vier Kippen später. »dat mußte dir mal vorstellen: Da fährste los, um ein bißchen *On The Road* zu spielen, gerätst in eine Mischung aus *Easy Rider* und *Ferien auf dem Immenhof*, und am Ende landest du noch im *Malteser Falken!*« Etwas klingelte leise in meinem Hinterkopf.

»Und wer is' hier Sam Spade?« 'noh lachte.

»Wichtiger – wer is' Joel Cairo?« Das Klingeln wurde ziemlich schrill.

»Sag das noch mal.«

»Wer Joel Cairo is' in *diesem* Film – is' doch 'ne gute Frage, oder?« Ich packte ihn aufgeregt am Arm.

»Cairo is' Peter Lorre, oder?«

»Klar – *den* Film hab' *ich* mindestens achtmal gesehn.«

»Un' Peter Lorre is' der Mann mit reichlich wenig Kinn, oder?«

»Hmm.« Die schrillende Klingel stieg einen Ton an. Ich sprang auf. Das hätte ich nicht tun sollen – durch meinen

Rücken fuhr ein Schweißbrenner, ich zuckte zusammen und spürte gleichzeitig, daß die Wunde in meiner Hüfte wieder aufbrach. Mit einem Ächzen sackte ich wieder in mich zusammen. Der Schweiß brach mir aus allen Poren. Ich sah mal wieder Sternchen.

Aber das mußte ich noch loswerden:

»Und weißt du, wer hier noch kein Kinn hat?« Er starrte mich verblüfft an.

»Betziger!«

»Richtig, Betziger. Fünf Mark in dein Schweinderl, mein Freund.« Jetzt sprang Veedelnoh auf.

»Spaceks Tip! Er weiß den Namen nicht, aber stößt dich auf das auffälligste Kennzeichen des Mannes im Dunkeln – das Kinn!«

»Und was meint er mit *purple*?« 'noh lachte.

»Bei einem unserer Verhöre hat er mal damit angegeben – er hat in Vietnam gekämpft und das *Purple Heart* gekriegt, diesen Ami-Kriegsorden.« Die Sternchen vor meinen Augen tanzten heftiger.

»Ich brauch' 'nen Schnaps, 'noh.« Es gab noch von Françoises' Cognac. Ich kippte mir eine kräftige Ladung in den Hals. Schwitzte noch mehr. »Muß schlafen.« 'noh nickte und half mir in den Bully und auf die Matratze. Wechselte meinen Verband.

»'noh?«

»Hm?«

»Du mußt – gucken, wo der – Betziger steckt. Hotel ...«

»Okay. Schlaf jetzt.« Er wickelte mich in einen Schlafsack. Gab mir noch einen Schluck. »Bis später.«

Ich guckte hinter ihm her, wie er im Sonnenlicht verschwand, und wunderte mich, daß er es mitnehmen konnte. Wie einen Vorhang, der vor der offenen Schiebetür gehangen hatte. Hinter dem Vorhang war es dunkel. Dunkelrot. Und still wie im Trojanischen Pferd, kurz bevor der Morgen graut.

65

Pferde sind nie lange still. Dieses hier schon gar nicht. Es tobte in wildem Galopp über Geröll, warf die Hinterbeine mal nach links, mal nach rechts, stoppte urplötzlich, bog ab, einen Hang hoch, um ihn in der nächsten Minute wieder hinabzupreschen, als gäbe es unten Haferwasser. Natürlich wurde auch ich dadurch hin und her geworfen, aber ich blieb stur – *mich wirfst du nicht ab, Satan!* –, obwohl mein Rücken sich anfühlte, als hätte ihn jemand mit einem Spargelschäler bearbeitet, als wäre meine Hüfte ein roher Klumpen Fleisch, auf einen glühenden Spieß gesteckt, der seine Hitzewellen von dort aus überall hin schickte, bis in die letzten, äußersten Nervenzellen auf meiner Kopfhaut, an meinen Fingerspitzen, in meinem kleinen Zeh. Ich suchte die Zügel, aber entweder waren keine da, oder mir waren die Hände gefesselt – ich konnte nur die Schenkel zusammenpressen, mich klein machen hinter der wehenden Mähne, mich flach auf den stampfenden Rücken pressen, während der Mond – *he, was für 'ne wehende Mähne, Spinner? Kein Lüftchen weht hier!*

Tatsächlich. Zwischen meinen Schenkeln klemmte nur ein zerknüllter Schlafsack, in den auch meine Hände verwickelt waren, und der Mond bestand aus Lichtreflexen an der Decke des Bully, die von hinten näher kamen, heller wurden, die meisten in dem fahlen Gelb französischer Autoscheinwerfer, bis sie nach links wegruckten, mit einem Sirren und Summen an mir vorüberzogen wie beleidigte Wespen.

Ich befreite meine Hände, fühlte meine Stirn. Naßgeschwitzt, aber für mich fühlte sie sich nicht nach Fieber an. Es roch nach Jod, Cognac, Schweiß und Überdruß.

»Simmer bald da?« rief ich nach vorne. »Mir is' laaangweii-liiisch!« Françoise klappte die Plastikscheibe zwischen der Fahrerkabine und dem Laderaum runter, kletterte zu mir herüber und knipste das kleine Lämpchen an.

»Mais, Bubu! Ça va, chéri? Laß misch sehn!« Auch sie legte mir die Hand auf die Stirn. »Aah – très bien, Bubu! Kein Fiebör mehr! Et ici?« Sie schob mein Hemd hoch und prüfte den Verband. »Très bien!« Wälzte mich vorsichtig herum, tastete meinen Rücken und meine Rippen ab, drehte mich wieder zurück, strich mir die Haare aus dem Gesicht, griff nach unten und umfaßte meinen Sack. Sofort regte sich der kleine Hubert, der schon so lange so gar keine Rolle gespielt hatte in diesem Film. »Très, très bien, mon ami!« rief sie lachend nach vorne, »er wird wiedör gons, gons gesuund werdön!« Sie küßte mich auf den Mund. »Uuh, Bubu!« schüttelte sie sich, »Du schmeck' wie ein' Clochard! Noch quatre – vier? – kilomètres, wir kommen an einö Restaurant. Du wirst essön und ein wenisch frischmachön, n'est-ce pas?«

»Wo sind wir?«

»Der letzte war Beaune.«

»Beaune?! Wie lange sind wir denn schon unterwegs?«

»Alors, vielleischt zehn Stundön? Douze? Wir sind sofort gefahrön gestern nachmittag. Du 'ast ge'abt böse Fieber, Bubu, böse, böse.« Sie gab mir einen Schluck Wasser aus einer Plastikflasche. Schade – dafür mußte sie mich leider loslassen. »Maintenant wir bringön disch nach 'ause. Leidör ohne la pauvre Bruni – sie muß noch arbeitön –, mais, aber du 'ast ein wunderbar Freund da vorne. Er kümmert sisch um dir.«

»Danke, Françoise«, stotterte ich, »du bist auch eine echte Freundin. Ich weiß gar n –«

»Ssshhh!« legte sie mir einen Finger auf den Mund, »Spätör! Du brauchst noch viel Ruh'.«

An der Raststätte wusch ich mich, so gut es ging, und putzte mir die Zähne, nachdem ich zwei Portionen Rührei und einen Salat verputzt hatte. Jetzt ging es mir besser. Aber anstrengend war das schon gewesen. Zurück im Wagen, übernahm Françoise das Steuer, und Veedelnoh setzte sich zu mir nach hinten. Ich spürte noch so gerade, wie er mir die halbgerauchte Zigarette aus den Fingern nahm, dann war ich wieder weg.

Die Heckklappe war hochgeklappt, die Seitenschiebetür sperrangelweit offen, ein milder Wind strömte mit einem Meer von Sonnenlicht durch den Wagen und tauchte mich in ein Licht aus flirrenden Strahlen, als sei ich reif für Huberti Himmelfahrt. Ich schob mich zur Tür, setzte mich auf, an den Holm gelehnt. *Wow! Ich war schon da! Mitten im Paradies!*

Der Bully stand an einem Hang, am Rand einer saftig-grünen Wiese, die über und über mit Gänseblümchen bewachsen war, ein wogender Teppich von Gänseblümchen, der sanft abwärts glitt, einem klaren Bachlauf entgegen, voller gelber, weißer und silbergrauer Kiesel, das Schilf an seinem gegenüberliegenden Ufer dicht wie eine Zahnbürste, hoch wie Klütschens Weihnachtsbäume. Das Glucksen und Sprudeln des Baches war lauter als das Summen des Autobahnverkehrs, aber noch lauter war das Kichern von Françoise – sie und 'noh lagen im tiefen Gras am diesseitigen Ufer, halb von den Blumen verdeckt, nackt und keusch, und ließen sich von der Sonne trocknen.

Auch ich wusch mich vorsichtig in dem klaren, kalten Wasser, dann setzten wir uns vor den Bus und aßen die Sandwiches, die die beiden kurz vorher in einem Dorfladen gekauft hatten, dick mit Schafskäse, Knoblauch und Oliven belegt. Und tranken eine Flasche Rotwein, mit dem Wasser aus dem Bach verdünnt.

»Halbe Stunde oder so, dann kommen wir an Dijon vorbei«, beantwortete 'noh meine erste Frage. »Schätze, morgen mittag können wir uns in der Eifel eine frische Forelle reinschieben.«

Die zweite Frage beantwortete er, als wir schon wieder auf der Autobahn hingen. Françoise hatte sich hinten zum Schlafen hingelegt, nachdem sie mir noch mal den Verband gewechselt und mein Heilfleisch gelobt hatte. 'noh fuhr, ich drehte Zigaretten.

»Nich' nur kein Kinn, sondern überhaupt kein Betziger«, berichtete er. »Das Hotel zu finden war nich' schwer – hab' einfach Bérat gefragt. Aber die Vögel waren schon ausgeflogen. Beide. Die Leutchen vom Hotel waren übrigens stocksauer – das Zimmer vom Betziger muß ausgesehen haben wie ein Schlachtfeld, völlig auseinandergenommen, voller Blut und Scheiße. Der Spesenmeister vom FC wird Augen machen.« Ich dachte ein paar Kilometer weit nach. Wir ließen Dijon links liegen, näherten uns Nancy. Hätte auch umgekehrt sein können – für mich waren beide Städte gleich häßlich. Zum Glück wurde es langsam wieder dunkel.

»Die Ringe.«

»Moment, Büb – wir sind noch lange nich' in Kölle.«

»Ich meine nicht die Kölner Ringe, du Tünnes, ich meine die Ringe von Tante Ciss. Antikchen für dreißig Millionen. Da könnte der eine oder andere Schwachkopf schon drüber ausflippen.«

»Und Blut fließen lassen.«

»Zum Beispiel.«

»Wo gehobelt wird ...«

»Hmm.« Er sah mich von der Seite an.

»Un' wat is' mit *deinen* Spänen, Büb?« Auch darüber mußte ich wieder ein Weilchen nachdenken. Immerhin hatten Twig und ich mindestens drei Leute auf dem Gewissen.

»Kannst du dich noch an die Geschichte vor vier Jahren erinnern? Wiesbaden? Den Spannmann vom Meyer, den wir als Leiche auf einem Raststättenklo zurückgelassen haben?« 'noh nickte.

»Damals wär' ich fast bekloppt und krank geworden darüber. Einen Menschen umgebracht! Ist eigentlich in meinem Repertoire nich' vorgesehen.«

»Merkt man deinem Getrommel aber manchmal gar nich' an«, grinste 'noh. »Krieg' ich noch 'ne Kippe?« Ich drehte wieder.

»Aber Twig hat mir danach klargemacht, daß es gar keine

andere Möglichkeit gab. Es war Krieg, und es ging um die oder wir. Und wir wollten noch leben.«

»Der sicher auch.«

»Klar. Aber dann hätte er uns nicht an die Gurgel gehen dürfen. Hätten wir ihm den nächsten Zug gelassen, wären jetzt wir tot. Also ...«

»Notwehr.«

»So seh' ich das inzwischen. Und da unten in St.-Trop' war's dasselbe. Die hatten doch Spacek schon umgelegt! Und wenn sie nicht so schlechte Schützen gewesen wären, hätte ich kein Loch im Balg, sondern mindestens eins im Kopp! Ich hätte vielleicht gar keinen Kopp mehr! Und davon abgesehen – diese Autos von der Straße zu ballern ... Das war wie Kirmesschießbude, 'noh! Wie die *Phoenix*-Automaten, an denen wir auf der letzten Tour so'n Spaß hatten – du drückst auf ein Knöpfchen, und wenn du's im richtigen Moment tust, triffst du die Scheiß-Weltraummonster, und sie lösen sich in tausend Funken auf ...!«

»Ja, aber wenn du *die* nicht triffst, heißt's nur *Game over* – du schmeißt 'ne neue Mark rein oder läßt es sein und gehst an die Theke.«

»Nur, wenn's hier *Game over* geheißen hätte, hätte es nie mehr 'ne Mark gegeben, von einer Theke ganz zu schweigen, und selbst wenn – das Bier wär' wieder aus mir rausgelaufen wie aus 'nem Salatsieb. Dann wär's vorbei gewesen, mein Lieber, *Game over* für immer.«

»Möcht' trotzdem nich' mit dir tauschen, Büb; nimm's mir nich' übel.«

»Nehm' ich nich, wahrhaftig nich'.« Die Gedankenstriche der Mittelstreifen ließen uns ein paar Kilometer darüber nachdenken.

»Und du glaubst wirklich, daß Pieter, dein süßer Lover, nich' nur zum Dieb geworden ist, sondern auch zum Killer?«

»Ich hab' keine Ahnung, 'noh, ich hab' keine Ahnung ...«

Ein langes Schweigen lang spielten wir wieder Spaghetti-Kuß, fraßen weiter den Heimweg in uns hinein, mit verbundenen Augen, in der Hoffnung, daß der Mund am anderen Ende zu einem hübschen Mädel gehörte.

»Und weißt du, was das Schlimmste ist, 'noh?«

»Nh-nh.«

»Seitdem hab' ich irgendwo in meiner Rübe das Gefühl, als hätte sich ein uralter Jugendtraum erfüllt.«

»Hä?«

»Schon als Kind, als ich noch die kleinen schmalen *Sigurd-* und *Tom Mix*-Heftchen für zwanzig Pfennig verschlungen hab', hab' ich mir in meinen wilden Phantasien vorgestellt, daß das ein tolles Leben sei – für mich, den kleinen Büb, genau richtig …

»Was?«

»Wenn ich mal groß und stark bin, auf der Seite der Guten zu stehen – *des* Guten – und den Bösewichtern den Kopf wegzupusten …«

67

Wir waren tatsächlich unbehelligt über vier Grenzübergänge gekommen – *Willkommen in Luxemburg! Auf Wiedersehen in Luxemburg!* –, hatten tatsächlich in einem Restaurant in Kornelimünster eine Forelle bekommen, draußen auf dem Kopfsteinpflaster des hübschen Marktplatzes, und das erste frisch gezapfte Pils seit drei Monaten genossen, was wir besser nicht getan hätten, denn das schmeckte uns so gut, daß wir noch eins haben mußten. Und danach natürlich noch ein paar.

Sieben Stunden später stand der VW-Bus in einem Wald bei Zweifall, und 'noh und ich feierten Abschied von und mit Françoise, dankbar, zärtlich und liebevoll, und so lange, daß die letzten Stubbis in dem Kasten *Bitburger*, den wir unterwegs eingeladen hatten, schon warm wurden.

Am nächsten Morgen setzte sie uns am Dürener Bahnhof ab und hängte sich wieder auf die Autobahn, Richtung Paris, wo sie nächste Woche ihre neue Stelle in einem Altersheim antreten würde, nahm uns aber vorher noch das feste Versprechen ab, sie zu Heiligabend dort zu besuchen, dann würde sie einundzwanzig werden – und erwachsen.

Wir zwei fuhren mit einem klapprigen Nahverkehrszug nach Köln und mußten selbstverständlich zur Begrüßung unserer Heimatstadt im *Früh* ein erstes Kölsch trinken, was wir dann auch voller Andacht taten. Sechsmal.

»Wat meinste, Büb – ob dat siebte noch jenauso lecker is'?«

»Würd's auf'n Test ankommen lassen.« Also nahmen wir noch zwei Testbier, waren uns aber schnell einig, daß ein fundiertes Urteil nicht auf einem Pröbchen von gerade mal nullkommavier Liter beruhen konnte.

»Jeiht doch nix övver e lecker Biersche, wa?« meinte der Köbes und assistierte uns bei den nächsten beiden Runden.

»Kannste mir ein paar Blaue leihen, Büb?« fragte mich mein Partner aus heiterem Himmel. Ich sah ihn an, als hätte er sie nicht mehr alle.

»Haste se noch alle?« fragte ich sicherheitshalber nach. Er wußte es aber selbst nicht so genau und zuckte nur mit den Schultern. »Aach«, dämmerte es mir, »Bruni ...!«

»Klar.« Ich knallte die Tasche mit dem Dollarpäckchen vor ihn auf den Tisch.

»Nimm dir jefälligs' so viel, wie's du brauchs', du Blödmann! Un' von Leihen will ich aber nu' jaanix hören, klar?« Er schien mir anzusehen, daß ich das ernst meinte, und verschwand mit der Tasche kurz auf dem Herrenklo im Keller.

»Tausend Dollar«, sagte er, als er sie wieder auf den Stuhl neben meinem stellte. »Danke, Alter.«

»Da biste ja jetz' frisch«, sagte ich, »Super. Un' kanns' einen ausjeben.«

Tat er dann auch. Und gab mir seinen Wohnungsschlüssel, vertraute mir seinen Gitarrenkoffer an, nahm noch ein Abschiedsbier mit mir und wanderte zurück zum Bahnhof.

Als ich dann alleine vor einem letzten Begrüßungs-, einem allerletzten Test- und einem allerallerletzten Abschiedsglas saß, überlegte ich ein paar Minuten, ob ich mich nicht mit der Gitarre auf die Hohe Straße setzen und Köln ein Liedchen singen sollte, *People, it's great to be back home* vielleicht, entschied aber, daß es vernünftiger sei, das nicht zu tun. Außerdem taten mir immer noch alle Knochen weh, als sei ich erst gestern durch die Luft geflogen und in einem verdammten Haselnuß-Strauch (oder doch Tollkirsche?) gelandet.

Also bestellte ich mir ein Taxi, fuhr nach Nippes in 'nohs Bude und pennte erst mal zwei Tage und drei Nächte, ehe ich mich Vera unter die Augen wagte.

Sie war auch dann noch entsetzt genug.

68

»S-süd-südfrankreich. Côte d'A-d'Azur.« Beides schwierige Wörter, aber ich kriegte sie einigermaßen hin. Womit ich größere Schwierigkeiten hatte, war herauszufinden, wie ich denn wohl hierher gekommen war, an Elas Theke. War ich nicht eben noch mit Ferdi in der Markthalle gewesen? Hatte ich nicht gerade noch mit Klautze um *Kabänes* geknobelt? Die harte Knobelvariante – ein Würfel, ein Wurf, niedrigste Zahl verliert? Oder war das vorher gewesen, bevor ich mit dem Dicken Pitter das Endzahl-Spielchen gespielt hatte – jeder holt einen Zehner aus der Tasche, höchste Endzahl der Seriennummer kassiert? Und wo war Ferdi da abgeblieben?

»Hätt's ja au'ma' 'n Kärtchen schrei'm könn'n, treulose Tomat'!« *Hat ja noch mehr Probleme mit dem Sprechen als ich,* dachte ich bei mir, bis mir einfiel, daß das ja Ela war, die seit über zehn Jahren keinen Alkohol trank, überhaupt keine Drogen mehr nahm, und immer so sprach. »Un' – wat erleb', Büb?« Ich mußte kichern – *Wat erlebt ...! Meine Fresse!*

»Bu-bu-bujabäss j'jessn!« Sie kam um die Theke herum und legte mir einen Arm um die Schulter.

»Sprichste mit mir, Büb?« Ich wollte sie auf die Wange küssen, traf aber ihr Ohr. Na ja, eher die Haare hinter ihrem Ohr.

»A-abfall. Fischsuppe. Hunnertfuff-fuff-zisch Frang. Ode' so.« Sie stellte mein Bier außerhalb meiner Reichweite.

»Meinste nit, du solltes' langsam ma' Schluß machen, Jung? So voll hab' ich dich ja ewig nit jesehn.«

»Ha'm uns ja au' ewig nich' jesehn, El-ela.« Ich versuchte das mit dem Küssen noch mal, aber sie wich mir aus.

»Haste eijentlich ene Ahnung, wieviel jraue Zellen du dir mit so'nem Rausch wegsäufs', Büb?«

»Tschaha-ha-ha! Jraue Ssellen! Deswe'n sa-sa-sauf ich doch, Mann! Hab' schon mit sieb-siebssehn jemerkt: Hab' vie-viel ssu viele davon. Machen mich beklopp'!« Mein Humor lag heute nicht auf ihrer Wellenlänge. *Aber schön is' sie immer noch.* Ich legte ihr einen Arm um die Taille. »Hasse nich' bald F-fa-feierahmd, E-ela?«

»Erstens hab' ich schon seit ener halben Stund' Feierabend, ja. Zweitens has' du dermaßen ein'n im Kahn, datt dat scheißejal is'. Un' drittens hab' ich enen neuen Freund.«

»Du has' wat?!« Ich zuckte zurück. Ein wenig zu heftig für meinen Seegang. Ich rutschte von meinem Hocker und kippte meinem Nebenmann sein Bier in den Schoß. Zum Glück schlief er. *Der neue Freund?* Ela zog mich wieder hoch.

»Ich ruf' dir jetz' en Tax', Büb. Fah' na' Haus'! Du has' jenuch.« Ich schüttelte störrisch den Kopf. Die ganze Kneipe drehte sich mit einem Schwung um mich, und plötzlich saß ich neben meinem Hocker auf dem Boden. »Kein Tax'! Will nich' na' Hause!« Sie hockte sich neben mich.

»Du has' jenuch, Büb, seh dat doch ein!«

»Nix! Ich ha-hab jesacht, ich trinke minsssens sswei Tage un' dann tringichau' sswei Ta-ta-ta-«

»Ta-ta! Ta-ta!« imitierte sie einen Tusch. »Un' wann haste dat jesacht?«

»Am – eh – wat hammer'n heut? Als ich bei'm Ferdi war, am – am – eh – Montag!« fiel es mir endlich ein. Ela lachte auf.

»Am Montag! Haha! Seit zwei Stunden is' Donnerstag, Büb – du bis' schon *drei* Tag' am Saufen!« Ungläubig guckte ich sie an. Beide. *Schon wieder Zwillinge ...?*

»D-d-drei Tage?« Die Zwillinge nickten.

»Un' dat riecht ma' auch. Bleib da sitzen, ich ruf' jetz' dä Wagen an.« Weg waren sie.

Drei Tage ...? Wo denn? Mit wem? Was hab' ich womöglich angestellt? Ich durchwühlte meine Hosentaschen. Leer. Drehte sie um. Völlig leer. Nicht eine Mark, nicht ein Pfennig. Hemdtasche – Tabak. Westentaschen – Tabak. Feuerzeug. Schlüssel. Ersatzblättchen. Ein halber *Gaffel-Kölsch*-Bierdekkel mit einer fünfstelligen Telefonnummer. Es gibt in Köln keine fünfstelligen Telefonnummern. Keine privaten jedenfalls. Noch ein Bierdeckel – *Peters Kölsch.* Der war noch ganz. *Schulde D. Pitter 400,–. Ach du Scheiße!* Nein, das stand nicht darauf – das sagte ich nur zu mir.

»Pitter hat a's!«

»Wat?« kam es von hinter der Theke.

»Dä Dicke Pitter hat a's! Mein janzes Jeld! Bin pa-pa-paleite. Rasse -eh – ratzekahl pleite!« Es klopfte an der Tür. Ela ging aufmachen.

»Aah, der Fiedel! Tach, komm rein. Hier, dä Büb kennste doch, oder?« Fiedel nickte und grinste, als er mich auf dem Boden sitzen sah. Packte mich unter den Armen und hob mich hoch, als sei nicht ich achtzig Kilo schwer und er höchstens sechzig, sondern umgekehrt. Früher hatten wir gelegentlich zusammen Fußball gespielt, in einer Thekenmannschaft. Aber er trank nicht mehr.

Ela gab ihm einen Zwanziger.

»Bring'n na' Haus, Fiedel. Biste bei Vera?« fragte sie mich.

»Will nich' na' Hause«, beharrte ich.

»Fahr'n wir eben noch woandershin«, sagte Fiedel, freundlich und diplomatisch, wie er nun mal ist.

»Su-super, der Mann!« krähte ich Ela an und tätschelte seine Glatze. »Siehsse!« Sie tätschelte mir die Wange.

»Klar, Büb, klar!« Sie schleppten mich zur Tür. »Un' verjiß nit, datte jetz' bei mir ene Deckel has', Liebschen!« Ich winkte ab.

»Kein Prollem! Hab 'och da-dreischtaus'nmaak!« Da mußten sie dann beide herzlich lachen. Fiedel legte mich auf den Beifahrersitz. Ela ließ den Rolladen vor ihrer Tür wieder runter. Ihre Leuchtreklame ging aus. Das Licht im Wagen ging an. Mein Chauffeur stieg ein.

»Wo willste'n hin, Büb?«

»Sa-sauf'n.«

»Schwierig. Ha'm alle schon zu.« Er zündete sich eine aromatisch duftende Selbstgedrehte an und legte eine Kassette ein.

»Ssu? Am Donnerssach??« Er zuckte mit den Schultern. Drückte die Starttaste.

»Allerheiligen.« Terry Riley's Endlosschleifen füllten den Wagen. Orgelten auf bunten Spiralen durch mein vernebeltes Hirn. Spiralnebel eben. Lullten mich langsam ein. *Allerheiligen?? Ich bin schon über drei Monate auf Sauftour …?*

Langsam rollten wir auf eine rote Ampel zu. Daß sie grün wurde, bekam ich schon nicht mehr mit.

69

Wenn die Frau'n von Ferne winken
Weil Deine Füße stinken
Jeder einen Bogen macht
Und hinter Deinem Rücken lacht

Ja dann, Du Stinktier
Ja, dann rat' ich Dir:
Geh zu Susi Schnüffelzinken
Die nur Männer liebt, die stinken
Geh zu Susi Schnüffelzinken, wow!

Es war gar kein Traum. Ich pellte mich aus einem klammen Laken und glotzte mit matschiger Birne in das runde Lautsprecherauge von Annas Kofferradio. Sie stand dahinter und lachte sich schlapp. Nach dem dritten Räuspern hatte ich auch eine Stimme:

»Jetzt sag bloß, du fährst neuerdings auf SCHROEDER ROADSHOW *ab!* Hast wohl noch nich' mitgekriegt, daß ABBA der Hit des Jahres sind? Und mach um Himmels willen die Kiste leiser!« Sie drückte die Stoptaste.

»*ABBA?!*« Anna prustete los. »Barbie-Puppen singen für Barbie-Puppen? Ich bin doch keine sieben mehr! Ich werd' jetzt zehn!«

»Mmh – nächsten Oktober. Diesen wirst du erst mal neun! Und der is' auch noch 'n paar Tage hin!«

»Ja – und wenn du hier weiter ohnmächtig in deinem Gestank rumliegst, wirst du den glatt verpennen! Deswegen: Geh zu Susi Schnüffelzinken!« Sie ließ die Kassette wieder losbrüllen. »Oder mal unter die Dusche!«

Ich griff nach der Kiste, aber sie war natürlich schneller. An der Tür streckte sie mir noch mal die Zunge raus. »Stinktier! Stinktier!«

Ich wollte mir ein Kopfkissen schnappen und es ihr hinterherwerfen, aber die Duftwolke, die bei dieser Bewegung von mir und der Bettwäsche hochstieg, hielt mich davon ab. Vielleicht hatte sie gar nicht so unrecht. Ich stank wie die Südseite des Kölner Affenfelsens. Mal nachrechnen – wie lange lag ich jetzt hier rum und schwitzte mir ein paar Liter Alkohol, Entzugs- und Angstschweiß aus den Rippen? Vier Tage? Fünf?

»Anna!?« Sie steckte den Kopf fragend wieder zur Tür herein. »Was'n heute für'n Tag?«

»Samstag. Der sechzehnte August. Neunzehnhundertachtzig«, erklärte sie betont langsam und deutlich. Wie zu einem geistig Behinderten. *Altkluges kleines Luder.* »Ich heiße Anna. Meine Mutter heißt Vera. Ihre Freundin heißt Antula. Du heißt Büb. Du wohnst seit über einer Woche wieder hier. Seit du von Südfrankreich zurück bist. Da warst du zwei Monate. Oder so ungefähr. Und seit Montag warst du drei Tage Saufen.« Angeekelt verzog sie das Gesicht und schüttelte sich. »Donnerstag nacht bist du nach Hause gekommen, hast in die Waschmaschine gekotzt und bist seitdem nur noch zum Pinkeln aus dem Bett gekommen. Und das riecht man in der ganzen Wohnung.« Peng! war die Tür wieder zu.

Auweiohwei! Zerknirscht schälte ich mich aus dem verklumpten Bettzeug. Mein T-Shirt roch wie die Umkleidekabine der Faustkämpfer Kalk, und mein ganzer Körper fühlte sich an, als hätte ich beim Ölwechsel nackt unter unserem alten Opel Blitz gelegen. Ich riß die Vorhänge und das Fenster auf. Sonne und das, was man in der Engelbertstraße frische Luft nennt, strömten herein wie eine Herde Putzfrauen in die Kaufhof-Zentrale. Aus dem *Himmelunääd* uns gegenüber stieg der Duft von Spiegeleiern und Speck in meine Nase. Sofort kriegte ich Kohldampf. *Also dann: zurück ins Leben, Büb Klütsch!*

Ich zog das Bett ab, schmiß die Waschmaschine an und stellte mich eine Viertelstunde unter die Dusche. Putzte anschließend das ganze Bad, um ein bißchen Schönwetter zu machen. Dann zog ich mir eine frische weiße Jeans und meine gelbe Wildlederweste an und marschierte in die Küche.

»Ich hab' dir 'n Frühstück gemacht, Stinktier«, verkündete Anna stolz. Ich setzte mich an die große, runde Holzplatte. Ein Teller mit einer halbvollen Dose Tomatenfisch. Zwei Scheiben hart getrocknetes, halbrund gekrümmtes Schwarzbrot. Ein Klecks mit Katzenhaaren garnierte Diätmargarine.

Ein halber, braun angelaufener Pfirsich. Ein angebrochener Becher Erdbeerjoghurt. Ein Tütchen *Capri-Sonne*. Frühstück …

»Du bist'n Schatz, Anna.« Sie strahlte mich an. Die Wohnungstür klappte, und Vera rettete mich mit zwei Einkaufstüten, aus denen Eier und Schinken, frisches Graubrot, Tomaten, Radieschen und Kaffee und Orangen auf den Tisch purzelten. Sie fuhr mir mit einer raschen Bewegung durch die Haare. Ein Streicheln oder eine Ohrfeige? Ich legte ihr eine Hand auf die Hüfte, aber sie drehte sich weg. *Ohrfeige*.

»Sauer?«

Sie wandte sich wieder um, die Fäuste in die Hüften gestemmt. Ein paar ihrer blonden Locken klebten verschwitzt an ihren vom Tütenhochschleppen geröteten Wangen. Sie trug mein hellgrünes Jeanshemd über einer kurz abgeschnittenen, ausfransenden schwarzen Levi's. Braungebrannte Beine, an den nackten Füßen diese spanischen Leinendinger, deren Namen ich mir nie merken kann, in Schwarz. Ihre Augen blitzten.

»Du blöder Sack! Monatelang hat man keine Ahnung, ob du überhaupt noch lebst. Dann kommst du mit blutigem Schädel und einem Loch in der Hüfte nach Hause, schmeißt einem in zwei Tagen den ganzen Haushalt und das ganze Gefühlsleben durcheinander, und wenn man gerade anfängt, sich damit abzufinden, daß der Herr wieder da ist, verschwindet er auf eine dreitägige Sauftour. Freitag morgen kommt er sternhagelvoll –«

»Is'n hier für'n Krach?« Sich verschlafen die Augen reibend wälzte Antula ihre von einem ärmellosen schwarzen Männerunterhemd kaum verhüllten zweiundsiebzig Kilo in die Küche. Der alte Rubens hätte bei ihrem Anblick sofort das Sabbern angefangen. Dann riß sie ihre schwarzen Olivenaugen auf. »He! Es lebt! Es kann wieder essen! Mmmh! Und es riecht gut!« singsangte sie mit ihrem griechischen Akzent, parkte sechs von den Kilos auf meinen beiden Schultern und küßte mich von hinten auf die Stirn.

»Jetzt fall du mir auch noch in'n Rücken, Tula! Der Typ –« Die ging zu Vera hinüber, nahm sie in den Arm und küßte sie lange und zärtlich.

»Hey, hey, Süße! Is' das nich' ein herrlicher Tag? Wirste dir doch nich' von 'nem Dreibeiner versauen lassen!«

Anna neben mir, Ellbogen auf dem Tisch, den Kopf auf beide Fäuste gestützt, sah abwechselnd die beiden und dann mich an.

»Tja – gegen drei Weiber kommst du nich' an, Stinktier.« Dann schnupperte sie kurz in meine Richtung und rollte affektiert mit den großen blauen Augen. »Äh, Paddong – Mussjöh Stinktier!« Wir mußten alle vier lachen, und langsam fing ich an, mich wieder wohler zu fühlen. Wir packten Veras Einkäufe aus, hauten ein paar Eier in die Pfanne, kochten Tee und Kaffee, prügelten uns ein wenig um die neuen Zeitungen – wer kriegt den EXPRESS, wer den *Stadt-Anzeiger*, wer muß die *taz* lesen? – und gaben uns einem gemütlichen, ausgiebigen Frühstück hin. Im Radio dudelte der *Pop-Shop* vor sich hin, und ab und zu lasen wir uns gegenseitig besonders bemerkenswerte Meldungen vor.

»He, Tula: ›Dicke sind out! Der normalgewichtige Deutsche hält sie für willensschwach und freudlos, ob im Leben oder in der Liebe‹!«

»Laß mich erst mal zu Ende frühstücken, dann beweis' ich dir das Gegenteil, Schätzchen!«

»Oder hier: ›Außer Plattdeutsch versteht ein Landwirt aus Leer in Ostfriesland nur Bahnhof. Deshalb will ihm das Verkehrsamt keinen Führerschein geben. Seine Fahrtüchtigkeit soll jetzt per Gericht überprüft werden. Das Problem: Es gibt keinen Psychiater, der Platt spricht!‹«

Und Kanzler Helmut Schmidt hatte das geplante Treffen mit Erich Honecker erneut abgesagt, weil man mit Unruhen in Polen rechnete; im Golf von Mexiko lag ein mit 7,6 Millionen Litern Benzin beladener Tanker und brannte; »Little Joe« Michael Landon war nach zweimonatiger Trennung zu seiner Frau zurückgekehrt – sein Kommentar dazu: »Alles, was sie brauchte, war, daß man ihr den Hintern versohlt. Das habe ich getan.« Ein Dreizehnjähriger in Frankfurt hatte neun Vergewaltigungen auf dem Kerbholz; in Hamburg hatten Unbekannte drei Molotowcocktails in eine Asylunterkunft geschmissen – ein 22jähriger vietnamesischer Lehrer, der erst im April vom deutschen Hilfsschiff *Cap Anamur* aus Seenot gerettet worden war, verbrannte zu Tode. Die »hifi '80« brachte »Neuigkeiten, die man kaum wahrnehmen kann«; im *Uni-Center* lief in der hunderteinundfünfzigsten Woche die *Rocky Horror Picture Show*, im *City* lief in der dritten Woche *Drei Schwedinnen auf der Reeperbahn*. Die Kölner CDU forderte, die versprochenen zweihunderttausend Märker, mit denen achtzig Stollwerckbesetzer ein Haus an der Luxemburger renovieren sollten, nicht auszuzahlen, da sonst »Rechtsbrecher bevorzugt behandelt« würden; das *Senftöpfchen* hatte sich nach zweiundzwanzig Jahren ein neues Klavier spendiert; die Spieler des KEC wollten unter Zweihunderttausend pro Saison keine Trikotwerbung mehr machen, und die Spieler des FC zitterten am dritten Bundesliga-Spieltag dem Spiel in Stuttgart entgegen; Präsident Anton Merck kündigte für den Fall einer Niederlage eine »Bombenneuigkeit« an – der EXPRESS mutmaßte, daß ein sensationeller Trainerwechsel ins Haus stehe, »Heißt der nächste Kölner Trainer Rudi Betziger?«

»Ich glaub', ich muß mir heute mal die Sportschau angukken.« Drei Paar schöner Augen blickten verständnislos von ihrer Lektüre hoch.

»Jetzt hat er sich endgültig den Verstand weggesoffen!« entschied Tula. Vera schnaubte.

»Dafür wären aber nicht mehr als fünf Bier nötig gewesen! Was is' passiert, Büb?«

»Kann sein, daß ich da ein paar Urlaubsbekanntschaften wiedersehe.« Ich wußte nicht, wie recht ich behalten sollte.

70

Nach dem Frühstück zerrte Tula meine Gattin in ihr Zimmer, um ihr was über die Lebens- und Liebesfreude von Übergewichtigen beizubringen. Anna und ich wuschen das Geschirr ab und drehten dann ein paar Fahrradrunden um den Weiher im Volksgarten, fütterten Enten und die beiden Schwäne mit dem altem Schwarzbrot und genehmigten ihr eine Limo und mir drei Bier. Dazu hockten wir uns auf den Zaun zum Biergarten, von wo wir einen schönen Ausblick auf die kleinere der beiden Volkswiesen hatten, immer noch größer als ein Fußballfeld, zum Bahndamm hin ansteigend, mit ein paar verstreuten Linden, Buchen und Kastanienbäumen und dem üblichen Völkchen.

Kleine pummelige Jungs, die auf bunte Nylonbälle sabberten und in Nasen bohrten, große knochige Jungs, die schwitzend mit Jonglierkeulen kämpften, adrette Jungs mit Heften, Büchern und Mars-Riegeln; schwarze und braune Jungs, die auf schlecht gestimmten Congas herumtrommelten, in einem Rhythmus, wie man ihn nur mögen kann, wenn man von den gleichen Marihuanawolken umgeben ist wie die da; große fette Jungs mit abgerissenen Jeanswesten, die um einen Kasten Bier herumlümmelten und sorgfältig drauf achteten, daß jeder, der vorbeikam, auch die Aufschrift auf ihren Rücken lesen konnte: *Ghost Riders Cologne*, mit Totenkopf und allem.

»Kolockne heißt Köln«, trumpfte Anna auf.

»Hmm. Es sei denn, man schreibt es so wie die da, dann issses entweder französisch und heißt Kolonnje oder englisch und heißt Koloun«, klärte ich sie auf.

»Und was heißt Gosst Rieders?« stupste sie mich in die Seite.

»Goust Reiders«, verbesserte ich sie wieder, »Geisterreiter. Kennste den alten Westernschlager nich'?« Sie schüttelte ihre blonden Locken und sah mich von unten erwartungsvoll an. Also sang ich ihr das Lied von der Regennacht am Rande der

Prärie. So gut ich's zusammenkriegte. Bei »Yippie-ya-yeeh« trommelte sie den Pferdegalopprhythmus auf ihren Schenkeln mit. Ich zeigte ihr, daß man den auf zwei verschiedene Arten trommeln konnte – entweder abwechselnd links-rechts oder mit durchgehenden Doppelschlägen rechts oder links –, und was der feine, aber wichtige Unterschied in der Phrasierung war. Was sie auch schnell kapierte, als ich ihr empfahl, mal ein paar Takte die eine oder die andere Hand einfach wegzulassen. Währenddessen guckte ich weiter in der Gegend rum, schließlich gab es nicht nur Jungs zu sehen.

Sondern auch puterrote Mädels in Plisseeröcken, die sich bemühten, den Kinderwagen so zu stellen, daß dessen Baby-Sonnenschirmchen auch ihnen ein wenig Schatten abgab, während sie rosafarbene Sachen strickten und Schokolade in sich reinstopften; blasse Mädels mit runden Brillen und Kopfhörern, im Schneidersitz über Bücher gebeugt und fortwährend nach Mücken und Fliegen schlagend; angebräunte, knackige, die auf dem Bauch über einer *Brigitte* oder einer *StadtRevue* lagen, mit nackten Füßen in der Luft herumwedelten und mit ihren nackten Rücken jedermanns Neugier auf die Vorderseite weckten; mehr oder weniger sportliche, die gackernd eine leuchtend grüne Frisbeescheibe hin und her warfen; die selbstbewußten vom Mütterfelsen, die trotzig umherblickend ihre Kinder an großen blaugeäderten Brüsten nuckeln ließen; und zwei ganz besondere, die aussahen wie Zwillinge, mit schwarzen Locken, die in ihren abgeschnittenen engen Jeans-Shorts herumhüpften, während sie zu dem Congarhythmus tanzten, mit olivbraunen nackten Oberkörpern, beide knabenhaft schlank ...

»Sind die gefährlich, Büb?« *Für mich schon,* hätte ich fast geantwortet, als mir auch schon klar wurde, daß Anna nicht die Zwillinge, sondern die Schmutzjackenkollegen meinte. »Die sehn je'nfalls gefährlich aus.«

»Deswegen ja. Soll zumindest jeder glauben, daß sie's sind.«

»Du hast bestimmt keine Angst vor denen, was?« *Natürlich*

nicht, wollte ich mich schon aufplustern, als mir auffiel, wie albern es wäre – vor einer Achtjährigen den Angeber zu markieren.

»Klar hab' ich Angst vor denen, ich bin ja nich' übermütig. Ich würd' mir nur Mühe geben, daß sie's nich' merken. Aber die meisten von denen sind, jeder für sich, eher harmlos. Blöd wird's nur, wenn sie getankt haben und meinen, sie müßten nicht nur den bösen anderen, sondern auch sich gegenseitig was beweisen.«

»Warum machen die das?«

»Sind eben Dumpfbacken. Ihr Opa hat ihren Vatter verprügelt, ihr Vater verhaut sie und ihre Mutter, ihre Mutter verhaut sie, und in der Schule haben sie nix anderes gelernt, als sich gegenseitig zu verhauen. Eigentlich arme Dumpfbacken.«

»Tula sagt, ich soll keine Angst haben. Vor niemand.«

»Niemandem«, verbesserte ich mal wieder automatisch, »find' ich aber nicht ganz so vernünftig. Angst is' ja nix Schlimmes – die Menschen haben vor langer, langer Zeit – wie die Tiere auch – gelernt, Angst zu haben, weil die ein Warnsignal ist: Achtung! Gefahr ist im Anzug! Wer keine Angst hat, wird schnell leichtsinnig, und wer zu leichtsinnig wird, kriegt schnell eine aufs Maul.«

»So wie du in Frankreich? Warst du leichtsinnig?«

Gute Frage, Mädchen. Zum Glück haute mir jemand von hinten auf die Schulter. Zwei Typen mit Gitarrenkoffern und schwiemeligem Blick von zuviel blondem Bier und zu gutem schwarzem Afghanen in der Nachmittagssonne grinsten mich an und wollten wissen, wo ich denn eigentlich abgeblieben wäre – hätte ich nicht im Juli bei dem Anti-Dingsbums-Konzert im Fort X mit ihnen spielen sollen? Ich fragte mich, wem ich denn da was in meinem vollen Kopp wieder versprochen hatte. Konnte mich nicht erinnern. Aber sie kauften mir ab, daß ich ja zur gleichen Zeit in Berlin auf dem Hausbesetzer-Soli-Festival gespielt hätte, und das sei ja wohl wichtiger als der halbherzige Protest gegen –

»Ja, ha! Und den Kakaoturm hamse jetz' gesprengt! Plattgemacht! Einfach –«

»Meinste, das hätten die nicht gewagt, wenn ich da getrommelt hätte?« Ich trat Anna gegen die Knöchel. Beim dritten Mal schnallte sie's.

»Kann ich'n Eis?« plärrte sie dazwischen. Ich zuckte die Jungs entschuldigend mit den Schultern an.

»Klar kriegst du 'n Eis, mein Schatz. Tja, Jungs, ich muß. Laßt uns da 'n andermal ...« Sie dackelten ab. »Danke, du Kluge«, verbeugte ich mich vor meiner grinsenden Begleiterin. Der Congaspieler hatte aufgehört. Er hatte seinen Groove mittlerweile im Kopf und tanzte mit den Zwillingen. Als er hochsah und bemerkte, daß ich ihn beobachtete, winkte er mit der geballten Rechten, einen Joint zwischen Zeige- und Mittelfinger.

»Du kennst wohl alle Musiker in Köln?« meinte Anna.

»Ein paar. Ich bin halt schon –« Aber es war eigentlich klar, daß ich so billig nicht davonkommen würde.

»*Kann* ich'n Eis?«

»Was – sehen? Malen? Häkeln? An die Wand schmieren?«

»Haben!«

»Dann sag dat doch.«

»Hm.«

»Hä?«

»Ha'm.«

»Na gut. Aber mir ist Eis zu süß – ich nehm' lieber 'n Bier. Holst du?« War ihr zwar auch nicht recht, aber ich machte ihr klar, daß ich besser auf unsere Fahrräder aufpassen konnte – schon allein wegen der Geisterreiter da drüben, die mittlerweile Verstärkung von einem älteren Asi-Typen mit einem Ghettoblaster bekommen hatten. Ich schloß eine stille Wette mit mir selber ab. Und verlor – *Born To Be Wild* kam erst als vierte Nummer.

Als Anna mit den Leckereien zurückkam, wurden die Schatten langsam länger, also radelten wir gemütlich schon mal ein Stück weiter und guckten uns noch die Brache an, wo sie diesen Sommer die alte Polizeistation weggesprengt hatten und ein einsamer Bagger Trümmerreste und verkohlte Baumstümpfe wegräumte, verträumt hin und her torkelnd, als hätte das groß angekündigte Pflanzen neuer Bäume und Sträucher noch ein paar Jahre Zeit.

»Kennste denn auch HOFFNUNG MALER FAUST?« So schnell verlieren Kinder den Faden auch nicht.

»Klar.«

»Auf die bin ich sauer.« Sie zog eine Schnute und bemühte sich, ihre Stirn in finstere Falten zu legen. Und damit ich auch wirklich keinen Zweifel hatte, begann sie einem Goldregenzweig alle Blätter einzeln abzudrehen. Ich guckte ihr dabei zu. Fünf Blätter, sechs, acht. »Wieso fragst du nicht, warum?«

»Ich guck' doch die ganze Zeit und warte, daß du's erzählst. Das willst du doch, oder?« Die Schnute änderte sich, und sie zog mit hin und her wackelndem Kopf eine Grimasse, als sei ich die Nervensäge.

»Letzte Woche oder so waren wir schwimmen, im Eisstadion. Und ich hab' mit einer neuen Freundin Tischtennis gespielt. Und dann mußten wir aber schon um sechs Uhr wieder gehn, weil Tula und die Mama zu 'nem blöden Konzert gehen wollten.«

»HOFFNUNG MALER FAUST.« Ein grimmiges Grunzen. Fliegende Blätterfetzen. *Können Goldregen Schmerzen empfinden?*

»Und am nächsten Tag ha'm sie erzählt, daß es gar kein Konzert gegeben hat – die Band war gar nicht da!« Ich mußte lachen.

»Da hätt' ich auch vorher einen Fuffi gegen gehalten. Zwei von denen sind ständig so besoffen, daß sie nur jede siebte Probe schaffen, und dem dritten ist das egal, weil er immer zugekifft ist.«

»Warum sagen die denn dann, daß sie ein Konzert spielen wollen?«

»Weil sie eigentlich gute Musiker sind. Und Musiker müssen spielen – eigentlich. Aber die kriegen's eben nicht auf die Reihe – manche können nun mal nich' umgehn mit der Sauferei.« Ihr ernster Blick verriet mir, noch während ich sprach, daß das ein blödes Stichwort war.

»Und warum trinkst *du* immer so viel?« *Halb besoffen is' rausgeschmissen' Geld, mein Kind,* war ich versucht zu erwidern, aber das würde sie bestimmt nicht verstehen. Davon abgesehen, daß das auch nur einer von diesen Ausreden-Sprüchen war und mit der Wahrheit verdammt wenig zu tun hatte. Aber was war die Wahrheit? Und wie erklärst du sie einem Kind? Wenn du sie nicht mal selber richtig kennst, sie vielleicht gerade mal erahnen kannst? Und wieso hatte ich mir nicht noch einen Becher Bier mit hergenommen?

Der Bagger hustete und stieß eine dunkelblaue Qualmwolke aus. Wie ich. Dann war er still. Wie ich. Aber er hatte wohl Feierabend für heute. Im Gegensatz zu mir.

»Kannste dich noch daran erinnern, wie du sechs warst?« Sie sah mich an, als sei ich einer von den blöden Erwachsenen, die mit Kindern unter zehn nur in Babygeplapper reden – *klar kann ich mich daran erinnern, Klugscheißer!* »Da haben Vera und ich zu Weihnachten Makrönchen gebacken, kiloweise, manche mit Schokoladenüberzug –« Begeistert nickte sie – und ob sie sich erinnern konnte.

»Die waren superlecker!«

»Hmm. Und du hast erst jede Menge von dem Teig genascht, und dann hast du gemeint, du müßtest dir noch ein Pfund davon in den Bauch stopfen, sobald sie aus dem Backofen kamen – da waren die noch heiß –«

»Und die Mama hat geschimpft –«

»Und die Mama hat geschimpft –«

»Aber du hast gesagt: Laß sie doch – wird schon merken, was passiert.«

»Und du konntest einfach nicht aufhören –«
»Und dann is' mir schlecht geworden –«
»Klar is' dir schlecht geworden – tierische Bauchschmerzen hast du gehabt, bis zum nächsten Nachmittag. Das wußten die Vera und ich natürlich vorher –«
»Aber das hab' ich dann nie wieder gemacht! Aber du trinkst immer wieder!«
»Und was war dieses Jahr Silvester? Mit den Nougatpralinen?«
»Na ja, manchmal kann man eben einfach nich' aufhören.«
»Siehste«, klopfte ich ihr auf die Schulter, »so geht's mir auch oft.« Sie verdrehte die Augen zum Himmel, als hätte ich vergeblich versucht, sie zu verarschen. Klar war sie damit nicht zufrieden.

Aber Rettung kommt oft von unerwarteter Seite – mit einem dumpfen Grollen rollte ein schweres Motorrad hinter uns aus. Vorne hockte der lange Didi, Ghost-Riders-Weste auf nacktem Oberkörper, ein rotes Stirnband um den kahlrasierten Schädel und seinen mattschwarzen Helm lässig um den linken Arm baumelnd. Hinten saß Bully, dem sein Outfit nicht so gut stand – seine Weste war ziemlich kurz und ließ seine drei Rettungsringe prima zur Geltung kommen. Aber der Kasten Bier auf seinem Schoß machte das ein bißchen wett.
»Na, Büb – neue Freundin?« rief er mit seiner Eunuchenstimme.
»Un' du – neue Diät, Bully?« Anna kicherte los und hielt sich die Hand vor den Mund. Der lange Didi wieherte und ließ die Kupplung los. Bully konnte mir nur noch einen drohenden Blick zuwerfen und den Kasten festhalten, dann waren sie mit Geknatter hinter der Hecke verschwunden.
»Du kennst wohl jeden, wie?«
»Sieh's mal andersrum, Annuschka: Ich bin der Büb – mich kennt jeder.«
»Und warum hat der dich so böse angeguckt?«

»Vielleicht mag er mich nich'.«

»Und warum nich'?« Ich seufzte.

»Ich hatte mal Thekendienst, als er nich' so gut drauf war und vor meiner Theke seine Freundin verhauen wollte. Ich hab' ihm gesagt, daß so was bei mir nich' in die Tüte kommt und ich ihnen allen Lokalverbot gebe, wenn er sich nich' benimmt.«

»Und das hat der sich gefallen lassen?«

»Na ja, der Lange da hatte seinen friedlichen Abend und hat mich unterstützt.«

»Sonst wär's nich' so gut gegangen, was?«

»Ich glaub' nich'. Wolln wir mal nach Hause radeln?« Sie setzte sich rittlings auf mein Bein und legte mir die Ärmchen um den Hals:

»War das *nicht* leichtsinnig?«

»Siehst du – das ist auch einer der Gründe, warum ich trinke.« Ein großes Fragezeichen auf ihrer Stirn. »Das hätt' ich mich nüchtern nie getraut.« Das konnte sie natürlich auch nicht wirklich nachvollziehen. Aber es war ihr wohl erst mal genug, um drüber nachzudenken. Ich sah ihr zu, wie sie auf ihr rotes Rädchen kletterte und sich ein paar Meter mit den Füßen am Boden abstieß, bis sie genug Fahrt drauf hatte, um die Balance halten zu können. Ihre Locken wippten, ihr weißumsticktes blaues Griechenröckchen flatterte, und ihre Knie stießen beim Strampeln aneinander. *Jau,* dachte ich bei mir, *und wenn du jetzt zehn Jahre älter wärst, hättest du wahrscheinlich gesagt: Und wenn du jetzt nicht schon vier Bier im Kopp hättest, wäre dir* das *auch nicht über die Lippen gekommen.*

71

Punkt fünf nach sechs hockten wir auf Veras Riesenbett, in dem rotwangig und schwitzlockig die beiden Damen lagen und verführerische Düfte ausdünsteten, und schalteten die Glotze ein.

Der blöde FC verlor natürlich, und Ernst Huberty konnte seinen Zuschauern ihr Sensatiönchen präsentieren – im Gang zur Umkleidekabine polterte der alte Merck mit seiner heiseren Millowitsch-Stimme vor einer wackligen Kamera herum, daß die Zeiten des Schlendrians nun ein für allemal vorbei seien.

»Die Mannschaft hat in den ersten drei Bundeslijaspielen jezeischt, daß sie zu Jrößerem fähisch is', aber das Konzept vom Herrn – eh – Hebberjott scheint ja wohl so nisch aufzujehn. Das Präsidium hat sisch deswejen entschieden, den Posten des Trainers – eh – umzubesetzen, un' isch möschte Ihren Zuschauern hier unseren neuen Mann vorstellen, der als ehemalijer Jugendtrainer unserem Verein schon viel – eh – Jutes jebracht hat, un' in den wir alle unser Vertrauen setzen, daß er den FC an die Spitze der Bundeslija – eh – hochmotivieren kann un' – eh – wird. Meine Herren: Rudi Betzijer!« Die Kamera wischte ein paar Zentimeter nach links und holte uns eine Großaufnahme von Betziger auf den Bildschirm.

Im Hintergrund hörte man Applaus, Gejohle und Pfiffe. Betziger leckte sich nervös über die Unterlippe und tupfte sich mit dem Ärmel einer rot-weißen Windjacke ein paar Schweißtropfen von der Stirn.

»Herr Merck«, sprach der Reporter aus dem Off, »Man merkt, selbst hier, daß diese Ihre Entscheidung nicht unbedingt populär ist –« Kamera wieder auf Merck.

»Damit kann isch leben. Nisch meine Entscheidungen müssen populär sein, sondern die Mannschaft, die im Herbst Deutscher Fußballmeister is' – un' das wird aufjrund dieser Entscheidung der FC Köln sein, da bin ich sischer, wa', Rudi? Nisch zuletzt, weil der Herr Betzijer uns eine phänomenale – eh – Mitjift mitjebracht hat – meine Damen un' Herren – ab dem ersten Oktober wird der Sturm unseres Vereins jrandiose Verstärkung erhalten: in Jestalt von Jerrit – eh – Weinschtraat!« Allgemeines Gejohle. Der alte Fuchs hatte das der Sportschau-Redaktion natürlich schon vorher gesteckt, weswegen sie jetzt sofort ein Foto von Gerrit Vijnstraat einblenden konnten, einem gedrungenen Lockenkopf, mit einem schiefen, grimmigen Lächeln und kräftigen Beinen, die krummer waren als die von Fuzzy Jones und Pierre Littbarski zusammen.

Zurück ins Stadion. Merck hob die rechte Hand und knallte sie väterlich-gönnerhaft auf Betzigers Schulter. Die Kamera schwenkte mit dieser Bewegung mit. Wieder Betziger in Großaufnahme. Er sah aus, als würde er gleich anfangen zu heulen – vielleicht zerquetschte Mercks Pranke ihm gerade das Schlüsselbein.

Und jetzt hatte auch ich meine Sensation. Am Mittelfinger des alten Gauners prangte deutlich sichtbar ein dicker, goldener Ring, der mit zwei gekreuzten Krummsäbeln geschmückt war, mit roten Edelsteinsplittern in den Griffen, und an seinem Ringfinger prangte eine Türkisschlange mit Smaragdaugen auf einem ebenfalls goldenen Fingerreif. Ich kriegte nur noch mit halbem Ohr mit, daß Merck verkündete, außerdem habe er seinen Fans noch ein »janz besonderes Kamellschen« zu bieten – das Müngersdorfer Stadion sollte umgebaut und modernisiert werden.

»Er hat die Klunker! Und der Bettsicker hat sie für ihn geklaut! Und deswegen darf der jetzt Trainer werden! Und kommt als Nebeneffekt auch noch von den Duschen der A-Jugend weg! Ich krieg' hundert Affen! Himmel, Arsch, was haben die mich reingelegt!«

»Du sagst Bescheid, wenn du mit einem von uns sprichst, Frankenstein?« murrte Vera.

»Ich versteh' nur Bahnhof«, bestätigte Tula. Also fing ich an, ihnen die ganze Geschichte zu erzählen.

»Ach du Scheiße!« rief Vera plötzlich, »da is' doch Post für dich! Seit drei Tagen liegt die hier.« Sie gab mir eine schrecklich kitschig kolorierte Ansichtskarte, mindestens Jahrgang '50, die mit einer Stecknadel an die Wand über dem Eßtisch gepinnt war. Das *Hotel St. Patrick's* in Belfast. Auf der Rückseite, mit dickem blauen Filzstift:

Cigarettes sein alle. Call me 00442890 22608. T.

Ich hängte mich ans Telefon und erwischte Twiggy tatsächlich. Er war sogar noch halbwegs nüchtern. Wir telefonierten über eine halbe Stunde lang, dann hatte auch ich einigermaßen den Durchblick. *Doch schon, 007 ...? Klar – mein Name ist Klütsch, Büb Klütsch.*

Ich ging zu den gespannten Mädels in die Küche zurück und ließ sie an meinen neuen Kenntnissen teilhaben.

72

»Du meinst, all dieser Terror, all die – Toten, weil ein kleiner Idealist ein Künstlerzentrum gründen wollte? Die eigene Tante bestohlen? Mord, um zur Verbesserung der Welt beizutragen?« fragte Vera, fassungslos den Kopf schüttelnd.

»Idealist is' gut. Er war offensichtlich ein gemeingefährlicher Spinner. Ein Irrer.«

»Aber wieso dieser Merck? Der ist doch schon steinreich?«

»Es gibt einen Zusammenhang zwischen den Ringen und dem Einkauf dieses holländischen Starspielers – Twiggy hat von dem Mittelsmann, den er hier in Köln getroffen hat, den Auftrag bekommen, die Klunker nach Amsterdam zu bringen. Und dort herausgefunden, daß sie für einen Isaak Eimermacher bestimmt waren, einen stinkreichen Kaufmann und fanatischen Schmucksammler – und zufällig Vijnstraats Schwiegervater.«

»Und dieser Merck hat im Auftrag von Eimermacher ...? Und der Betziger im Auftrag von Merck ...?« Ich nickte.

»So sieht's aus. Und der mit Pieter als Verbündetem. Allerdings hatte mein Pieterchen gar nicht die Absicht, mit Betziger zu teilen – den wollte er anscheinend von seinen Franzratten umlegen lassen, genau wie Spacek. Er wollte beides haben – die

Millionen *und* die Ringe. Vielleicht, um die als Musterknabe seiner Tante wieder vor die Füße zu legen.« Tula schüttelte sich.

»Und du und dieser Twiggy – den würd' ich ja gerne mal kennenlernen –, ihr habt denen einen dicken Strich durch die Rechnung gemacht, was?« Bescheiden schwieg ich und schüttete mir noch ein Glas Retsina ein.

»Jetzt bewunder' ihn auch noch!« empörte sich Vera. »Er wär' fast selber dabei hopsgegangen!«

»Unkraut verjeiht nit«, zitierte ich Opa Klütsch. Vera schnaubte.

»Männer!«

»Helden«, lächelte Tula und prostete mir verschwörerisch zu. Ich grinste und prostete zurück.

»Und der Große Amerikanische Held – wieso sitzt der jetzt in Belfast?« Vera, hartnäckig. Ich mußte noch mehr grinsen.

»Hat in Amsterdam gedacht, jetzt sei er doch quasi schon auf halbem Weg zu seinen Whisky-Kumpels. Die angerufen. Und erfahren, daß eine verirrte Panzerabwehrgranate ein Stück vom Kinderkrankenhaus zerdeppert hat.«

»Und?«

»Und ist hingeflogen und hat die ganze Kohle dem Wiederaufbau spendiert.« Andächtig tranken wir eine Runde auf die Wohltäter der Menschheit. »Oder vielleicht die Hälfte. Und den Rest für neue Granaten.« Noch eine Runde – auf die Verrückten dieser Welt. Der Abend begann, schwer nach Harz zu schmecken.

»Und das Geld, das er dir zurückgelassen hat?« Ich zog die Schultern hoch.

»Backgammongewinne? Schwarzgeld aus seiner Zockerbude? Was weiß ich.« Zu dritt saßen wir eine Weile schweigend da, hin und wieder die Köpfe schüttelnd. Was für eine Welt …

»Und was wirst *du* jetzt tun?« fragte Vera. Ich überlegte eine ganze Weile. Ja, ich war gemeint.

»Mit dem Labbes ein Bier trinken gehn.« Beide sahen sich an und verdrehten die Augen gegen die Küchendecke – *diese Typen – ha'm doch nix im Kopp als Saufen und* – »Ja, ja, ich weiß«, bremste ich sie, »der Labbes ist ein Triebtäter, der hat alles, was mit dem FC zu tun hat – und vor allem hat der drei Videorekorder und zeichnet das ganze Wochenende jede Fernsehsendung auf, in der das Wort Fußball auch nur vorkommt. Und den Rest der Woche schneidet er sich dann eigene Best-of-Kassetten zusammen und bastelt sich Hitparaden und Bestenlisten – Tor des Monats, Elfmeter der Woche, Versager des Jahres, Stürmer des Jahrhunderts, was weiß ich. Von dem werd' ich mir eine Kopie dieser Sportschau machen lassen. Aber ohne Bier is' da nix zu machen, da krieg' ich keinen Millimeter von dem.«

»Ja und?« Ich grinste und rieb mir die Hände.

»Und dann werd' ich der guten, alten Tante Ciss einen schönen, langen Brief schreiben ...«

73

Mittlerweile hatten wir zu Abend gegessen, Anna lag in ihrem Bett, und auf dem Küchentisch standen vier leere Retsinaflaschen. Ich ging mal pinkeln.

»*Welcome to the club!*« grinste Vera, als ich zurück in die Küche kam, und prostete mir zu. Tula kicherte. Ich guckte sie verständnislos an. »Na ja – im Club der Bisexuellen! Jetzt weißt du ja auch, wie das ist. Lacht der sich im Urlaub einen Liebhaber an!«

»Ob er jetzt für Weiber überhaupt noch was übrig hat?« fragte Tula spöttisch.

»Nur wenn sie die Hosen anhaben. So welche wie du zum Beispiel«, brummte ich, schon ein wenig unsicher auf den Beinen, und setzte mich wieder an den Tisch. Sie stand auf, schob das schwarze Unterhemd über ihren runden braunen Bauch und drehte sich mit sanft kreisenden Hüften um sich selbst. Sie trug einen schwarzen Seidenslip mit Lochstickereien.

»Ach, gefällt er dir?«

»Kann man sagen,« bestätigte ich nach einem kurzen Räuspern.

»Dann bin ich wohl raus aus dem Spiel?« Vera warf ein Bein über die Stuhllehne und ließ ihr weißes, knielanges Zappa-T-Shirt verrutschen. Sie trug darunter nur ein blondes Büschel Schamhaare, in dem sie jetzt schmollend herumzauste. Ich spürte meinen Pulsschlag. In einem plötzlich trockenen Hals und in heiß werdenden Lenden. In meinen Ohren machte sich ein dunkelrotes Rauschen breit.

»Was für'n Spiel soll das denn werden?«

»Wie wär's mit: Odysseus kommt von seinen Irrfahrten nach Hause und die Hetären lecken seine Wunden?«

»Nur seine Wunden?« Ich. Heiser.

»Nur seine?« Tula. Lockend.

»Nur sie?« Vera. Einladend. Sie lachten und gingen Arm in Arm in Veras Zimmer. »Der Letzte macht das Licht aus!«

Das war ich.

FIN.

S. 10: Danke, B. Berns & W. Farrell!
S. 11: Danke, M. Jagger & K. Richards!
S. 12: »Diese Runde geht auf mich, aber dann nimmst du besser deine beiden Freunde und gehst mit denen woandershin. Wir haben jetzt geschlossene Gesellschaft. Klar?«
S. 12: »Ist das nicht eine herrliche Sprache?« … »Könnt Ihr uns denn ein Taxi bestellen?« … »Ich warte draußen.« … »Gute Idee.« … »Und frohe Weihnachten!«
S. 12: EXPRESS: Einzig lesenswertes Kölner Presseerzeugnis – schon weil es täglich erscheint und den Kölner vor der BILD-Zeitung schützt. Früher (als alles noch besser war) gab es noch Alternativen, aber die sind leider im Laufe der Jahre überwiegend der Schwafelsucht zum Opfer gefallen.
S. 12: Danke, M. Jagger & K. Richards!
S. 14: Stollwerck: Ein altehrwürdiger Kölner Veranstaltungsort – leider nicht mehr existent. Eine ehemalige Schokoladenfabrik, die von jungen Freigeistern zur multikulturellen Begegnungsstätte umfunktioniert wurde, unglücklicherweise ohne die nötigen Stempel der Stadtverwaltung, weshalb diese 1980 das Gelände mit einem beeindruckenden Aufwand an uniformierter Gewalt im Verbund mit gewaltlosen, aber um so wirkungsvolleren Hinhaltestrategien dem Erdboden gleichmachte, um darauf eine Siedlung im LEGO Stil zu errichten, in der sich heute neben ein paar Sozialwohnungen und einem Sandkasten für Hunde, den selbstverständlich auch Kinder benutzen dürfen, eine multikulturelle Begegnungsstätte an die andere reiht. Fällt in Kölner SPD- und CDU-Kreisen unter Städteplanung.
S. 14–15: »Der Hubert!« … »Ja, ist es denn die Möglichkeit!? Was machst du denn hier? Bedienung! Getränke! Der Hubert ist wieder da! Der Herr der Kanaldeckel, Radkappen und Autofelgen!«

S. 15: »Was ist geschehen, Viertelnach – war das nichts mit der Hitparade?« … »Schweig ja stille, gesichtsästhetisch Minderbemittelter! Hier, auf unser Wohl!«
S. 15: »Ich nehme meine Gitarre, fahre an die Côte d'Azur und spiele auf der Straße. Hubert, das ist es! Zwei Stunden – ach was: *eine* Stunde Arbeit am Tag, kiloweise Geld, immer etwas zu trinken und Weiber, Weiber …! Und du fährst mit! Hubert, wir beide! Cannes! Nizza! Saint-Tropez! Monte Carlo! Und das ganze Jahr Sommer!« … »Du Narr, ich kann doch gar nicht Gitarre spielen!« … »Ich werde dich unterrichten, Hubert …!«
S. 15: siehe PERLEN VOR DIE SÄUE, der dritte Büb-Klütsch-Roman, KiWi Köln, 2002
S. 19: Danke, P. Maffay!
S. 20: »Wenn jetzt jemand kommt und ›Morgenstund hat Gold im Mund‹ sagt, schlage ich ihm die Flasche ins Gesicht!«
S. 21: Danke, B. T. Jones & W. Bell!
S. 21: »Wenn ich endlich wieder in Köln bin, muß ich mir wahrscheinlich dreimal einen runterholen, bevor ich mich bei den Mädels zurückmelde. Sonst platze ich ja schon, wenn mir eine nur die Hand gibt!«
S. 23: Danke, V. Morrison!
S. 26: »Die kommt wieder, Hubert, die wird ihr Comeback erleben! Und ich singe mit der! Und Millionen schauen zu! Das Fernsehen! Weltweit! Wie beim Boxkampf Muhammad Ali gegen Joe Frazier! New York (USA)! Rio de Janeiro (Brasilien)! Tokio (Japan)!« »Und Esch (Vorort von Köln), Pesch (dto.), Weidenpesch (ebda.)! Wie alt möchtest du werden, Viertelnach, um das zu erleben – neunzig? Hundertvierzig?«
S. 27: Und wenn die Frau ihn richtig behandelt / kann der Mann das leuchtende Licht sehen …
S. 27–28: Danke, K. Kristofferson!
S. 29: Das Studio

S. 30: »Wer die Kerne nicht probiert, weiß nicht zu würdigen, wie die Pflaumen schmecken.«

S. 30: Eigelstein: Kölner Einkaufsstraße mit buntgemischtem, rudimentär gebildetem Anwohnervölkchen

S. 31: Sartory: Ein weiterer altehrwürdiger Kölner Veranstaltungsaal – Karnevalssitzungen, Boxkämpfe, später auch Rockkonzerte

S. 31: »Ei, da bin ich aber erstaunt! Da brauchst du selbstverständlich eine Tasche, Hubert – sonst hat der französische Landsmann dir die Gitarre doch sofort entwendet!«

S. 31: »Nun ja, was willst du bei den einheimischen Nachbarn schon mit der Spirituose anfangen? Schlag ein, der Handel gilt!«

S. 31: fringsen: Sich Lebensnotwendiges auf nicht ganz legale Weise aneignen (Mundraub); nach dem Kölner Kardinal Frings, der in den harten Wintern nach dem 2. Weltkrieg seinen Schäfchen für das Organisieren überlebenswichtigen Heizmaterials von Kohlezügen von der Kanzel des Doms herab eine Generalabsolution erteilte.

S. 38: Schmier: Ordnungshüter

S. 39: Heiermann: Fünf Deutsche Mark

S. 39: Danke, Jones & Wilson!

S. 42: »Schau dich doch einmal um!« Ich schaute mich um.

S. 44: »Verzeihung – ich verstehe Sie nicht.«

S. 44: »Oh nein! Wir trinken nie Alkohol! ... Wir sind Kinder der Natur! Und der Liebe!«

S. 44: »Ich mag es, wie Sie duften ..., von Kopf bis Fuß.«

S. 45: »Ferdinand! Wenn es Ihnen gefällt!

S. 45: »Deutsche!« zischte Blondie ...

S. 53: Was sollen wir sprechen? siehe NIE WIEDER APFELKORN, der erste Büb-Klütsch-Roman, Köln, 1992

S. 58: Gürzenich: Und noch ein altehrwürdiger Kölner Veranstaltungsort, hier sei allerdings Krawatte empfohlen.

S. 58: Küppers Kölsch: Quantitativ stark verbreitete, obergärige Kölner Biersorte. Es gibt halt hier, wie in München, Berlin und Andraitx auch, mittlerweile mehr Zugewanderte als echte Einheimische. Die ihre eigenen Qualitätskriterien haben.

S. 59: Danke, E. Burdon!

S. 65: Danke, S. Walker!

S. 67: Danke, M. Morganfield!

S. 79: »Wie der erste Satz eines Romans zum Beispiel.« – Um so schöner, daß Sie bis hierher gekommen sind, oder?

S. 80: »À la votre.« »À la bonheur.« – »Auf Euer Wohl – und dich werde ich sehr bald vernaschen, mein Lieber, und werde dir zeigen, was Männerliebe heißt.« »Prost – da wirst du dich aber noch verdammt anstrengen müssen: Soweit sind wir noch lange nicht, du verdammte rollige Tucke.«

S. 92: Danke, N. Schultze & H. Grasshoff!

S. 103: Danke, U. Jürgens!

S. 109: Eine Million Arbeitslose …? Na ja – wir reden hier von 1980 …

S. 113: Danke, S. Walker!

S. 114: Danke, R. Crewe & B. Gaudio!

S. 115: Laß sie doch reden.

S. 115: »Keine Macht für niemand« – Nein, nicht DIE ÄRZTE …!

S. 115: Danke, J. Lennon!

S. 116: »Du kannst die Nacht durchmachen und du kannst bis in die Puppen schlafen – aber du kannst nicht dem Tag aus dem Weg gehen.«

S. 117–118: Danke, I. & G. Gershwin!

S. 121: Das übersetzen wir dann ausnahmsweise mal vom Kölschen ins Englische: »Yes, that *Poor Boy.«*

S. 125: Anspielung auf einen antiken F.-K. Wächter-Cartoon: »Er (Wir PARDON-Leser nannten ihn damals einfach Egon) sieht zwar nicht gut aus – aber er küßt wie eine gesengte Sau!« Könnse nich drüber lachen? Den Sammelband von *Welt im Spiegel* besorgen und auf Seite 231 die Zeichnung dazu sehen!

S. 126: Danke, Mr. Robinson & Mr. Hill!

S. 127: Danke, S. Walker!

S. 127: »Es ist noch immer gut gegangen« – eine der Goldenen Lebensregeln des gemeinen Kölners; damit hält man sich Nachdenken, Planung und Verantwortung vom Hals und kann hinterher um so überzeugender sagen: Dat wor kla'! (Das war klar) – han i'et nit jesaat? (habe ich es nicht schon immer gesagt?).

S. 129: Danke, J. Hayward!

S. 133: Danke, J. Lennon!

S. 134–135: Danke, J. Lennon & P. McCartney!

S. 142: »Hör mit diesem Unsinn auf Jimmy!« – »Schieb's dir in den Arsch, gleichgeschlechtlich Orientierter! Lutsch an meinen Unterhosen!« – »Das ist endgültig genug! Dies ist widerlich!«

S. 142: »… ich bin nicht gewillt, meine Gastfreundschaft weiter strapazieren zu lassen und Ihre schlechten Manieren zu ertragen. Ich fordere Sie auf, mein Haus unverzüglich zu verlassen. Mit anderen Worten: Raus mit Ihnen!«

S. 143: »Komm schon, Großmütterchen, laß mich doch mal ein bißchen Spaß haben mit diesem süßen kleinen Engel hier.«

S. 143: »Mach nur so weiter, Adlernase, wenn ich das mit dir mache, hast du gute Chancen, im ROLLING STONE zur Sängerin des Jahres gewählt zu werden. Na ja – vielleicht hinter Gloria Gaynor.« … »Wer zum Teufel bist du denn?« … »Nenn mich Sechzehn Tonnen.«

S. 143: Danke, B. B. Broonzy!

S. 143: »Mein Gott! Meine Nase!« … »Entscheide dich – vielleicht kannst du nicht beides haben.«

S. 146: Danke, P. Kuhn!

S. 152: »Da gibt es keinen Grund zu weinen!«

S. 163: Mösch: Spatz, Meise

S. 165: Rotmoff – holländisch für: deutscher Nachbar
S. 168: Danke, T. Hardin!
S. 190: Danke, J. Hendrix!
S. 195: Danke, G. Baker & J. Godfrey!
S. 200: Danke, F. Zappa!
S. 216: Danke, P. Abraham!
S. 221: Danke, R. Gallagher!
S. 223: Bin mal eben Zigaretten holen. Sehe Dich bald. Twiggy
S. 224: »Zu Fuß nach Köln gehen« – Danke, W. Ostermann!
S. 231: Siehe auch NIE WIEDER APFELKORN
S. 233: »Es geht doch nichts über ein leckeres Bierchen«, meinte der Kölner Gastronomiefacharbeiter.
S. 234: Danke, P. Simon!
S. 238: Danke, U. Hundt!

Der Autor

Rich Schwab lebt nach jahrzehntelangen Rock-and-Roll-Touren und unzähligen Nebenjobs zwischen Baustellen, Studios und Kneipen als Komponist und Autor in Köln, wo er 1949 geboren wurde. Er ist auf zahlreichen Platten und in etlichen Kabarettprogrammen als Musiker und Schreiber vertreten. *Eine Alte Dame Ging Hering* ist sein zweiter Roman, der erste, *Nie wieder Apfelkorn*, erschien 1992 und wurde im Herbst 2001 neu aufgelegt (KIWI Köln).

Rich Schwab
Nie wieder Apfelkorn
Der erste Büb-Klütsch-Roman

»Rich Schwabs Roman *Nie wieder Apfelkorn* kommt rauh und heiser in ruppiger Gangart daher wie ein Song von Van Morrison.

Schwab bringt es fertig, Gewalt zu beschreiben, ohne auf ihre Seite zu rutschen – er erzählt mit sprödem Witz und glasklarer Ironie, lakonisch, schnell, böse.

Those were the days my friend – und es waren keine guten Zeiten, aber Held Büb Klütsch ist auf der richtigen Seite geblieben. Schwab auch. Er hat diesen Roman wie aus dem linken Handgelenk hingeworfen, und er wurde in Köln ein lokaler Renner. Schwab trifft den richtigen Ton, das, was aus einem Buch ein gutes Buch macht. Vielleicht vorsichtshalber nie wieder Apfelkorn, aber immer wieder Rich Schwab!«

Elke Heidenreich

Konrad Beikircher
Et kütt wie't kütt
Das rheinische Grundgesetz

Dieses Werk ist der ultimative Reiseführer durch das rheinische Universum, humoristisch und philosophisch zugleich, getragen von Beikirchers genauer – vor allem sprachlicher – Beobachtungsgabe wie von seiner unbedingten Menschenliebe.

KIWI Köln

Stefan Worring und Elke Heidenreich
Köln
Bilder und Geschichten

Als Fotograf des *Kölner Stadt-Anzeiger* ist Stefan Worring tagtäglich in der Stadt unterwegs. Der Blick seiner Kamera ist unbestechlich und deckt so manche Kuriosität und rheinische Verschrobenheit auf. Er sieht die Stadt kritisch, doch dahinter steckt gleichzeitig eine große Liebe und Verbundenheit.

Elke Heidenreich lässt sich von den modernen und lebendigen Bildern inspirieren und geht auf eigene literarische Entdeckungsreisen in ihrer Heimatstadt. So entsteht ein Bildband mit einer spannungsreichen Einheit aus Bildern und Texten, die Köln in einem ganz neuen Licht erscheinen lässt.

KIWI Köln